KB041291

남들은 강하다 하지만 나는 낭만이라 한다

남들은 강하다 하지만

나는
낭만이라
한다

세계적 권위의 간 박사
이종수 교수의 유럽 편지

고려원북스

✧ 당신은 언제나 옳습니다. 그대의 삶을 응원합니다. — **고려원북스**

남들은 강하다 하지만 나는 낭만이라 한다

초판 1쇄 2020년 6월 22일

지은이 이종수
펴낸이 설웅도   편집주간 안은주
영업책임 민경업   디자인책임 조은교

펴낸곳 고려원북스

출판등록 2004년 5월 6일 (제 2017-000034호)
주소 서울시 강남구 테헤란로 78길 14-12(대치동) 동영빌딩 4층
전화 02-466-1283   팩스 02-466-1301

문의 (e-mail)
편집 editor@eyeofra.co.kr
마케팅 marketing@eyeofra.co.kr
경영지원 management@eyeofra.co.kr

ISBN : 978-89-94543-89-5 03810

1959년, 6·25전쟁으로 초토화된 분단된 조국을 떠나 하필이면 제2차세계대전 후 동서로 분단된 독일에 유학을 왔다. 대전사범학교를 졸업하고 광주에서 수학 교사를 하다가 독일장학재단DAAD의 장학생 선발시험에 합격한 것이 계기가 됐다. 퀴리 부인처럼 노벨상을 타는 게 꿈이어서 미국에서 원자물리학을 공부하려다가 운명의 여신에 이끌려 독일에서 의학을 전공하게 됐다.

독일에 유학온 지 10년째 되던 1969년 6월 19일에 유럽대륙최초로 간 이식 수술에 성공해 유럽 의학계에 내 이름을 알릴기회를 가졌다. 그것은 하나님이 주신 참으로 큰 은혜였다. 독일 땅에 발 디딘 지 30년 되던 해인 1989년에 나는 회갑을 맞이했고, 그해에 동서 베를린 장벽이 무너져 독일이 통일되는 역사적 기적도 보았다. 1999년에는 독조의학협회를 조직하여 사무총장으로서 독일 정부와 의료계 후원을 받아 북한의 의사를 초청해 수련시키는 사업을 20년간 해 왔다.

　2019년, 구순의 문턱을 넘었다. 어렸을 때부터 건강이 좋지 않아 약을 복용하며 살았고, 독일에 와서도 예기치 않게 간염에 걸려 짧지 않은 입원 생활을 하기도 했다. 하지만 독한 마음으로 혹독한 대학병원의 업무를 이겨내면서 망백(望百·91세)이 되었으니 하나님께 감사한다.

　나는 미그란트(외국인) 의사로 독일 땅에서 살면서 겪은 여러 가지 내면의 충동들을 메모해두었다가 여기에 엮었다. 환자를 치료하는 의사로서의 삶뿐만 아니라, 라틴·게르만·슬라브족 사이에서 전개된 역사적 격동, 원리원칙을 중시하는 독일인의 철학, 예술과 사회, 음식과 와인, 동서양의 문화충격, 우정과 신의 등 90 평생을 지녔던 인생철학을 담았다. 그 바탕에는 '뜻이 있는 곳에 길이 있다'(Where there's a will, there's a way)는 좌우명이 있다. 내 생각이지만, 이 철학은 세계사 변천의 원동력이고 내게 남아있는 유일한 재산이기에 새로운 시대를 만들어가는 젊은 세대에게 권하고 싶다.

2020년, 나는 유럽 민족의 위대함을 새삼 느낀다. 유럽 27개 국이 유럽연합으로 한 나라가 되어 민주주의적 의결을 거쳐 평화롭게 살아가고 있다. "유럽에는 나무 하나 풀 한 잎에도 역사가 있다"고 했다. 유럽을 알고자 하는 이들에게 조금이나마 내가 겪은 유럽 이야기를 전하고 싶다. 유럽에 살고 있거나 살고자 하는 한국의 후예들은 유럽과 잘 조화되어 긍지를 갖고 정착하기 바란다. 한국인의 후예라는 개체 유전자는 변하지 않으니 자신의 뿌리도 소중히 간직할 것으로 믿는다. 1분, 1초를 아끼며 살았다. 뒤돌아보니 아름다운 인생이었다.

2020년 봄
독일 라인 강변에서

이종수

| 차 례 |

한국인은 언제
노벨 생리학·의학상을 받을까

북유럽은 겨울이 되면 해는 매우 짧고 밤은 매우 길다. 자칫 우울해질 수 있는 그 시기에 노벨상 수상자 발표가 이어진다. 노벨상은 학문으로 성공해보겠다는 야망을 가진 자들의 선망의 대상이다. 잘 알려져 있듯 노벨상은 다이너마이트를 발견하여 많은 부를 획득한 스웨덴 출신의 알프레드 노벨이 만든 상으로 인류를 위해 가장 훌륭한 연구를 한 학자에게 주어진다. 그가 사망한 지 5년 뒤인 1901년부터 시상이 시작됐으며, 시상식은 그가 사망한 날인 12월 10일에 개최된다. 그의 유서에 있는 대로 물리학, 화학, 생리·의학, 문학, 그리고 평화상 5개 부문이다. 여기에 1969년 스웨덴 중앙은행인 스웨덴은행이 창립 300주년을 기념해 만든 경제학상이 추가된다.

1901년 제1회 노벨상은 문학상을 제외하고 나머지 4개 부문의 상이 전부 의학과 연관돼 있다. 물리학상은 X-선을 발견한 독일의 뢴트겐이 받았는데 그로 인해 방사선에 의한 진단과 치료분야가 개발됐다. 화학상은 세포막 생리의 기본이 되는 삼투압 등의 지식을 발견한 네덜란드의 환트 호프가, 의학상은 디프테리아의 혈청요법을 발견한 독일의 폰 · 베링이, 그리고 평화상은 적십자운동의 창시자 스위스의 앙리 뒤낭이 받았다.

소년 시절에 나는 폴란드 출신인 퀴리 부인의 영화를 본 적이 있다. 퀴리 부인은 라듐 방사선의 발견으로 1903년에 노벨물리학상, 1911년에 노벨화학상을 받았다. 그 일생에 감동한 나는 노벨물리학상을 받기 위해 원자물리학을 전공할까 하는 생각을 한 적도 있다. 그러기 위해서 나는 대전사범학교(사범학교는 소학교 교사를 양성하는 5년제 중학교) 시절에 독학으로 수학에 전념했다. 일제 강점기의 제2차세계대전 중 낮에는 매일 근로봉사란 이름으로 대전비행장 건설 노동에 시달리면서 밤을 새워가며 수학 공부를 했다. 풀지 못한 수학 문제는 쌓아두었다가 일요일에 대전 보문산에 올라가 풀밭에 누워 높은 하늘에 대수 방정식과 기하의 삼각형, 사각형을 나열해 하나하나 풀어가면서 파리의 학술원에서 노벨상 수상자로서 박수갈채를 받고 있던 퀴리 부인의 자리에 한국인인 나를 세워보기도 했다. 푸른 하늘 저 위로 나의 꿈의 세계가 펼쳐져 한 문제씩 수학의 난제를 풀어갔던 시간은 노벨상 수상식에 참가하는 환상을 안겨준 행복한 순간이었다.

그러던 내가 운명의 여신이 열어준 길을 따라 의학을 전공했다. 병에 걸린 환자를 치료하고 의학을 연구하기 위해 새벽 별빛을 보며 집을 나갔다가 달빛을 밟고 돌아오는 리듬의 노예가 되어 해를 넘겨왔는데 어느새 집 앞 나무에 낙엽 소리가 들리며 인생의 겨울이 다가왔음을 느낀다. 대전 보문산 하늘에 그렸던 꿈은 먼 나라의 동화 속에 파묻혀 아쉬움만 남는다.

***

2006년 어느 날 젊은 의사들과 좌담하는 시간을 가졌는데 의사란 직업을 수행하는 데는 의과대학 졸업장이 있으면 충분하지 면허가 불필요하지 않느냐라는 질문이 첫 토론의 주제였다. 나는 이렇게 설명했다.

"의사면허란 국가가 의과대학을 졸업한 학생에게 대학에서 배웠던 의학지식으로써 환자를 치료할 것을 허가한다는 증서입니다. 그러니 일차적으로 대학에서 배웠던 치료법을 사용해야 하고 우수한 대학을 졸업했건 시골의 이름 없는 대학을 졸업했건 환자 치료를 하는 권리는 동일하다는 증서입니다. 그러니 국가가 어느 수준 이상의 의학지식을 소유한 사람에 한하여 치료행위를 허용하기 위해 면허시험을 치르게 한 것입니다."

그러나 오늘날 의학이 일진월보(日進月步·나날이 발전하는 모습)로 변해가니 학교에서 배운 지식만으로 환자를 치료해선 안 되는 경우가 있다. 그러니 의사면허도 몇 해마다 갱신을 해가야 하지 않을까 싶다. 나는 70이 넘어 고혈압으로 전문의의 치료를 받았다. 신경외과 의사인 아들이 어느 날 전화를 걸어왔다.

"아버지, 혈압이 145이면 높지 않아요. 약 드실 필요가 없어요."

나도 50년 전에 고혈압 병동의 책임을 맡아 약 반년간 고혈압 환자를 치료한 적이 있다. 그때는 160부터 치료가 필요한 고혈압이라고 했다. 그런데 최근에는 130 이하라야 정상혈압이라고 보고 심장내과 전문의들은 모든 사람들에게 130 이하를 유지할 것을 권한다.

비록 대학에서 배웠던 지식에 의존하며 환자를 치료해도 좋다는 면허를 받았어도 발달해가는 의학의 최신정보를 잘 파악해야 잘못을 저지르지 않는다. 그러니 의사 재교육이란 문제가 대두된다. 참으로 이행하기 힘든 면허직이다.

두 번째 토론 주제는 노벨의학상이었다.

젊은 의사들은 공명심이 강하다. 그 공명심을 충족시키는 선망의 상이 노벨의학상이다. 그러나 나는 의과대학 학생들에게 의사는 노벨의학상을 목표로 해서는 안 된다고 이야기한다. 의사란 열심히 환자를 치료하는 데 그 본연의 의무가 존재한다. 그러나 노벨의학상은 의사면허와 무관하며 주야로 의학을 연구하는 자 중에서 선발되어 수여된다. 그리고 의학을 연구하는 사람이 비록 열심히, 그리고 아주 혁명적인 연구를 했어도 그 전부에게 노벨상이 수여되는 기회가 주어지지 않는다. 그러니 의사면허 소지자는 공명심의 충족보다 환자를 치료하는 데 생의 보람을 느껴야한다고 나는 주장한다.

의학자들이 새로운 의학지식을 발견하여 노벨의학상 수상자가 되는 길은 3가지로 분류된다. 첫째는 우연한 기회에 뜻하지도 않은 새로운 것을 발견할 때다. 페니실린을 발견한 영국의 플레밍 박사는 세균배양을 하는 평범한 연구원를 했는데 어느 날 어떤 곰팡이가 자라난 주변에 자신이 배양하려는 세균이 자라지 못하는 것을 보고 그 곰팡이가 세균의 증식을 억제하는 능력을 소유한 것을 알게 되어 그 곰팡이를 조사해보니 페니실리나제였다. 그것을 계기로 페니실린을 제작하여 항생제 치료 시대를 열었다. 그리고 1945년에 노벨의학상을 받았다.

1976년 노벨의학상을 받은 미국의 블럼버그 박사도 우연한 기회에 B형 간염의 바이러스를 발견했다. 그는 호주 원주민의 혈청에서 면역반응과 연관이 있는 단백질 검사를 했는데 그

단백질의 한 종류에 의해 자기 연구원이 B형간염에 걸린 것이 계기가 된 것이었다.

이런 사례에서 알 수 있듯 우연한 발견이라 해도 중요한 것은 독일 시인 괴테가 가르친 대로 자기 주변에 발생한 현상을 자기 눈으로 정확히 관찰하는 자세다.

두 번째는 한 가지 문제를 해결하기 위해 문제가 해결될 때까지 연구실험을 지속하는 경우다. 독일의 파울 에를리히 박사는 일본인 제자 하다 박사와 같이 성병의 하나인 매독을 화학적으로 치료하기 위해 살바르산을 발견했는데, 606번의 실험을 한 후에 이 약의 제조에 성공했다. 그래서 이약을 606호라 하기도 했다. 항생제가 발견되기 전에는 이 약이 유일한 성병 치료제였다. 에를리히 박사는 이 연구로 인해 1908년에 노벨의학상을 수여받았는데 이런 연구자는 인내력이 강한 자라야 한다.

세 번째 방법은 실험 결과를 추정하고 위험을 무릅쓰고 실험을 해보는 경우다. 특히 자기 신체에 실험을 하는 경우다. 내가 1959년에 입학한 독일 뒤셀도르프의 하인리히 하이네대학교 대학병원에서 시내 쪽으로 약 1km쯤 가면 루터교병원이 있다. 당시 이 병원의 외과과장 포르스만 박사는 1956년에 노벨의학상을 수여받았다. 그는 제2차세계대전 전에 베를린훔볼트대학 샤리테병원의 외과에 조교로 근무하고 있었는데 사람의 혈관에 가는 관(카테터)을 삽입하여 심장 가까이 진입시켜도 사람의 생명에는 위험이 없다고 확신하고 자신의 팔 혈관에 여러 의사들 앞에서 카테터를 넣어서 그 사실을 입증했다. 그래서 훗날 심장검사를 하기 위해 카테터를 정맥에 삽입해 우심방에 넣어 검사하는 것이 가능해졌다. 그 다음날 베를린 신문에 그 내용이 대서특필되자 샤리테병원의 유명한 사우워부르크 외과 주임은 자기를 무시하고 신문에 보도했다고 포르스만을 쫓아내버렸다. 그래서 포르스만 박사는 제2차세계대전 중 종군했다가 전쟁이 끝나자 작은 병원의 외과과장으로 재직했고, 거기서 노벨의학상을 수여받은 것이다. 이 자체 실험은 생명의 위험을 무릅쓰고 하는 것이다.

최근에도 포르스만 박사처럼 자기 신체를 실험해서 학설을 입증한 노벨상 수상자가 있다. 2005년도 노벨의학상 수상자는 호주의 병리학자 워렌 교수와 마샬 교수이다. 내가 젊은 의사일 때는 'no acid no ulcer' 즉 '산 없이 위궤양 없다'라는 말을 귀가 아프게 들었다. 위궤양의 원인을 물으면 이렇게 대답해야 시험에 합격했다. 위궤양, 십이지장궤양은 우리나라에 수없이 많았고 독일에서도 제2차세계대전 후에 빈번히 발생한 질병이었다. 사람들은 전쟁 중, 그리고 전후에 스트레스에 의해, 또 흡연과 잘못된 음식의 섭취에 의해 위산분비가 증가해서 위궤양, 십이지장궤양이 생긴다고 생각했다.

그런데 1980년대에 돌연히 호주의 웨스턴 오스트레일리아 대학의 병리학교실 로빈 워렌 교수가 위장병 환자의 위 조직 검사에서 헬리코박터균을 발견하고 이 균이 위궤양의 원인인 것 같다고 발표했다. 그러나 당시 의학계에서는 세균 때문에 위장병이 발생한다는 것을 아무도 믿지 않고 워렌 교수를 비웃었다. 그런데 워렌 교수의 젊은 조교 베리 마샬 박사가 이 균을 배양하여 몸소 마셨는데 며칠 후에 위염이 발병하여, 이 균에 의해 위궤양 등이 생길 수도 있다는 것을 믿게 됐다. 인체실험의 위험을 무릅쓰고 자신에게 스스로 실험한 것이다. 오늘날은 항생제를 사용하여 그 균을 복멸시켜 위궤양, 십이지장궤양 등을 치료하고, 위암 발생을 예방할 수 있게 됐다. 그리고 이 균이 위암 발생의 중요한 원인이라는 것도 알게 됐다.

내가 젊은 의사였던 1960년대에는 매일 같이 2~4번의 위궤양수술을 했다. 요즘엔 헬리코박터균 치료로 위궤양수술은 아주 보기 힘든 수술이 되었다. '산 없이 위궤양 없다'라는 말이 '균 없이 위암이 될 수 없다'란 말로 바뀌고 있다.

***

1969년 6월 19일은 내가 이 포르스만 박사처럼 생사의 경계선에서 의학을 위해 운명의 여신의 판정을 기다려야 한 날이었다.

이날 새벽에 뇌사자가 있으니 간 이식 하러 빨리 병원에 오라는 전화연락을 받았다. 간 이식 팀장 임명을 받은 지 7개월밖에 안 됐는데 이렇게 빨리 인체 간 이식의 기회가 있을지는 꿈에도 생각한 적이 없다. 유럽대륙 최초의 간 이식이기에 성패에 대한 불안감이 적지 않았다.

병원에 도착하니 간 제공자가 있으니 이식을 해보라고 나의 과장이 지시를 내렸다. 간 이식을 위해 대기 중인 환자는 수술을 잘 이겨낼 수 있으며 수술 중 부작용이 적을 수 있는 30세의 남자 간암환자였다. 그런데 간을 받을 환자는 혈액형이 A형이고 간을 줄 사람은 O형이라는 게 밝혀져 문제가 생겼다. 한편으로는 최초의 시술이니 실패의 두려움에 떨면서도 다른 한편으로는 이 천재일우의 기회를 붙잡고 싶었다. 이 기회를 놓치면 다시는 이 병원에서 내게 간 이식할 기회가 주어지지 않을 것이 분명했다.

그때까지의 상식으로는 콩팥 또는 심장을 이식했을 때 혈액형이 동일하지 않으면 이식하자마자 초급성 거부반응이 일어나 수술대 위에서 순간적으로 이식한 장기가 파괴돼버린다고 알고 있었다. 병원 전체의 의사들이 초급성 거부반응을 앞세워 이번의 간 이식을 반대했다. 콩팥이식팀, 면역학 교수, 내과 교수 등이 반대하고 나섰다. 생명의 존엄성을 모르고 공명심만 채우려고 이식수술을 해서는 안 된다고 주장했다. 나의 과장이 "혈액형이 동일하지 않으니 수술을 포기해야 하지 않나"라고 실망조로 나에게 이야기하자 나는 한참 침묵을 지키다가 대답했다.

"과장님, 저는 그렇게 생각하지 않습니다. 모든 장기에서 이식 후에 발생하는 거부반응이 동일하다고 보지 않습니다. 혈액형 문제는 간 이식에서는 별문제가 되지 않을 것으로 봅니다."

"그런 이론이 연구되어 발표된 논문 봤나?"

"이 이론은 아직 미개척분야에 속합니다. 다만 저의 병리학적, 생리학적 추론입니다."

나는 인체의 모든 장기가 혈액형이 동일하지 않은 이식을 했을 때 동일한 반응을 야기하지 않는다고 믿었다. 또 병원 내의 모든 의사들이 내가 이식을 하는 데 반대하기에 일종의 반항심도 있었고, 나에게 온 천재일우의 기회를 놓치고 싶지 않다는 아쉬움도 작용했다. 만약에 이식수술이 성공해도 혈액형이 달라 초급성 거부반응이 발생하여 환자가 사망하게 되면 나는 병원을 떠나 의사란 직업을 포기할 각오를 하고 내 이론을 주장한 것이다. 약 10분 정도 모두 아무런 말들이 없었다.

"닥터 리, 혈액형이 동일하지 않아도 별다른 부작용이 발생하지 않는다는 자신이 있으면 이식을 하게."

내 주임교수는 아시아에서 온 키 작은 나를 믿고 결정을 내렸다.

최초의 간 이식이니 수술에 많은 어려움이 있었으나 30대 간암환자의 간을 떼어내고 뇌사자의 간을 이식하였다. 걱정스런 눈으로 보고 있었더니 간은 초급성 거부반응을 일으키지 않고 기능을 발휘하여 수술실 천정에서 비치는 광선에 선홍색으로 번쩍이고 있었다. 운명의 여신은 나를 버리지 않았다. 그 순간 나는 "하나님, 감사합니다" 하고 기도를 했다.

나는 세계에서 최초로 혈액형이 동일하지 않은 간 이식에 성공한 것이다. 이와 같이 새로운 의학을 개척할 때는 사람의 생명이 위험할 수도 있는 상황을 극복해야 하기도 한다.

***

노벨의학상의 정확한 이름은 '노벨생리학의학상'이다. 이 이름은 알프레드 노벨의 유언에 의해 결정됐다. 물리학상과 화학상은 스웨덴의 왕실과학아카데미가, 그리고 문학상은 스웨덴아카데미가 수상자를 선발하지만 의학상은 스톡홀름의 카롤린스카연구소가 수상자를 선발하고 있다. 카롤린스카연구소는 스톡홀름에 있는 의과대학이지만 의과대학이라 하지 않고 연구소라 한다. 1808년에서 1809년까지 지속된 핀란드와의 전쟁에서 스웨덴군이 러시아군에 전멸을 당했을 때 부상자를 치료한 육군 군의관들의 의술이 너무 빈약한 것을 안 스웨덴 정부는 육군 외과의를 양성할 목적으로 1810년에 연구소란 교육기관을 만들었다. 이것이 오늘날의 카롤린스카연구소다.

이 연구소에는 의과대학과 치의과대학이 있었는데 오늘날 스웨덴 최고의 의학교육 및 연구기관이다. 이 연구소 소속의 노벨위원회가 매년 9월 또는 10월에 다음해의 수상자 선출을 위해 세계 2000개 이상의 의료연구기관에 추천 의뢰를 하면 해마다 200~300명의 추천이 들어온다. 대개 3단계의 심사를 거쳐 수상자를 결정한다. 수상자 결정은 쉬운 일이 아니다. 추천자의 나라 배경도 무시 못할 요소이다. 수상 후보자에서 탈락된 연구물에도 아주 훌륭한 연구업적이 포함돼 있다는 것을 잊어서는 안 된다.

2015년 늦가을 일본 기타사토대학교의 교수였던 오무라 박사에게 노벨의학상이 수여됐다는 보도를 봤다. 80세의 오무라 박사가 1970년대에 기생충 약을 개발하여 인류사회에 공헌한 바를 인정한 것이라고 했다. 이것이 일본사람이 받은 3번째의 생리·의학상이다. 겸하여 2015년에 일본은 노벨물리학상도 받았다.

1949년 제2차세계대전에서 패한 뒤 일본인들이 어려움에 처해 있을 때 교토대학의 유가와 박사가 노벨물리학상을 수상한 이래 2015년까지 일본은 무려 22명의 노벨상 수상자를 배출했다. 그중 노벨물리학상 수상자가 11명, 노벨화학상 수상이 7명이니 당연히 일본의 자연과학은 세계의 첨단을 달리고 있다고 해도 과언이 아니다. 물리학상과 화학상은 주로 2000년 이후에 수상됐다. 내가 1980년대에 일본에서 만난 독일친구가 "일본의 발전이 눈부시지 않느냐?"라는 나의 질문에 "일본은 응용과학 면에서는 유럽에 뒤지지 않으나 기초과학의 뒷받침이 약하다"라고 했다. 그런데 노벨상의 수상 현황을 보면 2015년경에는 기초과학 분야에서도 일본이 세계의 첨단 자리에 진입해 있다고 할 수 있다.

일본이 수여받은 첫 노벨생리의학상은 1987년이다. 도네가와 박사가 면역학 분야의 연구업적으로 수상했는데 그분의 주 연구업적은 스위스의 바젤에 있는 바젤면역학연구소에서 1971~1981년까지 10년간 근무하면서 이루었다. 수상 당시는 미국 MIT의 교수였다. 의학 분야에서 첫 수상이라 일본의학계가 대단히 흥분했다.

제2차세계대전 이전에 노벨의학상 수상자를 많이 배출한 독일은 전쟁 후에는 많이 배출하지 못했다. 그러다가 1984년에 쾰러 박사가 면역학 분야, 특히 이식면역학 분야에서 수상했다. 이분은 독일서 대학공부가 끝나자 1976년부터 1984년까지 8년간 스위스 바젤의 면역학연구소에서 연구하였고 그 결

▲ 바르샤바에 있는 노벨 물리학 및 화학상 수상자 퀴리 부인의 생가 방문(1974년).

과 노벨상의 영예를 차지하게 됐다. 쾰러 박사가 수상하자 내가 사는 독일 본시의 신문 게네랄안싸이게 주필의 부탁으로 이분의 업적에 대한 논평을 내가 썼다.

　당시 일본도, 독일도 그 나라 체제가 1980년대에 노벨상 수상자를 배출할만한 여건을, 즉 환경을 갖추지 못했다는 평이 지배적이었다. 스위스의 연구소가 학자의 연구생활에 그들의 능력을 최대로 발휘할 수 있는 환경을 부여하고 있다고 했다. 쾰러 박사가 스위스의 연구소에서 노벨상을 타자 독일사회는 독일 각 연구소의 체제에 비판을 퍼부었다.

　일본의 도네가와 박사도 독일 쾰러 박사도 이 스위스 바젤면

역연구소가 배출했다. 우리나라도 학문연구에 종사하고 있는 학자가 몇십 년을 연구에만 몰두해도 자녀 교육이나 노후를 걱정할 필요가 없는 제도적 장치를 갖춰야만 노벨상 수상자를 배출할 수 있다고 본다.

2013년 6월 나는 일본의 나라의과대학에 강연차 갔다. 이때 교토대학의 야마나가 교수가 2012년에 노벨의학상을 수상했다는 이야기로 사람들이 대화의 꽃을 피우고 있었다. 야마나가 교수는 줄기세포 연구를 아주 어려운 환경 속에서, 즉 연구소도 초라하고 연구비도 적었는데 불굴의 의지로 연구생활을 지속해 노벨상을 받았다. 그 후 일본정부는 막대한 연구비 후원으로 연구 환경을 개선해줬다고 했다.

라듐을 발견해 1911년에 노벨화학상을 받았던 퀴리 부인의 연구소도 외양간과 같았다. 그러나 오늘날과 같은 경제체제 하에서는 연구자의 생활 보장과 노후 보장이 우리나라에 노벨 수상자를 배출할 수 있는 첫 조건이 된다. 밤낮을 가리지 않는 학문연구가 가능하고, 기초과학 연구의 첨단을 지배하려면 그런 지원이 필요하다. 그래야 한국도 노벨상 수상국의 대열에 들어갈 수 있다.

***

나도 노벨위원회의 초대를 받아 노벨상 수상식에 참석한 적이 있다. 2000년 김대중 전 대통령이 노벨평화상을 받을 때였다. 한국인이 받는 최초의 노벨상 수상식에 해외동포의 한사람으로 참석할 수 있었던 것은 참으로 영광이었다. 2000년 6월 15일 분단 반세기 만에 남북정상이 평양에서 회담을 갖고 조국통일에 관한 6·15공동선언을 발표했다. 나는 그해의 노벨평화상에 김 전 대통령이 수상 후보자로 선발될 것을 믿었다. 분단된 독일에서 동서 대립의 냉전 상태를 완화시키며 새로운 동방정책을 시작한 빌리 브란트 서독 총리도 1971년 노벨평화상을 받았고, 아랍권과 이스라엘의 냉전 상태를 완화시켜 외교관계를 맺도록 이끈 이집트의 사다트 대통령과 이스라엘의 베긴 총리도 1978년에 노벨평화상을 받았다.

　2000년 10월 13일 노르웨이 노벨위원회는 노벨평화상을 한국의 김대중 대통령에게 수여한다고 발표했다. 나는 독일의 일간지에서 김대중 대통령이 평생 한국의 민주화와 인권 보호를 위해 공헌했고 반세기 이상 분단의 냉전 속에 놓여있는 한반도에서 북한과 화해협력의 길을 연 공로가 높이 평가되어 노벨평화상 수상자로 결정됐다는 보도를 읽었다. 노벨위원회에서는 남북공동선언은 김정일 국방위원장의 공로도 지대하니 김대중 대통령 한 사람에게만 수여하는 것은 타당치 않다는 의견도 있었다.

나는 행복하게도 독일 의료계를 대표하여 노르웨이 노벨위원회의 초청을 받아 시상식에 참석할 수 있었다. 초청장에는 만찬에 스모킹 재킷(사교용 정장)을 착용하라고 돼있었는데 갖고 있던 스모킹 재킷이 낡아 새로 한 벌 맞추고, 항공편도 알아보며 장가가는 신랑처럼 기쁨에 들떴다. 어렸을 때 선망하던 노벨상을 받는 것은 아니지만, 수여식에 초대받았으니 그 기쁨이 적지 않았다. 12월 8일 오후 오슬로공항에 내리니 하늘도 땅도 어둠 속에 가라앉아있고 공항을 밝히는 전등들이 아름다웠다. 노벨위원회에서 예약해준 그랜드호텔로 택시를 타고 갔다. 칼 요한 스트리트에 있는 이 호텔은 1874년에 개업한 고급 호텔로 노벨평화상 수상자들이 투숙하고 수상 축하만찬도 여기서 거행된다. 한국에서도 많은 축하객이 온다는 기사를 봤기에 노벨상 관계 인사들이 상당히 많아 복잡할 것이라고 생각했지만 나의 예상과는 반대로 호텔 로비는 아주 한산했다. 몇 분의 대통령 경호원이 보일 뿐이었다.

노르웨이 노벨위원회에서 나온 여성사무원이 로비에 작은 책상을 하나 놓고 앉아있었다. 내가 도착신고를 하자 호텔예약권, 시상식입장권, 경축만찬초대장 등을 주며 "오슬로에서 즐겁게 보내세요!"라고 인사했다. 나의 객실번호는 442호였다. 120년 이상 된 호텔이어서 그랬는지 나의 방은 알프스의 목조산장호텔 같은 인상을 풍겼다. 이 호텔에는 김대중 대통령과 한국 외무부장관, 그리고 비서실과 경호실에서 오신 몇 분만 투숙하고 서울서 온 손님들은 대부분 다른 호텔에 묵었다.

매년 12월 10일 다른 5개 노벨상은 스웨덴의 스톡홀름에서 수여되나 평화상만은 노르웨이에서 수여된다. 이것은 노벨의 유언에 따른 것이다. 노벨이 사망했던 시기에 노르웨이는 1815년부터 1905년까지 90년간 스웨덴 왕을 국가원수로 모시고 외교와 군사권을 스웨덴에 박탈당한 피지배적 입장에 있었다. 노벨은 그 유언에 평화상은 국가 간의 우호, 또는 군대감축과 평화회의 개최 등을 위해 최선을 다한 인물에 수여하되 노르웨이 국회가 선출한 5인 위원회에서 후보자를 선발하여 수여토록 해달라고 했다. 선발권을 노르웨이국회에 일임한 것은 스웨덴과 노르웨이 간의 관계개선에 기여하기 위한 노벨의 생각이었다고 알려져 있다.

12월 10일 오후 1시 오슬로 시청의 강당에서 김대중 대통령의 노벨평화상 수상식이 개최됐다. 나는 약 한 시간 전에 입장했다. 그랜드호텔에서 걸어서 얼마 멀지 않은 곳에 시청이 있었다. 1950년에 완공된 시청은 검붉은 벽돌 건물이며 좌우 양측에 사각형의 탑이 솟아있고 우측 탑 중앙에 있는 우아한 시계가 인상적이었다. 시청 안에는 길이 24m, 높이 12m의 거대한 벽화가 있었는데, 입장하는 사람들의 이목을 끌었다. 20세기 노르웨이의 역사를 담은 그림이라고 했다. 오후 1시 10분

▲ 2000년 12월 10일, 노르웨이 오슬로 시청 강당에서 김대중 대통령의 노벨 평화상 수상 장면.
▼오슬로의 그랜드 호텔에서 열린 김대중 대통령 노벨 평화상 수상 축하 만찬에 참석한 필자.

에 김대중 대통령이 입장했다. 노르웨이 노벨상위원회의 위원장이 김대중 대통령을 호명하고 상장을 수여했다. 1901년 시작된 노벨상을 100년 만에 처음 받는 한국인이었다. 그 순간 나의 가슴에 뜨거운 불덩어리가 타오르는 것을 느꼈다. 한국인의 한 사람으로서 참으로 감개무량했다. 김대중 대통령의 답사가 있었고 축가는 세계적으로 유명한 조수미 소프라노가 불렀다.

축하만찬은 이날 저녁 7시에 그랜드호텔의 만찬장에서 열렸다. 그렇게 큰 공간은 아니어서 아주 소수의 인사들이 초청됐다. 내 자리는 김대중 대통령이 노벨위원들과 동석하는 메인 테이블 바로 뒤에 배치돼 있었다. 내 옆 자리에는 중국계로 미국 샌프란시스코에 거주하고 있다는 여성이 앉았다. 그는 노르웨이 출신인 자기 남편이 노르웨이 노벨상위원회의 중요한 역할을 하고 있어 김 대통령의 수상 결정에 많은 공헌을 했다고 자기소개를 했다. 환영만찬의 식단은 전부가 해물이었고 육류는 없었다. 그러기에 백포도주만 나올 것으로 생각했는데 전식 반주로 백포도주가 나오고 주식에는 적포도주가 나왔다. 주식은 아귀monkfish였다. 노벨위원회 위원장의 환영사도, 김 대통령의 감사의 인사도 내 마음에 공명됐다. 김 대통령의 통역을 맡은 우리나라 여성 외교관(현재 강경화 외교부 장관)의 유창한 통역 실력에 한 번 더 놀랐다. 그 순간 우리 조국의 기운이 세계만방에 전파돼가는 것을 실감했다. 앞으로 많은 분야에서 한국인 노벨상 수상자가 나오기를 기대하면서 다음날 오전 독일로 돌아오는 SAS 항공기에 몸을 실었다.

775년 된 성 페트로 식당,
6대가 이어받은 물망초 식당

1950년대 말 독일에 유학 온 뒤 나는 영원의 도시 로마를 걸어보고, 아름다운 파리에서 마로니에 꽃을 봤으며, 안개 속에 수수께끼처럼 잠자고 있는 런던을 보았다. 유럽의 유적 하나하나에 도취될 때마다 사춘기 때 읽었던 19세기 작가 워싱턴 어빙의 '스케치 북'(1822년) 한 구절이 머리에서 사라지지 않았다.

"유럽에는 나무 하나 풀 한 잎에도 역사가 있다."

미국의 작가가 유럽을 둘러보고 토로한 진정 어린 한마디일 것이다. 정말 유럽에선 한 걸음만 옮겨도 역사 속에 깃든 많은 문화의 자취를 즐길 수 있다. 문화예술의 다양하고 깊은 세계를 음미하는 것은 그 자체로 큰 가치가 있다.

하지만 유럽 문화 가운데서도 사람들이 깊게 관심을 갖지 못한 게 있는데 그건 바로 식당 문화다. 나는 세계 어느 곳을 가든지 가급적이면 찾아간 지역 또는 도시에서 그곳 고유의 음식을 즐겨보려고 애썼다. 그게 나의 취미라면 취미였다. 나의 여행은 대부분 의학회 강연과 연관돼 있어 어떤 곳을 방문하건 낮에는 종일토록 의학강의, 의학토론과 씨름했다. 그러다 저녁이 되면 일에서 해방돼 역사가 있는 식당에서 맛있는 음식을 먹는 것을 좋아했다.

1966년 5월 처음으로 영국 런던에 갈 기회가 생겼다. 독일에서 내가 수술해준 영국 환자가 고국으로 돌아가 나를 초대한 것이다. 그는 런던에서도 소호나 홀본이 외국인이 구경할 곳이 많다며 인근 호텔을 추천해줬다. 스트랜드 스트리트에 있는 스트랜드 팰리스 호텔이었다.

당시 독일에 의사가 매우 부족할 때라 병원에서 밤낮없이 일만 하며 돈쓸 시간도 없이 지냈으니 모처럼 방문한 런던에서 맛있는 음식을 즐겨보려고 리셉션의 젊은 여자에게 식당을 추천해달라고 말했다. 그러자 그는 "역사적인historical 식당을 원합니까, 현대적modern인 곳을 원합니까?"라고 물었다. 식당과 관련해 한 번도 생각해보지 못했던 '역사적'이라는 표현에 유혹돼 나는 역사적 식당을 추천해달라고 했다.

"걸어서 3분 거리에 런던에서도 아주 역사적인 유명한 식당이 있어요. '룰스Rules'란 식당이에요. 진짜 미식가들이 가는 고전적인 식당입니다."

나는 그때까지 식당에 가면 배부르게 먹는다는 개념 외에 역사적 식당이란 생각을 해본 일이 없었다. 특히 한국전쟁 전후의 한국에서는 무엇이든 우선 배부르게 먹을 수 있다는 것 자체가 중요했다.

나는 리셉션에서 알려준 대로 호텔을 나와 스트랜드 스트리트에서 차링 크로스 역 쪽으로 한 블록 가서 오른쪽으로 돌아 코벤트 가든 역 쪽으로 또 한 블록을 갔다. 그러자 아주 조용하고 작은 메이든 레인 스트리트가 나왔다. 룰스는 그곳에 있었다. 지금도 잊히지 않는 것은 문을 열고 들어갔을 때의 첫 인상이었다. 그곳은 식당이라기보다는 사진전시장 같았다. 벽에는 그 식당을 다녀간 유명 인사들의 사진, 서명 등이 빈틈없이 걸려 있고 천정의 아름다운 색유리가 눈부셨다. 1798년에 창업했다는 리셉션니스트의 설명대로 고색창연古色蒼然했다.

***

독일에 유학 와서 7년이 지났지만 그런 고전 식당은, 그것도 170년이 다 되어가는 식당문을 열어본 것은 처음이었다. 이

식당이 창설된 당시는 영국의 하노버왕조 때이니 독일과의 관계가 깊은 시대였다. 그리고 영국에 산업혁명이 본격적으로 시작될 때라고 생각하니 그 역동적 역사에 사로잡혀 호주머니 사정도 생각하지 못했다. 영국의 귀족만을 안내했을 법한 정장 차림새의 한 젊은 웨이터가 안내하자 나는 최면술에 걸린 사람처럼 수동적으로 그를 따라갔다. 웨이터가 펴준 메뉴판을 보며 나는 그 가격에 놀랐지만 체면상 일어서지도 못한 채 메뉴판에서 눈을 떼지 않고 있었다.

그 몇 해 전 무심코 프랑스식당에 들어갔다가 메뉴판에 적힌 가격을 보고 이마에 흐르는 땀을 닦으며 덜덜 떨었던 일이 떠올랐다. 당시 나는 가장 싼 양파 수프 하나만 주문해 먹었는데, 그때 처음 먹어 본 그 수프 맛을 평생 잊지 못한다.

그러나 이날 영국 룰스 식당에서는 반대로 나의 또 다른 면이 비집고 나왔다. '영국에서는 해가 지지 않는다'라고 자랑할 만큼 식민지를 확장했던 빅토리아여왕 시대에 흥했던 이 식당에 왔으니 '나도 왕처럼 식사 한 번 하자'라는 배포가 생겼던 것이다.

당시 독일에서 출발할 때 영국을 잘 아는 친구에게 "전형적 영국 음식이 무엇이냐"고 물었더니 그는 "로스트 비프와 요크셔 푸딩을 음미해 보라"고 했다. 나는 가격도 보지 않고 의기양양하게 주문했다. '제기랄, 비싸 봐야 얼마나 하겠어…' 라고 생각하고 있는데 "And, what kind of drink(음료는 뭘로 하시겠어요)?" 어쩌고 하기에 당황했다. 그 순간 독일 친구가 영국 맥주 에일ale은 제대로 된 맥주가 아니라고 폄훼하던 기억이 나 "Ale, please(에일 맥주 주세요)"라고 했더니 웨이터가 무엇인가 이야기했다. 지금 생각해보니 '식전주는 무엇으로 하겠느냐'고 한 것 같았는데 내가 알아듣지 못하니 두 어깨를 움찔거린 후 사라졌다. 나는 한숨을 쉬었다. 그러나 그 순간 음식값이 너무 비싸면 영국 여행을 며칠 줄이면 되지 않겠나 하고 마음 편하게 생각하기로 했다.

나는 룰스식당에 앉아 천정의 색유리 빛 속에 빅토리아여왕을 그리며 귀족과 같은 마음으로 다른 손님들이 식사하는 매너를 봐가며 로스트 비프를 먹고, 그다음 요크셔 푸딩을 입에 넣었다. 독일에서 돼지고기 요리나 소시지만 먹어왔으니 그에 비하면 로스트 비프가 그렇게 맛있다고 생각되진 않았으나 분위기에 도취된 나는 행복한 시간을 가졌다. 빈한한 유학생 시절에도 호기를 부려 비싼 카메라를 사기도 한 나였지만 이제는 의사로서 수입이 보장돼 있다는 자부심이 내 마음을 안정시켰다. 이것이 나의 '역사적인' 식당 방문 행각의 시작이었다.

1969년 가을 나는 14세기에 한사동맹에 가입했던, 베사강이 북해로 흘러들어간 입구에 건립된 독일의 항구도시 브레멘시의 한 병원으로부터 강연 초청을 받았다. 강연이 끝나자 병원장이 "역사적인 식당에서 저녁을 같이 하자"며 자기 차에 나를 태웠다. 나는 런던의 룰스식당을 생각했다. 저녁에 고전적 고급식당에서 디너를 즐길 수 있다는 생각에 나는 아주 기뻤다.

"몇 년이나 된 식당이지요?"

"브레멘 시청이 1405년에 건립됐는데 이 식당도 그해에 문을 열었어요. 시청 지하실에 있습니다."

그곳은 560년 이상 영업을 지속해온 식당이었다. 시기적으로 보면 우리나라 고려 말기에 시작한 셈이다. 런던의 룰스식당이 170년의 역사를 자랑한다는 데 감탄했던 내가 그 역사의 세 배가 넘는 식당에서 식사를 한다니 나는 기대감에 부풀었다. 르네상스 양식의 시청 건물 앞에 주차한 뒤 지하로 들어가자 고딕형의 천정을 20개의 기둥이 받치고 있었다. 의자와 식탁은 중세기 것이었고, 소박하고 단아한 느낌을 풍겼다.

"독일에서는 시청 지하실을 라트 켈러라고 합니다. 이곳은 시민을 위한 식당으로 560년 이상 사용돼 왔습니다. 음식값은 시중 일반 식당과 동일하나 이 도시의 전통음식을 맛있게 먹을 수가 있어요. 지난 500년 사이에 많은 영주들, 문인들, 예술가들이 다녀갔습니다. 이 지하실의 다른 방에 50만 리터의 통포도주와 50만 병의 포도주병이 저장돼있다고 하는데, 모두 독일포도주랍니다."

병원장이 의기양양하게 설명했다. 100만 병 이상의 포도주가 저장돼 있다니 믿기가 어려웠다. 전통적 돼지고기요리에, 브레멘시가 바닷가에 있어서 그런지 생선요리가 식단에 보였다. 영국 식당과 아주 대조적이었다.

＊＊＊

이처럼 세계 각국의 수많은 역사적 식당에 찾아가 봤지만 이제 소개하려는 곳과 비교할 만한 곳은 찾기 어렵다. 내가 자주 방문하여 '식당은 의구하되 세월은 간데없네'라고 읊조리며 포도주 몇 잔을 기울이고, 반세기가 넘은 독일생활을 회고하기 좋은 식당이다. 775년의 역사를 자랑하는 성 페트로Sanct Peter가 그곳이다. 이곳은 다행히도 내가 사는 집에서 차로 약 30분 거리에 위치하고 있다.

나는 40년 전부터 독일 서중부의 아이펠 지역에 살고 있다. 프랑스에서 독일로 흘러들어와 서에서 동으로 흘러가며 코블렌스시에서 라인 강으로 합류하는 강이 모젤강인데 이 강의 북쪽, 그리고 남에서 서북으로 흘러가는 라인 강 서쪽의 굴곡 많은 고원지대가 아이펠이다. 아이펠 지역의 북단은 평야로 이어지는데 그 경계선에 내가 근무한 대학이 있는 본과 쾰른이 있고, 그 서쪽에 프랑크왕국의 카롤링거왕조의 황제 칼 대제가 8세기 때 수도로 삼았던 아헨이 있다. 아이펠은 기원전

58년부터 약 500년간 로마의 지배하에 있었으며, 당시 로마문화가 꽃을 피운 곳이다. 5세기 게르만민족의 대이동 시에 이곳이 황폐화됐으나 8세기 후반부터 프랑크왕국의 최대 부흥기를 맞아 다시 부귀영화를 누렸다.

그 아이펠이 프랑스 왕 루이 14세의 라인지방 약탈 및 폐허화 작전으로 인해 슬프게도 독일에서 가장 빈곤하고, 주민도 도피해버린 황폐된 지역으로 변했다. 이 아이펠의 중심부를 모젤강과 평행을 이루며 서에서 동으로 흘러가는 작은 라인강의 지류가 있는데 이것이 바로 아르강이다. 강 입구에서 상류방향으로 약 15km 정도 가면 유명한 온천 요양도시 바드노이엔아시가 나온다. 이 도시 곁에 1246년에 십자군으로 예루살렘에 갔다가 돌아온 기사들이 건립한 아르바일러란 도시가 성벽과 성문이 보존된 채 남아있다.

그 성벽을 따라 아르강 상류쪽으로 1km 거리에 발포르스하임이란 작은 마을이 하나 나온다. 마을 이름에 '하임'이 붙어있는 것으로 보아 기원전 50년 이전, 즉 2050년 전 로마가 이 지방을 점령하기 이전에 프랑크족(게르만족)에 의해 유래됐다고 볼 수 있다. 이 마을을 가로질러서 지나가는 도로가 발포르스하임어 스트리트인데 이 길가에 아주 초라한 식당 하나가 주택가에 연결돼 있다.

이 식당은 1246년에 포도주점으로 영업을 개시한, 775년의 역사를 가진 성 페트로다. 나는 50년 이상 이 식당의 단골이다. 건물 벽에 1246년부터 영업을 시작한 역사적 음식점이라고 적혀있지만 너무 역사가 길기에 잘못 선전된 것 같다는 감을 버리지 못했다. 그러나 이 지방의 향토사 서적들에는 어느 것을 보아도 짤막하게나마 그 기록이 빠지지 않는다.

이 식당은 원래 포도주를 파는 곳wine house이었다가 1246년에 그 당시 교회의 주교이며 그 지방의 통치자였던 쾰른의 천주교 대주교에게 기증됐다. 그 후 약 560년간 쾰른의 천주교 구재단에서 운영했다가 1805년 이 지역이 나폴레옹에 의해 점령됐을 때 교구 소유에서 개인 소유로 바뀌었다. 제2차세계대전이 끝나고 나서 이 지방에서 400년 이상 포도 경작을 해온 브로그지터 일가가 이를 구입했고, 지금은 내가 거주하고 있는 인근지역의 미식가들의 혀를 즐겁게 하는 고급스러운 식당으로 이름을 떨치고 있다.

건평 50평 정도의 초라한 단층집이므로 수십 차례에 걸친 전쟁에도 살아남았다. 프랑스 왕 루이 14세의 황폐화작전 중에도 없어지지 않았다고 한다. 식당 건물은 작아도 그 건물의 벽은 1m 정도의 두께로 얇은 슬레이트 종류의 돌로 쌓아올린 것이다. 옛날에는 물론 난방이 없어 이렇게 벽을 두껍게 함으로써 여름은 시원하고 겨울에는 따뜻하게 했다고 한다. 그렇게 튼튼한 벽이기에 4분의 3 밀레니엄을 생존했다.

식당을 들어서면 왼쪽에 3평 정도의 방이 있다. 이 방안의 벽은 부서진 돌벽이 그대로 모습을 드러내고 있어 황성옛터에서 부서진 성벽을 보는 인상이다. 이곳이 식전주 한 잔 하는 곳이다. 식전주를 마시고 오른편으로 계단을 3~4개 내려가면 정4각형으로 약 30평 정도의 식당이 있다. 옛 건물이라 천정이 높다. 4면은 육중한 두꺼운 벽이고 천정은 회색의 나무에 단조로운 꽃무늬 그림이 그려져 있다. 창문이 없는 한쪽 벽에는 중세기풍 벽난로가 있는데 고색창연한 분위기다.

아르강에서 나온 송어훈제의 전식, 그리고 아르강 골짜기에서 나온 약초를 넣은 크림수프 등이 이색적이다. 아이펠의 고원지대에 많은 토끼, 노루, 사슴 등의 야생요리, 그리고 근래에 손님들이 많이 찾는 오리 요리와 양고기 요리가 이 집의 진미이다.

나는 이 식당에 앉아있을 때마다 기이한 느낌을 지울 수 없다. 지난 775년 동안, 특히 1618년에서 1648년까지의 30년 전쟁 때 스웨덴군과 프랑스군의 점령하에서, 또 1686~1689년의 프랑스 왕 루이14세의 라인지방 초토화 작전 때도 이곳은 무사했다. 1789년에 프랑스혁명이 일어나고 그 혁명군이 1794~1814년까지 이 아르강 지역을 점령했으나 이 식당의 영업은 중단되지 않았다.

나는 이 식당에 가면 반드시 주인이 만든 아르포도주를 즐긴

▲ 1246년에 주막으로 시작한 성 페트로 식당. 건물 벽이 1m나 돼 여름에는 시원하고 겨울에는 따습다.

다. 아르강 골짜기는 독일 최북단에 있는 포도주 산지이다. 북위 50도와 51도 사이를 흐르고 있는 아르강가는 기온이 따습지 않으므로 포도밭은 아르강 하류 쪽 골짜기의 남향 급경사면에 있다. 남향의 경사진 곳은 낮에 태양광선을 가장 많이 받으며 저녁이면 낮에 받은 열을 방사하여 기온이 내려가는 것을 막아준다. 그러기에 위도가 높은 북쪽에서도 포도나무가 잘 자랄 수 있다. 우리나라 사람들이 독일 여행 중에 경사진 산에 포도를 경작하는 것을 보고 독일 사람이 너무 부지런하다고 하는데, 그보다는 기후 때문에 산 사면에다 포도를 경작하는 것이다. 포도 경작법은 로마군 점령시대에 이 지방에 전래됐다.

이 식당이 있는 발포르스하임 마을의 포도원에서 아르강 유역 가운데 가장 맛있는 포도주가 생산된다. 이 성 페트로 식당의 소유자 브로그지터 일가는 400년간 포도 경작을 해왔는데 그 경작면적이 이 지역에서는 가장 큰 와이너리winery이다. 400년의 양조장 경험을 가지고 만든 이 집의 포도주는 이 식당의 음식에 꼭 알맞은 맛이다.

아르강 지역의 포도주는, 특히 독일에서 생산되는 붉은 포도주는 색이 연하다. 어느 날 이웃 쾰른대학병원의 심장내과 교수의 저녁식사 초대를 받았는데 그의 포도주 자랑이 이색적이었다.

"나는 독일 포도주만을 즐깁니다. 독일 포도주는 다른 나라 붉은 포도주에 비해 색이 연한 게 사실입니다. 그러나 다른 나라 포도주 가운데는 인공색소를 넣어 포도주색을 조절하기도 하고 맛도 인공적으로 조절하는 것이 있습니다. 한번 술 도매상에 가서 시음해보세요. 오늘날 포도주색과 맛은 호주, 남미, 남아공, 미국, 스페인, 이탈리아 등 어느 지역 산이든 프랑스산과 비슷합니다. 독일 포도주에는 이물질을 섞어서 조제하는 것이 법으로 금지돼 있어요. 즉 독일 포도주는 자연산입니다."

독일에 살면서도 프랑스 파리 갈 기회는 매우 적었다. 19

60년대와 1970년대 독일 의학자들은 중부유럽, 북부유럽, 영국, 미국 등의 대학과 교류가 많았으나 지중해 해안국들과는 왕래가 드물었다. 더욱이 불어에 능하지 못한 나에게는 프랑스 여행이 아주 낯설었다. 그래서 400년 역사에 빛나는 파리의 토르 다르장에는 애석하게도 아직 가보지 못했다. 1582년에 창업한 이 식당은 세느강변에 있어 전망도 좋고 노트르담 대성당도 잘 보이는 위치에 있다고 한다. 일찍이 16세기말, 17세기 초에 프랑스 왕 앙리3세와 앙리4세가 이 식당에 자주 다녔으며 루이3세 왕의 재상을 지낸 리시리우 추기경도 이 식당을 즐겨 사용했다고 알려져 있다.

이 식당에서는 오리요리를 먹어봐야 한다. 1867년 6월엔 나폴레옹3세 프랑스 황제가 러시아의 황제 알렉산더2세와 프러시아의 왕 빌헬름1세를 영접했던 것도 이곳의 자랑이다. 이 식당에선 오리요리를 주문하면 자기가 받은 오리의 번호표를 준다. 예를 들면 1930년에 이 식당을 방문한 미국 루스벨트 대통령이 먹은 오리의 번호가 112151번이며, 1955년에 방문한 영화배우 찰리 채플린의 오리 번호는 253652번이다. 언젠가 가서 시식해야겠다고 생각하는데 그때 내가 먹게 될 오리의 번호가 궁금하다.

그러나 세계의 부호들이 어깨에 힘주는 화려한 파리보다도 이 아담하고 부드러운 아르강 골짜기에서 800년 가까운 세월을 파란만장한 역사의 풍파 속에서 살아남은 성 페트로가 내겐 더 특별하다. 이 지방의 소박한 요리로 미식가를 즐겁게 해준 성 페트로는 내가 찾아갈 때마다 흙속에 묻혀있는 보석을 발견하는 것처럼 나를 기쁘게 해주는 식당이다.

***

1984년 10월 어느 일요일이었다. 병원 내의 간 이식 프로그램을 재편성한 후 격무에 시달리고 있을 때 외국에서 손님이 와 모젤강으로 단풍구경이나 하자며 차를 몰고나갔다가 해가 저물었다. 9월 말 추분이 지나면 북부유럽의 낮은 사정없이 짧아진다. 알프를 지나 강을 따라 동쪽의 코헴시를 향해 가면서 저녁 먹을 식당을 찾았다. 10월은 포도 수확이 끝난 다음이라 여행객의 발걸음이 많지 않을 때다. 우선 주차하기 좋은 곳을 고르면서 어두운 저녁 길을 달렸다. 한참 달리다보니 빨간색의 네온 글씨로 물망초Vergiß meinnicht라고 벽에 번쩍이는 것이 눈에 띄는 식당이 있었다. 식당 내에는 사람들이 꽤 많아 보였다. 주차장도 넓었다. 무엇보다도 물망초란 이름이 낭만적이어서 내 마음을 당겼다.

"낯선 도시에 갔을 때 사람들이 많이 있는 식당에 들어가면 음식 맛이 좋아요."

나는 같이 간 일행을 차에서 내리게 했다. 계단을 몇 개 올라 문을 열고 들어갔더니 그렇게 큰 식당은 아니었으며 스탠드에 서 50대 중반의 남자 주인이 웃으며 우리를 맞이했다. 작은 키 에 짧은 머리를 하고 있어 부지런하게 보였다. 주인이 싱글벙 글하는 것을 보니 아시아인의 손님 왕래가 드문 모양이었다.

우리는 빈 식탁 하나를 찾아 자리에 앉고 다른 손님들의 시 선을 피하여 음식을 주문하려고 식단을 넘겨보니 첫 페이지에 기록된 글에 내 흥미가 쏟아졌다.

'이 식당은 1864년에 창업하여 4대째 운영을 해오고 있는데 5대 자손 중 이어받을 자가 없어서 불행히도 4대로 막을 내릴 것 같아 슬프기만 하다.'

그러고 보니 당시 1984년은 이 가족이 이 식당을 개업하여 120년 된 해다. 한 세기 이상 한 가족에 의해 경영해온 모젤강 가의 이 작은 식당에 감동받은 나는 스탠드에서 맥주를 따르 고 있는 주인에게 말을 던졌다.

"아니 실제로 창업주의 4대 자손이세요?"

"그렇습니다. 작은 식당입니다만 이 모젤강을 바라보며 손 님들을 위해 우리 가족이 한 세기 이상 봉사해오고 있지요"

"아이들이 몇이나 되세요? 자식들 중 하나쯤은 이 귀중한 전 통을 이어 받아야죠."

그 주인은 고개를 흔들었다. 시대가 너무 변하니 이런 시골에 주저앉아 전통을 이어받고자 하는 자식이 없고 개인의 자유의사를 존중하는 시대이니 자식에게 강요할 권리도 부모에게 없으므로 안타깝기만 하다는 것이었다.

1870년은 프랑스의 나폴레옹 3세가 프러시아에 선전포고를 하여 보불전쟁을 일으킨 해다. 이듬해엔 프랑스가 프러시아에 항복하여 베르사이유 조약이 체결되고 독일제국이 수립됨과 동시에 프러시아 왕 빌헬름 1세가 초대 독일황제 제위에 올랐다. 이해에 프랑스 영토였던 알사스 로트링겐 지방이 독일에 합병됐다. 이런 독불 관계의 험악한 시기에 라인 강 좌측의 모젤강가에 이 식당이 탄생했다.

1864년 마티아스 토마스 씨는 게어트르트를 신부로 맞이하자마자 물망초란 여인숙 겸 식당을 이 폴터도르프 마을에 개업했다. 이 집에 딸이 하나밖에 없어서 그 딸 빌헬민에가 프리드리히 콘첸 씨와 결혼해서 이 식당을 맡았다. 2대는 두 아이가 있었는데 한 아들이 1930년에 결혼하여 3대로서 이 식당을 인계받았으며 결혼 후 1933년에 아들을 낳았다. 그런데 1939년 전쟁 때 이 3대가 죽고, 그 아들인 4대가 어머니와 같이 경영을 해온 것이다. 프랑스군의 점령과 제1,2차 세계대전 와중에 식당 경영은 아주 위험했다고 한다. 나는 식당의 역사를 설명하고 있는 4대의 이야기에 귀를 기울이며 전쟁을 피하지 못한 인류사를 원망하기도 했다.

"옛집을 그대로 유지하면서 운영하시면 음식에 더욱 역사의 맛이 깃들일 텐데요."

내가 묻자 그는 목이 마르는지 물을 한 잔 마시고 물망초 집이 무너진 사건에 대해 설명을 계속했다.

"1959년경에는 모든 식당에 춤추는 공간을 설치하는 것이 유행이었어요. 전후 경제가 좋아지던 때라 휴가 온 손님들이 춤출 수 있는 여인숙만 선호했지요. 그래서 그해에 100년 동안 영업을 계속해온 아주 아름답고 전통이 번쩍이는 우리 식당 지하실에 춤추는 공간을 만드는 작업을 했는데 건축기사의 설계 잘못으로 공사 도중 건물이 무너져 버렸어요. 그때는 제가 이 주의 바드크로이쓰나하에 있는 호텔 및 식당경영인 양성 전문대학을 나와 의욕을 가지고 어머니를 돕고 있던 26세 때였습니다. 우리 모자는 무척 울었지요. 식당 영업을 포기할까 몇 번 생각했습니다만 선조의 뜻을 버리지 말자고 하는 어머니의 뜻을 존중하여 이 집을 재건한 것입니다."

며칠 뒤 나는 다시 물망초를 방문해 주인과 긴 대화를 나눴는데, 어찌된 일인지 그 후 약 10년 동안 나는 이 식당을 찾지 못했다. 아마 병원일이 바빠서 모젤지방을 산책할 마음의 여유를 갖지 못했을 것이다. 1990년대에 들어와 서울 S대학병원의 L 교수를 만났더니 "아 그 물망초는 어찌됐지요? 5대가 이어받았나요?"하고 질문하는 순간 그 역사적인 시골 식당의 안

▲ 모젤 강가에 있는 식당 물망초 전경. 5대가 영업을 개시한 후 새롭게 단장했다.

부가 염려스러웠다.

　나는 독일에 돌아오자마자 9월의 태양빛 속에 차를 몰고 모젤강으로 갔다. 코헴시를 가로지르는 강가의 길을 따라 차를 몰았다. 130년 가까운 한 가족의 역사가 단절되지는 않았을까 하는 궁금증을 갖고 갔다. 4대 주인은 역시 그 사이에 많이 늙어 창백한 얼굴에 건강이 좋아 보이지 않았다. 그래도 웃으며 나를 반기더니 내가 좋아하는 돼지고기요리인 슈바이너브라텐을 가져왔다.

　그런데 아쉽게도 주인도 늙고 음식 맛도 한풀 꺾였다는 인상을 받았다. 이 집의 긴 역사도 활기를 잃고 시들어가고 있는 것이었다. 애석한 감을 면치 못했다. 손님도 적고 창문도 수리가 되지 않아 그 노인의 눈에는 눈물이 글썽거렸다. 우리가 떠나려고 할 때 주인은 자기 모친이 돌아가실 때 물망초만은 대대로 이어갈 것을 간곡히 부탁했는데 문을 닫게 됐다고 슬퍼했다. 나는 아무 말도 하지 못하고 문을 닫고 나왔다. 그 순간 내가 자란 전라도 시골 농촌을 생각했다. 근대화의 흐름을 타고 젊은 사람들이 떠난 노령화된 농촌에 활력과 미래가 있을 리 없다는 생각을 했다. 눈물 흘리던 4대 할아버지와 헤어진 다음 여러 해 동안 나는 물망초에 발길을 끊었다.

*** *

21세기에 들어온 5월의 어느 일요일 모젤강가의 길을 드라이브하다 물망초 생각이 났다. 물망초는 꽃말이 '나를 잊지 말라'는 뜻이다. 혹시 4대 주인 할아버지가 병에 시달리고 있지 않을까? 그러면 그 물망초를 누가 인수해서 다른 이름으로 변했을까? 호기심이 생겨 점심시간에 들러봤다.

"참 오랜만입니다. 선생님이 걱정해 주셔서 5대가 이어받았습니다. 애야, 이리 좀 오너라. 본 대학병원 그 선생님이야. 내가 너에게 이야기한 적이 있었던 그 선생님이 오셨어."

◀ 물망초 식당 5대 주인이 6대 후보자인 딸을 자랑하고 있다.

그 4대 주인은 다시 건강해졌고, 식탁 커버는 산뜻한 새 색깔로 바뀌어 5월의 태양빛에 번쩍였다. 창문의 초록색 커튼 너머로 모젤 강물이 출렁거리고 있었다.

"선생님, 제가 막내인데 5대입니다."

그 청년은 희망찬 얼굴에 젊음이 가득한 미소를 지으며 악수를 청했다. 손아귀 힘이 무척 세어 내 손이 아플 정도로 그는 정답게 인사했다. 다행스럽게도 물망초는 소생한 것이다.

"음식이 맛있는데 5대가 개발한 거야?"

"제가 혼자 한 게 아닙니다. 제가 요리할 때 초대부터의 선조가 같이 힘을 합해서 맛있게 해주는 거지요."

곁에 서서 보고 있던 4대 할아버지의 입이 크게 벌어졌다. 소생한 물망초의 희망찬 순간이었다.

나는 5대 주인이 서비스해준 수프를 마시며 식당 건너편 모젤강 남쪽에 위치한 언덕 위에 있는 성지의 부서진 돌담을 바라보았다. 2000년 전 로마군의 점령시대부터 파란만장의 역사를 겪어가며 흥망성쇠를 거듭해온 모젤강가에 5월의 햇살에 포도나무 순이 시간을 다퉈 자라나는 생명의 연극을 되풀이하고 있었다. 시들어가던 물망초도 5대 주인에 의해 다시금 되살아나고 있다는 자연의 섭리에 감사한 마음을 금치 못했다.

2005년 이른 가을 서울에서 손님이 왔다. 나는 또다시 모젤강가의 동화에 나온 성처럼 아름다운 성이 있는 코헴으로 차를 몰았다.

"점심은 물망초에서 해야죠."

우리는 포도나무가 무성한 포도밭가의 길을 강을 따라 서쪽으로 가다가 물망초의 주차장에 차를 멈추었다. 5대 주인이 두 살 된 어린애를 데리고 나와 인사했다.

"선생님, 6대 주인입니다."

나는 그 어린아이에게 손을 흔들면서 이 집에 새로운 싹이 계속 나와 모젤강가의 물망초에 단절 없는 역사가 이어지기를 빌었다.

죽으면 영혼은
언제 육체를 떠나나

내가 독일에서 살아온 날이 60년. 몸은 독일 땅에 있지만, 영혼은 아직도 얼마간은 한국인이다. 특히 한국의 명절이나 기념일이 되면 옛일이 주마등처럼 떠오른다. 이번 설날에도 고향인 전남 영암 땅을 밟지는 못하겠지만, 친지들이 모여 가족의 정을 나누는 정경이 눈에 밟힌다.

가족의 정뿐 아니다. 서양에서 쉽게 받아들이지 못하는 한국의 전통이나 습속에 대해서도 여전히 나는 그 끈을 끊지 못하고 살고 있다. 그 하나가 영혼과 죽음에 대한 생각이다. 죽은 조상을 땅에 묻고 섬기는 풍수지리 풍습에 대한 것도 마찬가지다. 언젠가 시사뉴스가 자주 방송되는 DLF방송에서 한국의 묏자리 문제와 풍수지리설을 다룬 적이 있다.

"한국에는 산세, 지세, 수세 등을 판단해 인간의 길흉화복과 연결시키는 풍수설이 있습니다. 한국인은 이것을 수백 년간 믿어와 지금도 일상생활에서 영향을 많이 받고 있습니다. 특히 조상의 묏자리가 명당이면 자손이 복을 받는다고 생각합니다. 그리고 집안에 우환이 있거나 사업에 실패하면 조상의 묘, 주로 자기 부모의 묘가 풍수지리설로 판단해 좋지 않은 자리에 있기 때문으로 여기고 묏자리를 옮긴다고 합니다. 우리 유럽인이 이해가 안 되는 것은 선거에 출마하는 사람마저 당선되기 위해 선거 전에 지관의 조언을 듣고 부모의 묘를 이장하기도 한다는 것입니다."

"묏자리를 한번 봐주는 데 경비를 얼마나 받습니까?"라는 독일 기자의 질문에 한 지관은 "우리는 일정한 비용을 받지 않고 묏자리를 구하려는 사람의 경제 능력에 따라 사례를 받습니다"라고 대답했다. 독일 기자는 한국을 차로 여행해보면 길가의 언덕 위에 또는 산허리 중턱에 멜론 반쪽을 엎어놓은 모양으로 흙을 쌓아놓은 것이 보이는데 이것이 한국의 묘며, 부잣집 조상의 묘는 그 주변에 나무도 심고 비석도 만들어놨다고 했다. 한국인이 이렇게 조상의 묘를 정성 들여 관리하면 앞으로 몇 년 후에는 낮은 산이 전부 묘로 덮일 수도 있다고 그 기자는 말했다. 그리고 한국인은 묘 앞에 음식을 차려놓고 술

잔을 올려 살아 있는 사람을 접대하는 것처럼 절을 하고 혼잣말로 조상에게 속삭인다고 덧붙였다.

나는 이 방송을 들으면서 죽은 사람의 영혼과 시신屍身에 대한 동서양의 서로 다른 견해가 내 머릿속에 혼재돼 있음을 새삼 느꼈다.

먼저 한국식 견해다. 이것은 어릴 때 받은 유교적 가정교육에 의해 세뇌된 것이다. 조상의 시신을 묻은 묘를 명당에 잘 쓰고 가꿔야 후손이 번성해가고 집안에 경사가 많다는 생각이 평생 내 머릿속 한구석에 숨어 있다가 한국에만 가면 재차 소생한다. 독일에서 반세기 이상 살았어도 버리지 못하고 있는 것이다.

다른 하나는 기독교 교리에 입각한 유럽식 견해다. 사람은 죽는 순간 영혼과 육체가 분리된다고 보는 것이다. 이 견해는 특히 유럽에서 장기 이식을 해온 의사로서의 직업의식과 밀접한 관계가 있다.

나는 한국에 나가면 2~3년에 한 번 정도 고향에 있는 산소에 성묘를 간다. 그곳에는 조상의 묘가 모여 있는 선산이 있다. 원래 내가 자란 마을에는 일가친척 대부분이 살며 농업에 종사했는데 이제는 그 마을에 친척이 두 집만 남아 있다. 비행기로 광주에 도착하면 나는 공항에 마중 나온 조카와 함께 가게에 가서 성묘할 때 차릴 음식을 산다.

"애야, 여러 가지 좀 더 많이 사거라. 모처럼 고향에 왔으니 선영 상에 많이 놔드려야 하지 않겠니?"

마치 살아 있는 분들을 만나러 가는 것처럼 겸허한 생각을 하게 된다. 나는 특히 아버지 묘 앞에선 항시 어릴 때 들은 설교를 떠올린다.

"사범학교 졸업하면 인근 학교에 교사로 부임해서 조상 모시고 농사도 겸해 살아가는 것이 가장 행복한 생활이다. 그것 잊지 마라."

나는 묘 앞에서 "아버지가 원하셨던 대로 가까이 있지 못하고 먼 외국에 있으니 그 불효를 용서하세요"라고 빌며 절을 한다. 죽은 사람의 영혼이 그 묘 속에 있다고 생각하는 것이다. 어머니의 묘, 조부모의 묘에 절을 할 때도 마찬가지 대화를 하고 잘못을 용서해달라고 빈다.

***

한국에서 이처럼 살아 있는 후손이 선조의 묘를 가꾸고 성묘를 하는 것은 자기 가문을 자랑하는 것인 동시에 자신도 조상의 복을 받아 대성하기를 바라기 때문이다. 결국 우리나라 풍수지리설과 조상 숭배의 관습은 후손들이 복을 받기 바라는데 그 목적이 있다고 해도 과언이 아니다.

유럽 사회에 돌아오면 나는 이 조상숭배의 의식구조에서 완전히 벗어나 생활한다. 의사인 나는, 특히 뇌사자에게 장기를 얻어 이식하면서 평생 사람의 시신과 영혼의 문제에 부딪혀왔다. 내가 의학도의 길에 들어서서 처음으로 사람의 시신과 영혼의 문제에 맞닥뜨린 것은 해부학 실습을 할 때였다. 당시 나는 포르말린 속에 장기간 보존돼 있는 시신으로 해부학 공부를 했다. 코를 찌르는 포르말린 냄새와 해부학 시험에 합격해야 한다는 스트레스 때문에 내게 배당된 시신과 죽음, 영혼 문제를 생각할 겨를이 없었다. 죽은 자에 대한 농담이 실습장 여기저기서 들리고 급기야 웃음바다가 되는 불손한 장면도 간혹 있었다. 자기 조상이 아닌, 주인 없는 시신에 대한 의대생들의 패륜을 책망해본다.

　환자의 사망 원인을 분석하기 위해 처음으로 병리실에서 시신을 해부한 것은 1959년 겨울이다. 독일 유학 첫해 겨울에 내가 다니던 하인리히·하이네 대학병원에서 약 30km 떨어진, 독일 루르공업지대의 핵심부에 있는 에센 시의 휴이센스스티프퉁 병원의 내과로 실습을 나간 적이 있다. 남자병동에 있었는데 어느 날 37세 광부가 허리가 아프다며 입원했다. 유학 온 지 1년도 안 돼 나는 독일어가 서툴렀는데도 그 환자가 나에게 상당히 의지해, 나는 각별한 관심을 갖고 보살폈다. 주말을 보내고 그다음 주 월요일에 출근했는데 그 환자가 보이지 않아 물어봤더니 사망했다고 했다. 허리 통증은 사망할 병이 아닌데 하고 의아심이 생겼으나 아무도 설명해주지 않았다. 오전 11시가 넘어 병동장 스미트 박사가 나를 끌고 가며 말했다.

"미스터 리, 이리 와요. 어제 그 환자가 사망했는데 곧 병리실에서 그 환자의 시신 해부가 시작돼요. 같이 가보지요."

대학병원 병리학교실의 시신해부실에 비하면 지방병원의 병리실은 청결하지 못했는데 그보다는 해부대 위 시신의 얼굴을 보니 소름이 끼치고 생명의 허무함을 느끼지 않을 수 없었다. 피부에는 이미 검붉은색 반점이 생겨 있고 시신 냄새가 코를 찔렀다. 나는 저 환자의 영혼은 어디 있을까 하고 주위를 둘러봤다. 그의 영혼이 어디선가 나를 쳐다보며 원망하고 있지 않을까 불안했다.

사망 원인은 금세 밝혀졌다. 간호사가 근육주사를 놓았는데 주사기가 오염돼 주사한 부위에 가스 괴저壞疽가 생겼던 것이다. 믿고 치료받기 위해 입원한 병원에서 간호사의 잘못으로 귀중한 인간의 생명이 스러진 것이다. 시신은 병리교수에 의해 절개되고 뇌를 비롯한 모든 장기는 사인을 판명하기 위해 적출돼 검사실로 운반됐다. 영혼은 육체를 떠났다고 볼 수밖에 없었다. 다음날 장례식장으로 옮겨진 시신은 일부 잔해에 불과했다.

그러던 나는 1969년 뇌사자의 간을 떼어 유럽대륙 최초로 간 이식을 했다. 즉 최초로 뇌사자에게서 장기를 떼어냈다. 간을 제공한 이는 21세 청년이었는데 뇌출혈로 입원해 의식불명 상태가 됐고 뇌사 진단을 받았다. 뇌사는 1960년대에 콩팥, 심장 등의 장기 이식이 시작되면서 생긴 용어. 인공호흡에 의해 신체의 모든 부위는 생물학적으로 살아 있어도 뇌는 이미 사망해 의식불명 상태에 있는 사람에 대해 의학계가 규정한 새로운 죽음의 정의다. 뇌사한 그 청년의 피부색은 창백했다. 하지만 죽은 사람에게 나타나는 검붉은 반점이 없어 시체로 생각되지 않았다. 의식은 없으나 얼굴은 잠자고 있는 자와 같았다. 기독교의 교리대로 이 환자의 영혼은 정말 이미 육체를 떠난 걸까. 육체를 떠났다면 어느 시점에서 떠났으며, 어느 구석에서 지금 자신의 간을 떼내려는 나를 내려다보고 있을까. 아니면 천당에 가 있을까. 그런 의문들이 내 머릿속에서 교차했다.

***

1960년대 의학계에서는 뇌사의 여러 가지 진단 기준을 발표했다. 오스트리아 인스브루크 대학병원의 하이드 교수는 혼수상태에 빠진 환자를 인공호흡으로 생명을 유지시킬 때 여러 날이 지나도 회복이 안 된 경우 그 환자가 언제 사망했다고 봐야 하는지 당시 로마교황 비오 12세에게 물었다. 교황은 "그것은 의학이 판단해 결정할 일이지 종교가 관여할 문제가 아니다"라고 대답했다. 다시 말하면 의학이 뇌사자라고 진단한 순간 종교적으로 볼 때 환자는 사망한 것이고 그 순간 영혼은 육체를 떠났다고 볼 수 있는 것이다.

1969년 간 이식에 성공했다는 사실이 언론에 연일 보도된 뒤 내가 근무하는 병원에 간 이식 수술을 받으려고 기다리는 환자가 무척이나 많아졌다. 그러나 간을 제공할 뇌사자가 적어서 나는 주변의 크고 작은 병원을 찾아다니며 교통사고 등으로 생존 가망이 없는 환자를 우리 병원에 보내줄 것을 부탁했다. 장기 이식을 통해 사람을 살리기 위해 나는 죽어가는 환자나 뇌사자가 된 시신을 모집하는 의사가 됐다. 기기묘묘한 운명 아닌가. 이런 기회가 있을 때마다 나는 의사가 뇌사의 진단을 내리는 순간 영혼은 육체를 떠났다고 봐야 한다고 '설교'했다. 나의 직업의식 탓이다.

1972년 어느 날 나는 우리 병원에서 약 100km 떨어진 곳에 있는 아헨시 근처의 천주교병원에서 뇌사자의 간 제공과 관련된 강연을 했다. 그때 한 신부가 이런 질문을 했다.

"닥터 리, 의식불명인 환자를 대상으로 인공호흡을 할 경우가 있는데, 의사가 뇌사 진단을 확정하지 않았다면 그 환자는 아직 영혼이 육체에서 떠나지 않았다고 봐야 합니까?"

뇌사 여부를 진단할 때 육체와 영혼의 분리 시기를 정확히 결정하기는 어렵다. 때에 따라서는 아직 뇌사 진단을 하지 않았는데 갑자기 순환장애를 일으켜 혈압이 내려가고 심장이 정지된 경우도 있다. 이런 경우 심장이 정지되기 직전에 장기를 적출할 수 있는가. 혹은 아직 뇌사 진단이 확정되지 않았으니 영혼이 아직도 그 환자에게서 떠나지 않았다고 할 수 있는가. 의사가 아무리 노력해도 심장 박동이 느려지고 혈압이 내려갈 경우엔 장기를 떼어내도 좋은가 등등의 복잡한 문제들이 대두된다.

1970년대 말부터는 뇌사자 한 사람에게서 여러 장기를 적출하는 게 가능해졌다. 1980년 초에는 한 뇌사자에게서 심장, 간, 췌장, 콩팥, 골격, 눈의 각막 등을 적출해 이식했다. 뇌사자의 시신에 남은 것이 거의 없을 지경이었다. 나는 소형 항공기를 대절해 이탈리아, 스페인, 프랑스, 오스트리아, 덴마크, 네덜란드 등지로 가서 뇌사자의 간을 떼어낸 뒤 다시 시간을 다퉈 독일로 돌아와 이식수술을 하곤 했다. 수술 후에는 이식받은 환자를 보살피는 데 주야로 전력을 다해야 했다. 그래서 장기를 뗀 시신의 영혼에 대해 깊이 생각할 여유가 없었다. 결국 죽은 자의 영혼 문제는 생각지도 않는 비도덕적 의사가 되고 말았다.

1980년 중반의 어느 날 나는 헬리콥터를 타고 우리 병원에서 그렇게 멀지 않은 뮌헨대학병원으로 간을 적출하러 간 적이 있다. 병원 헬기 착륙장에 내리니 장기를 적출하러 온 다른 팀 헬리콥터 두 대가 먼저 도착해 있었다. 이제는 장기뿐 아니라 골격까지 이식하는 시대가 돼 인체의 모든 부분을 여러 병원에서 나눠 가져갔다. 착륙장에 이 병원 H 교수가 직접 마중을 나와 있었다.

"이 교수, 안녕하셨어요? 오랜만입니다. 심장 팀과 췌장 팀은 벌써 도착했습니다. 자동차로 오는 두 팀이 아직 도착하지 않았으니 가서 좀 기다리시지요."

대기실에서 오스트리아 알프스 산 속에 있는 인스브루크 대학에서 온 심장 팀이 눈에 띄었다. 뮌헨 남부에 있는 한 병원에서 골격과 눈의 각막을 필요로 하는데 아직 그 팀이 도착하지 않았다고 했다. 서로 인사를 나누고 조금 있으니 골격 팀이 도착해서 곧바로 수술에 들어갔다. 심장 팀이 먼저 심장을 떼고 그다음 우리가 간장을 떼어 보존액이 들어 있는 봉지에 담고 그 뒤에 췌장과 신장, 각막과 골격을 각자 필요한 팀이 적출했다. 일이 거의 끝나갈 무렵 H 교수가 나를 불렀다.

"이 교수, 손님께 어려운 부탁을 하나 해야겠어요. 시간이 있으시면 뇌사자의 흉곽과 복부를 좀 봉합해 주시겠어요. 우리 병원 당직의사는 중환자가 있어 바쁘고 다른 의사들은 초과근무수당 때문에 이미 집에 보내버렸습니다. 제가 하려고 했는데 얼마 전 손을 다친 것이 아직 안 좋군요. 오늘 봉합해 놓지 않으면 내일 아침에 가족들이 시체를 찾으러 올 텐데 좀 곤란할 것 같아서요."

"그러세요. 제가 봉합해놓고 가지요. 아직 시간도 좀 있고 또 이렇게 간장을 적출하게 해주셨으니 뒤처리를 해야지요. 아무 걱정 마세요. 가족들이 마음 아프지 않도록 깨끗하게 해 놓겠습니다."

＊＊＊

독일에서는 어디서나 노동시간 문제가 복잡하다. 시간외근 무를 하면 반드시 많은 액수의 초과수당을 지급하거나 그 시 간에 해당하는 만큼 휴가를 줘야 한다. 1960년대만 해도 병원 에 근무하는 의사들은 시간외근무니 초과근무수당 같은 것은 생각할 수도 없었다. 특히 대학병원에서는 그런 말을 꺼내지 도 못했다. 환자가 있으면 당연히 의사가 옆에 있어야 하는 것 으로 알았고 밤을 새워서라도 치료하고 연구해야 한다고 믿었 다. 그러나 이젠 독일에서도 슈바벤(Schwaben, 독일 남부지역)적 근면정신과 프러시아(Preussen, 전 프로이센 공국지역)적인 책임의 식을 자랑하던 시대는 지나간 것 같았다.

나는 골격 팀의 젊은 의사 두 사람이 최후로 남아 능숙한 솜

씨로 뇌사자에게서 대퇴부 골격을 빼내는 것을 바라보며 서 있었다. 그들은 재빠른 손놀림으로 좌우의 대퇴골을 근육으로부터 벗겨내더니 소독된 보자기에 싸서 쏜살같이 사라졌다. 양쪽 윗부분 다리뼈를 빼앗긴 뇌사자의 두 다리는 근육이 수축돼 아주 짧아졌다. 늘씬하던 몸이 순식간에 볼품없이 돼버렸다. 이것이 사고 현장에서 발견된 시체라면 어쩔 수 없겠지만, 자신은 죽어가도 다른 사람을 구제하겠다는 숭고한 목적으로 신체의 많은 부위를 남에게 준 기증자의 모습치고는 존엄성을 상실한 외관이어서 슬퍼졌다. 그때 젊은 간호사가 나를 도와주려고 나타났다.

"안녕하세요. 오늘 당직 간호사인가 보죠? 우리 때문에 저녁 늦게 쉬지도 못하고 미안합니다. 오늘밤이나 내일 가족들이 시체를 인수하러 온다는데 저런 꼴을 보여서야 되겠습니까. 장기 기증을 한다고 고인의 몸을 형편없이 망가뜨려놓은 것을 보면 대경실색할 것 아니오. 그들이 실망하지 않도록 우리 둘이서 잘 봉합해줍시다."

"교수님도 병원에 돌아가지 못하고 고생하시는군요."

뇌사자의 몸은 심장을 빼앗겨 흉곽이 텅 비어 있고 복부는 간장, 췌장, 신장이 없어지고 공기가 빠진 위와 장관(腸管)만 등에 유착돼 있어서 마치 의과대학 해부학교실에 학생지도용으로 비치된 시신을 연상케 했다.

나는 흉곽과 복부를 흉하지 않도록 조심해서 닫고 피부를 한 바늘 한 바늘 꿰매면서 옆에서 거들고 있는 간호사에게 말했다.

"만약 화상 환자에게 이 피부마저 이식할 수 있게 되면 우리가 이렇게 시신을 봉합할 필요도 없어질 거요. 앞으로 의학이 더 발달하면 틀림없이 화상이나 사고를 당한 환자에게 피부도 이식하게 될 겁니다. 어디 그뿐이겠어요. 지금 내 제자 중 한 사람은 근육과 팔다리의 관절을 이식하는 연구를 하고 있습니다. 그 결과가 좋아요. 그러면 머지않아 근육과 관절도 가져가게 되겠지요. 머리카락까지 이식하는 세상이 됐으니 앞으로 장기 기증자에게는 남는 게 없을 거예요."

"교수님, 장은 남을 것 아닙니까?"

"아니에요. 소장과 대장을 이식할 날도 멀지 않았어요. 그동안 동물실험을 계속해왔는데 지금 많은 경험을 쌓았어요."

"남은 것이 아무것도 없다면 장례는 무엇으로 치르지요?"

맞다. 기증자에게 아무것도 남지 않는다면 무엇으로 장례를 치르란 말인가! 그런 상태로 과연 장례가 필요할까. 그 이야기를 듣는 순간 나는 간호사를 쳐다보았다. 이렇게 의학이 발전한다면 인간의 죽음에 대한 존엄성은 모두 사라져버리는 것이 아닌가. 장기와 신체의 모든 부위를 나눠주고 겨우 남은 것들을 끌어모아 장례를 지낼 때 고인의 영혼이 온전한 대접을 받을 수 있을지 동양식 윤리관에서 생각해보았다.

▲ 2006년 9월 24일, 덴마크에서 상트페테르부르크로 이장된 제정 러시아 최후 황제의 어머니 묘.

주위를 돌아보니 썰렁한 수술실의 차가운 불빛 아래서 나와 간호사만 남아 바삐 손을 움직이고 있었다. 나는 신체의 많은 부분을 남에게 줘버린 뇌사자의 몸을 봉합하면서 그 몸의 주인공이었던 영혼이 천당의 하나님 곁에 편안히 가 있기를 기도했다. 본 대학으로 돌아오는 헬리콥터 안에서 나는 다시 한 번 간호사의 말을 떠올렸다. '앞으로 신체 기증자에게 남는 게 없게 된다면 무엇으로 장례를 치르지요?'

그런데 장례는 무엇을 위해 치르는 것일까. 시체를 위한 것일까. 영혼을 위한 것일까. 그 영혼을 담았던 몸이 여러 갈래로 찢겨도 영혼은 편안하게 잠들 수 있을까. 이렇게 훼손된 시체의 묘도 풍수지리설에 따라 명당자리에 써야 하는가. 이런 고민을 한다는 것은 내 머릿속에 유교적 윤리관이 유럽문화의 거센 파도에 밀려 퇴조했음에도 아직 모두 없어지진 않았다는 것을 뜻했다.

***

세월이 흘러 2006년 9월 24일 일요일 정오에 덴마크 로스킬데에 있는 황후의 묘를 이장한다는 TV뉴스를 봤다. 그 황후는 러시아 10월혁명 때 살해된 제정러시아 최후의 황제 니콜라이 2세의 어머니 마리아·호요도로우나였다. 이 덴마크왕실의 공주는 19세 때 러시아황제 알렉산더 3세와 결혼해 52년간 러시아에서 살았는데 러시아혁명 때 덴마크로 피신해 1928년 사망하고 그곳에 78년 동안 매장돼 있었다. 그러다 이날 그 유골이 러시아로 이송돼 9월 28일 상트페테르부르크의 페트로파브로스크 성당에 묻혀 있는 남편 알렉산더 3세의 묘 곁으로 이장됐다.

언론은 황후가 78년간 덴마크의 무덤 속에서 러시아 하늘을 바라보다 이제 남편 곁 안식처를 구하게 됐다고 보도했다. 이는 유골에 영혼이 같이 있는 것처럼 인식하고 있다는 말로 들렸다. 기독교문화권 역시 전통적 관습에는 죽은 후 육체와 영혼이 완전히 분리된다는 개념은 없는 것 같다.

그뿐 아니다. 베트남전쟁, 6·25전쟁 중에 사망한 미군병사의 시체(유골)를 미국 정부가 찾아서 미국으로 가져간다. 이것은 비단 시신의 존엄성만 고려해 이루어진 것보다도 앞의 러시아 황후의 경우와 같이 '영혼이여, 이제 고국에서 안식을 취하소서'라는 뜻으로 해석된다. 그렇다면 유골이 영혼과 같이 이동한다고 보는 것이 옳을까?

2006년 9월 14일 독일 출신인 교황 베네딕토 16세도 독일 레겐스부르크 근처의 부모 묘를 찾아 동생과 같이 묘 앞에서 기도를 했다. 묘 안의 시체에 부모의 영혼이 있다고 생각하며 기도했을까, 아니면 그 시체를 통해 하늘나라에 있는 영혼에게 기도했을까. 나는 답을 얻지 못했다.

뇌사자의 장기를 이식하기 위해 오랫동안 장기 적출 수술을 해온 의사에게는 '뇌사자의 시신은 존엄스럽게 다뤄야 하나 영혼은 이미 육체를 떠나 하늘나라에 가 있다'고 보는 것이 가장 편안한 결론이다.

이런 생활을 여러 해 해온 나는 장례식에 잘 가지 않는다. 한국식 장례식이든 유럽식 장례식이든 일반적으로 영구차에 실려 운반되는 시신에는 영혼이 같이 있다고 믿고 가족과 친지가 슬퍼하며 묘지까지 같이 가는 것이라고 볼 수 있다. 그러나 이식용 장기를 적출하는 수술실에서 뇌사자의 시신, 또는 병리실에서 해부된 시신을 연상하면 장례식의 존엄성이 없어진다.

내가 고령이 돼가니 잘 알고 지내던 친구들이 사망했다는 소식을 종종 듣는다. 서울을 방문했을 때 주변의 친지들은 유명을 달리한 친구의 집에 찾아가 그 친구의 영정에 인사라도 해야 하지 않느냐고 내게 권유한다. 그러나 나는 친구의 영정을 찾지 않는다. 환자 사망 직후 영혼은 이미 육체를 떠나 천국에 가 있다고 생각하며 시신에서 이식용 장기를 적출하는 나를 영정 속 친구의 영혼이 반기리라고는 생각지 않기 때문이다.

그러면서도 나는 고국을 방문해 고향에 가면 선산을 찾아가 술을 한잔 따라 올리며 돌아가신 부모, 조부모와 대화를 나눈다. 유럽에서 의사란 직업을 갖고 일생을 바친 내 머릿속에는 한국적인 나와 유럽적인 내가 공존하고 있어 주변 환경에 따라 1인2역을 하는 것이다. 참 모순적인 해외 동포 1세가 아닐 수 없다.

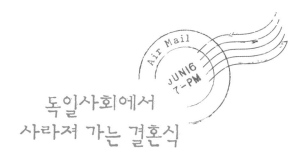

독일사회에서
사라져 가는 결혼식

　2010년 10월 첫 일요일 오후였다. 뮌헨에서 열린 맥주축제인 '10월제'(옥토버페스트)의 200주년 행사를 알리는 TV 보도가 요란스럽게 방영되고 있었다. 1810년 10월 12일 바이에른 주의 황태자 루드비히 결혼식을 축하하면서 시작된 10월제가 바이에른 주 200년 역사와 같이 유구하게 이어져온 것에 감탄하며 초가을의 햇볕을 만끽하고 있었다. 그때 전화벨이 울렸다. 무심코 받았더니 수화기 저편에서 들리는 목소리는 서울에서 살고 있는 큰아들이었다. 소식이 뜸하던 아들에게 무슨 급한 용건이 있나 싶어 정신을 집중했다.

　아들은 유럽의 학회에 참석할 일이 있어 독일에 들를까 하는

데 내가 출장이나 바쁜 일이 있는 것 아니냐고 물었다. 그리고 자기 아들이 다음해 정월에 결혼을 하는데 결혼식에 신랑의 할아버지 자격으로 참가해 축사를 해달라는 것이었다. 의대 졸업 전이라니 결혼하기엔 약간 이른 것 같았다. 이런 용건이면 찾아올 필요 없이 '편지 한 장으로 사연을 알리면 간단할 것 아니냐'라고 하면서 생각해보겠다고 대답했다.

독일에 반세기 이상 거주해오는 동안에 결혼식이란 단어가 내 머리에서 사라져버렸다. 최근에는 결혼한다고 초대장을 보내는 사람도 거의 없다. 대부분의 남녀가 결혼하지 않고 동거하며 애도 낳고, 동성연애자는 남남, 또는 여여가 동거생활을 한다. 필요하면 소문 없이 시청에 가서 결혼신고서에 서명하여 결혼한다. 그러니 지난날 유럽의 교회에서 거행하던 성스럽고 경사스런 결혼식이란 개념 자체를 우리는 망각해버렸다. 간혹 거행되는 유럽 왕족들의 결혼식을 TV로 중계하는 장면을 몇 번 봤을 뿐이다. 최근 약 30년간 나는 독일에서 타인의 결혼식에 가 본 적이 없다. 늦가을 아침 햇볕에 사라지는 안개처럼 어느덧 나는 결혼식이란 단어를 잊고 말았다. 유럽사회의 생활관습 변화가 너무 빠른 것 같다.

내 기억 속에는 유교적 관혼상제의 관습을 따라 살아오던 한국의 옛날 시골에서의 일이 아직도 생생하게 남아 있다. 80년 전 어린 시절 체험했던 사촌누나의 결혼식에 일가친척과 마을 사람들이 모여 축하를 해주던 장면이다. 백년가약을 맺어 평생 같이 살아야할 신랑신부가 쌍방의 부모가 정해준 상대방을 결혼식장에서 절을 하면서 처음 보게 되고 첫날밤이란 단어의 호기심을 안은 채 부부생활을 시작한다. 이런 상황에서는 '축하한다' '행복해라'라는 말이 초대받은 손님의 입에서 저절로 나온다. 결혼식에 들어오는 선물, 축의금은 결혼식 비용에 사용되며 기부한 분의 자녀 결혼식에서 갚아주는 품앗이다.

이 관습은 20세기 후반 산업화의 물결을 타고 크게 변화했다. 약 20년 전이긴 하지만 나에게 여러 해 치료를 받아오던 간 환자의 일화도 그런 경우다. 건강 상태를 점검하기 위해 서울에서 온 그는 마침 장남의 결혼식을 치르고 왔다면서 나에게 이런 말을 했다.

"선생님, 제가 그래도 인심을 잃지 않은 것 같아요. 큰아들 결혼식에 축의금이 몇천만 원 이상 들어왔어요."

한국에선 자식 결혼의 성패를 축의금 총액으로 평가하는 게 아닌가 하는 생각이 들었다. 물론 결혼식 비용이 많이 필요해 서민의 집에서는 결혼 준비하느라 부모가 고생을 많이 한다는 걸 모르는 바는 아니다. 하지만 결혼의 성패를 축의금으로만 평가할 수는 없는 것이다. 결국 그 사람의 아들 부부는 결혼 후 2년이 못 돼 이혼한 것으로 들었다.

한국에서 한 옛 친구를 만났더니 "이번에 나는 내 인생에 해야 할 일을 다 끝냈네"라고 말했다. 나는 처음엔 그 말을 이해하지 못했다. 우리 인생에 주어진 과제는 죽는 순간까지 뛰어도 그 일획도 끝내기가 어려운데, 하고 나는 의심했다. 그런데 친구의 말을 듣고서야 나는 그것이 아이를 낳으면 사교육비를 벌어 대학 졸업까지 시키고, 결혼 비용 장만해 혼사까지 치르는 것을 뜻한다는 걸 알게 됐다.

독일에서는 유치원부터 대학졸업까지 모든 교육비는 국가가 부담하고 만 16세가 돼 성인이 되면 부모는 아이의 인생 문제에 간섭해서도 안 되며, 아이들은 부모의 도움에 의지하려고 하지 않고 결혼 문제도 자신들이 해결해야 하는 과제라고 여긴다. 부모가 자처해서 할 일이 없다. 결혼하거나 동거하는 것은 법적으로 부모가 간섭해서는 안 되는 문제다.

2015년 8월 10일자의 일간신문 '디벨트'의 기사에 따르면 연간 3000명의 소녀가 독일에서 강제 결혼의 위험에 처하고 있다는 독일연방가족부의 발표를 인용했다. 주로 독일에 거주하는 이슬람권 사람들에게서 일어나는 일인데, 시민권자건, 영주권자건 부모들이 딸아이의 학교 휴가 중 부모의 고향에 갈 때 배우자를 미리 결정해 그곳에서 결혼식을 올리도록 한 것이다. 독일은 이 폐단을 없애기 위해 적어도 이슬람권에서 온 시민권자는 어린 자식의 동의 없이 강제 결혼을 시키거나 시키려는 부모는 2011년부터 6개월 이상 5년 이하의 형을 받도록 형법237조에 명시했다. 그러니 독일에서 부모는 절대로 자녀의 결혼을 강제로 시키면 안 된다.

1949년 봄 사범학교 1년 후배의 결혼식이 대전에서 있었다. 딸부자인 어머니가 단 하나밖에 없는 아들의 결혼에 중매인을 여러 사람 두고 며느리감을 골랐다고 한다. 어머니가 집안이나 인물을 보고 좋은 신부 후보자를 많이 골랐는데, 내 후배는 전부 거절했다. 무려 선을 32회나 보고 32번째 여인을 결혼 후보자로 결정했는데, 어머니 마음에는 들지 않았다고 후배는 내게 하소연했다. 하지만 결혼 당사자가 결정했기에 결혼식은 성대히 거행됐다. 선택의 자유는 내 후배에게 있지 그의 어머니에게 있는 것은 아니다. 30회 이상의 선을 보는데 적어도 반년 이상의 시간이 필요했고, 그 정신적 고통이 적지 않았다고 그의 어머니는 내게 귀띔했다.

동서양을 막론하고 중매는 수 천 년의 전통을 간직하고 있는 배우자 선택법이다. 구약성서에 아브라함이 아들 이삭의 신부감을 구하기 위해 몸종 에리저를 메소포타미아에 보냈다는 기록이 있다. 그러나 옛날의 상류사회에서는 중매에 의한 신랑 신부의 결합이 양가의 이해관계에 의해 이루어지는 경우가 허다했다. 중매결혼의 장점은 상대방의 사회적, 종교적인 환경을 참작하여 결혼할 배우자를 결정할 수 있다는 것이다.

*** *** ***

　1960년대 초에 독일에 유학 왔을 때 2차 대전 후에 제작한 일본 영화 '아버지와 딸'을 본 적이 있다. 제2차 세계대전 중에 어머니를 잃은 후 딸이 아버지 뒷바라지를 하며 같이 살아왔는데, 딸이 30세 가까이 되어가자 딸을 중매로 택한 사위와 결혼시키면서 결혼식 전날 아버지가 한 말이 기억이 난다.

　"결혼한다고 하여 두 사람의 애정이 바로 싹트는 것이 아니다. 애정은 여러 해를 같이 살아가는 동안에 싹트기 시작해서 커가는 것이다. 너의 어머니도 결혼 후에 혼자 방에 앉아 울고 있었던 것을 내가 자주 봤다."

　이것은 결혼 후에 이혼이란 문제가 발생하지 않았던 봉건사회 결혼생활의 일면이다. 21세기에 개인의 자유가 보장되고 남녀동권인 사회구조 하에서는, 특히 유럽사회에서는 중매란 옛 유물에 불과하다 해도 과언이 아니다.

　1950년대 후반 독일사회에서 남녀 결혼 문제는 아주 보수적이었지만 제2차 세계대전 중 많은 젊은 군인들을 잃게 돼 수많은 가정 문제가 발생했다. 전쟁 생존자는 포로수용소를 거쳐 대부분 고향으로 돌아온 후였다.

　1967년 여름, 내 병동에 22세 간호보조원이 북독일 하노버 지방에서 왔다. 미모에 건강하고 키가 큰 여자였다. 간호사들

커피 타임에 같이 차를 마신 적이 있는데, 자기는 이혼했지만 가정재판소 판결문에 자기 잘못이 없다며 법원서류를 보여줬다. 당시만 해도 부부가 이혼할 때 한쪽이 간통죄에 의해 처벌받은 경우가 대부분이었다. 이것이 또한 당시의 결정적 이혼 사유였다.

그러나 1969년 동방정책을 주도했던 사회민주당의 빌리 브란트 총리가 전후 20년간 통치해오던 보수당인 기독교민주연합을 물리치고 정권을 장악하면서 형법에서 간통죄를 제일 먼저 폐지시켰다. 이로 인해 자연적으로 이혼율은 증가했고, 사회당 정책의 일환으로 이혼 시 재산 분배, 위자료, 그리고 자녀 양육 문제 등에 대한 법개정이 이뤄졌다. 그로 인해 이혼 수속 자체가 복잡해졌다. 또 이혼 시에 여자의 권리가 보수당 정권 때보다는 더 보장받았다. 반면 남녀 동권이란 견지에서 여자의 수입 여하에 따라 여자가 남자에게 위자료, 또는 생활비를 지불하는 경우도 있게 됐다.

이혼 수속의 복잡성을 피하기 위해 1980년대에 들어서 젊은 세대는 우선 동거생활을 해보고 각자의 이상에 부합된다고 생각될 때 결혼하자는 견해가 지배적이었다. 즉 두 사람이 이상에 맞지 않은 경우 재판상 이혼의 복잡성을 피하자는 차원이었다. 대부분의 젊은 남녀는 결혼을 무시하고 동거생활에 들어갔다. 나의 막내아들도 예외는 아니었고, 젊은 조카 아이들도 그랬다. 내가 아는 의과대학 학생들도 결혼하지 않고 동거 생활을 하고 있는 이들이 대부분이었다.

독일에 여러 해 거주하고 있는 나의 한 친구가 두 아들을 키우고 있었다. 둘 다 의사인데 나는 가끔 친구 집에 식사 초대를 받아 두 아이의 성장 과정을 지켜볼 수가 있었다. 1980년대 여름 어느 일요일 점심 때 갔더니 두 사내아이들이 여자 친구들과 같이 왔다. 파티가 끝나고 돌아가는데 내 친구는 남은 음식을 두 아들의 여자친구들에게만 싸줬다. 그래서 내가 한마디 거들었다.

"아니 사내들은 굶으라는 거냐?"

"아이들이 동거생활하고 있어."

나는 그것이 당연한 독일사회의 관습이라는 것은 이해했지만, 아직도 옛 한국적 습관에 젖어있어 아쉬운 감이 들어 즉흥적으로 "결혼은 했나?"라고 물었다.

"요즘 결혼한 후에 동거생활을 시작한 젊은이가 어디 있어! 결혼하게 되면 알려드리지."

내 친구는 답답하다는 듯이 내게 말했다. 돌아오는 길에 나는 내 친구가 참으로 독일사회에 잘 동화된 우수한 미그란트(이주자)라고 생각했다.

그 후 몇 년이 지나자 친구 아들들의 여자친구들이 바뀌었다. 어느 날 주말모임엔 친구 아들 하나가 아직 돌이 지나지 않은 어린애를 데리고 왔다.

"아저씨, 애가 예쁘지요."

"결혼했느냐?"

"아직 안 했어요. 뭐 급하지 않은데요. 아직 결혼까지는 생각 않고 있어요."

나는 이 대답에 놀랐다. 애를 낳고 기르면서 여친과의 결혼을 생각하지 않는다고 하니…. 애를 낳고 같이 살면서 헤어질 가능성을 고려하고 살아가는 젊은 세대의 마음을 이해할 수가 없었다.

"애 성은 엄마 성, 또는 아버지 성?"

"저희들이 엄마 성으로 하기로 합의해서 신고했어요."

2년 후에 그 친구 아들은 결혼을 하지 않았는데도 두 번째 아이를 가졌다. 아마도 헤어지지 않고 평생 동거할 수 있는 가능성이 높아진 모양이었다.

내 친구는 그들이 외출해야할 일이 있을 때 두 손자를 봐주느라 바빴다. 여러 해가 지나 애들은 유치원에 다니고 있었다. 동거생활 10년쯤 될 무렵 크리스마스 축하카드를 받았는데 그 인쇄물에 Mr. ○○ & Mrs. ○○라고 써있었다.

내 친구에게 전화를 걸었더니 그해에 결혼신고를 했다고 한다. 그리고 보면 결혼은 반드시 독일사회에서 필요한 것은 아니다. 그러나 동거생활의 종착역은 역시 결혼을 함으로써 안

정된 궤도에 오른다고 할 수 있다.

"결혼이라고 해봐야 별다른 것 있어? 둘이서 시청에 가서 결혼신고서에 서명만 하고 왔는데, 결혼 후에 여자의 성만 바뀌었을 뿐 하나도 변한 것이 없어. 동거생활의 연장이 결혼생활이니 결혼식도 결혼 축하파티도 안 했어. 그래서 연락 안 했네."

나에게 이 커플이 결혼한다고 연락을 안 했으니, 나는 축하한다는 인사도 안 했다. 결혼생활은 동거생활의 연장이니 본인들 자신도 결혼 전후에 별 변화를 느끼지 않는다. 다만 결혼신고로 다른 동거생활 후보자를 물색하는 생각은 접게 되는 경향이 크다고 할 수 있다.

내 막내도 마찬가지다. 의대를 졸업하고 병원생활을 하면서 여친과 같이 동거생활을 하다 헤어지고 두 번째 여친과 동거하다 어느 날 시청에 가서 결혼신고를 했다. 결혼 후에 여자가 직업상 자기 성을 그대로 사용하겠다니 동거생활이나 변할 것이 없다. 형식적이라도 결혼식을 올리지 않으니 부모가 자식 결혼식 비용을 보조할 필요가 없다. 결혼한다고 연락을 주지 않으니 축의금 들고 친구 또는 친지의 결혼식장에 가 봐야할 번거로움도 없다. 동거생활은 방 한 칸만 있으면 시작할 수 있고 형편이 닿는 대로 필요한 가구를 사면 좋으니 남녀의 동거생활은 시작하기에 그리 어려운 일이 아니다. 침대와 단촐한

살림살이면 족하다.

1998년 어느 날 나는 함부르크 시에 회의가 있어 호텔에서 1박 하고 아침식사를 했다. 테이블 반대쪽에 40대의 한 부부가 식사하고 있어 인사를 건네며 "당신 부인이 참 예쁜 분입니다"라고 추켜 주었다. 그런데 그 남자는 "저의 부인이 아니고, 생의 반려자입니다"라고 정정을 하기에 나는 좀 놀랐다. 우리 같으면 결혼을 안 했더라도 그저 인사만 하고 결혼한 척 했을 것인데.

대부분의 남녀가 아직 결혼하지 않고 동거생활 중이란 것을 서슴지 않고 말하는 독일 사람의 솔직함이나 용기가 참 칭찬할 만하다. 그만큼 그들은 동거 상태나 결혼 상태나 차이가 없다는 인식을 갖고 인생을 살아가는 것 같다.

젊은 사람들의 동거생활이 많아짐에 따라 독일정부는 가정법 등을 변경하여 동거인들이 가정생활을 하고 애들을 낳고 기르고 교육하는 데 기혼자와 차별이 없게 제도를 갖췄다. 세금 혜택, 자녀수당도 똑같이 받게 한다. 그리고 그 사이에서 태어난 아이들이 결혼한 가정에서 자란 애들과 사회생활 하는데 차별받지 않도록 법으로 보장하고 있다.

예컨대 세금정산을 하기 위해 세무서에 제출하는 신청서에도 '배우자／생의 반려자'라고 구분돼 있다. 이것은 사회 전반에서 결혼한 배우자와 결혼하지 않고 동거한 생의 반려자는 법적으로 동등하게 취급되도록 국가가 배려한 것 중의 한 예다. 또한 동거자가 기른 애들이 이력서를 쓸 때도 사회에서 사생아라는 차별이 없게 부모의 이름을 적는 란을 없앴다.

　1950년대 말에는 "나는 교육부장관 ○○와 그 부인 교사 ○○와의 사이에 두 번째 아들로 19○○년 ○월 ○일에 ○○에서 태어났다"라고 이력서에 부모의 직업을 정확하게 썼다. 근년에는 출생증명서에 부모의 이름도 넣지 않는다. 결혼하지 않은 동거자와 갈라설 때의 재산분할 문제 등도 결혼한 자가 이혼할 때의 원칙에 준하여 법에서 처리하도록 법을 개정했다. 즉 사회 환경의 변화에 국민이 불편을 겪지 않도록 국가가 세심하게 배려하고 있는 것이다. 그러기에 젊은 세대는 더욱더 결혼의 필요성을 체감하지 못한다.

✳✳✳

　결혼하지 않고 동거하는 것은 비단 젊은 세대에서만 볼 수 있는 건 아니다. 독일의 최고 통치자 독일연방대통령도 예외가 아니었다. 그것도 결혼한 대통령이 부인과 이혼하지 않고 20세 연하인 생의 반려자를 퍼스트레이디로 맞아 대통령궁에서 동거생활을 하며 국내외 여러 손님을 맞이하고, 같이 행사에 참여했다. 2012년 3월에 제11대 독일연방대통령으로 취임한 요아힘 가우크 전 대통령이 그랬다. 그는 구동독의 루터교

목사 출신이며 독일 통일 때까지 동독의 목회자였다. 대통령 재임 시 아주 신망이 높았다. 2017년 연임할 것을 독일 국민과 독일 각 정당이 희망했지만, 그는 자신의 나이가 77세라 대통령직을 더 수행하기엔 무리라며 사양해 많은 이들이 아쉬워했다.

그는 1959년에 구동독에서 대학 재학 중에 한지 가우크 여사와 결혼해 4명의 자녀를 두었다. 그는 가우크 여사와 이혼하지 않고 별거하면서 '디 차이트' 신문사의 여기자 헬가 히어시 여사와 1990년부터 1998년까지 8년간 동거했다. 2000년부터는 20년 연하인 생의 반려자 다니엘라 샤트 여사와 동거를 시작했다. 샤트 여사는 남부독일 뉘른베르크 시에서 발행되는 일간지 정치부 기자였다.

대통령에 당선된 뒤 "이제 샤트 부인과 결혼할 계획인가"라는 기자들의 질문에 "고려해보겠다"고 답했으나, 결혼하지 않은 상태에서 샤트 부인과 같이 대통령궁에 입성했다. 샤트 부인은 임기 중에 퍼스트 레이디 역할을 훌륭하게 수행했다. 2016년 12월 25일 WDR방송국의 제3방송에서 크리스마스 특별 프로그램으로 독일 역대 퍼스트 레이디들을 다뤘다. 당연히 가우크 대통령의 생의 반려자 샤트 부인도 현역 퍼스트레이디로 언급됐지만, 결혼 유무에 대해선 일체 언급하지 않았다. 결혼하지 않은 생의 반려자가 퍼스트 레이디 역할을 해도 독일 사회는 개의치 않는다. 이것이 독일의 현실이다. 샤트 부인은 독일 제2TV와의 인터뷰에서 이렇게 말했다.

"인생에서는 자기가 설계했던 인생행로와 부합하지 않은 사건이 발생할 수 있습니다. 두 사람의 사랑도 항시 자기 인생의 계획에 맞게 이뤄진다고 할 수 없습니다. 그러나 한번 사랑하게 되면 어떤 형태건 즐겁게 받아들여야 합니다."

이것이 바로 두 남녀가 동거생활 하게 되는 동기라고 할 수 있다. 결혼식을 올린 후에 비로소 부부생활을 시작한다는 옛 윤리 관념과는 너무나 다른 진전된 현대인의 남녀관계인 것이다.

이렇듯 독일에선 결혼이란 개념이 사라져가고 있다. 사랑하면 손쉽게 동거생활을 하게 되니 결혼이란 절차가 불필요하다. 그럼에도 독일 사회는 올바르게 발전해가고 독일은 유럽 내에서 아주 건전한 모범적인 국가로 성장해간다.

독일에서 반세기 이상을 보냈어도 나 자신은 아직도 평생을 살아갈 배우자를 찾는 데는 중매가 좋은 관습이라고 본다. 같이 살아갈 남녀를 제3자가 소개하고, 두 사람이 여러 가지 환경을 고려해 배우자로 선택하는 것은 이상적일 것 같다. 그러나 사랑은 수학방정식처럼 풀어가는 방식이 정해져 있는 것이 아니다.

어느 동포 한 분에게 대학 다니는 아들이 있었다. 그가 모처럼 한국을 방문했는데 아는 분들이 아들 중매를 하겠다고 나섰다. 그가 농담 삼아 중매를 부탁했더니 여름휴가 중에 예비

신부 후보자가 배낭여행 겸 독일까지 온 것이다. 중매하겠다고 한 친구는 신부 후보자의 이력과 가정환경까지 적어서 편지로 보냈다. 이 동포는 아주 당황했다. 더욱이 신부 후보자가 신랑 후보자를 만나려고 호텔에서 기다렸는데 동포 2세는 나타나지도 않았다. 부모가 알아보니 아들은 이미 독일 여자와 동거 중이었다. 결국 선을 보기 위해 독일까지 온 예비 신부의 체면이 말도 못하게 망가진 것이다.

독일 사회에선 중매란 생각도 해선 안 된다. 중매 이야기가 나오면 자신은 동거자 한 사람도 선택하지 못하는 부족한 젊은이가 아니라고 반항한다. 동포 2세와 한국인이 같은 언어를 사용하고 있어도 한국과 독일의 생활철학은 이토록 상이하다.

나의 막내가 의과대학을 5년째 다니고 있을 때의 이야기다. 내가 마침 독일 서남부에 있는 프라이부르크대학병원에 회의하러 갔다가 저녁식사를 한국 식당에서 하게 됐다. 식당에서 마침 20대 중반의 우리 동포 여학생과 같이 식사를 하게 됐다. 이분은 음대생인데 독일에 유학온 지 3년이 됐다고 했다. 아주 상냥하고 부드러운 성격이어서 내가 중매를 해도 되겠느냐고 물었다. 속으로 나의 막내 배우자로 삼아도 좋을 것 같아서 한 말이었다.

집으로 돌아와 아들에게 그 이야기를 했더니 절대 중매에 응하지 않겠다고 했다. 막내는 비록 한국인 2세지만 독일에서 성장했으니 독일 학생과 생활관이 동일하다. 그 여자 분이 우리가 사는 곳으로 와서 자연스럽게 우리 아들을 만날 수 있도록 해보면 안 되겠느냐고 부탁했더니 자신은 자존심이 허락하지 않는다며 거절했다. 동포 며느리를 구해보려던 것이 허사가 됐다. 결국 운명에 맡길 수밖에 없었다.

서울의 손자며느리가 될 사람도 의사라고 했다. 내가 경험한 것이 있어서 부부가 의사일 경우엔 여자는 개업을 하고 남자는 대학에서 연구에 임하는 것도 좋겠다는 게 평소 내가 가진 생각이다. 그래서 결혼을 앞둔 손자를 만났을 때 나는 예비신랑에게 결혼을 축하한다는 말은 하지 않고 이런 충고를 건넸다.

"네가 대학에서 차분히 근무하며 성공할 수 있는 길을 찾으려면 너의 처 될 사람은 전문의를 끝낸 후 개업하도록 하는 것이 가장 적절하다고 나는 생각한다."

내가 결혼을 축하한다는 말을 하지 않은 것을 이 예비신랑이 이해할 리가 없고, 처를 개업시키라는 충고를 하는 것도 이해할 리가 없었을 것이다. 독일식 사고방식을 가진 할아버지의 잔소리쯤으로 여기지 않았을까.

동거생활을 하건 결혼생활을 하건 두 사람이 한 지붕 아래서 살게 되면 행복한 생애를 보내야 한다는 것이 하나님의 뜻이다.

하지만 동서양을 막론하고 많은 문화적, 제도적 변화가 있다. 특히 근년에 이혼율이 높다. 막대한 비용을 들여 백년가약의 결혼식을 올렸으니 부모들은 이혼하지 않기를 바랄 것이다. 간통죄가 폐지된 것은 독일이 1969년인 반면 한국은 2016년이니 근 50년의 차이가 있다. 앞으로 반세기 후엔 한국에서도 독일처럼 결혼식이란 단어가 사람들의 의식 속에서 자취를 감추게 될지 모르겠다. 그러면 동시에 자녀의 결혼비용 준비에 동분서주하는 부모도 그 시름에서 해방될 수 있을지도 모른다.

다시 첫 이야기로 돌아가면, 결국 큰아들의 요청에 따라 나는 서울의 손자 결혼식에 참석하긴 했다. 하지만 결혼식 축사는 정말 고민이었다. 독일식 사고방식으로 굳어버린 내가 한국말도 서툴 뿐만 아니라 아들과 손자가 바라는 "결혼 축하"라는 말도 쉽게 나오지 않았기 때문이었다.

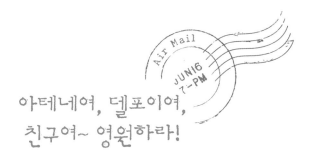

아테네여, 델포이여, 친구여~ 영원하라!

살다 보면 셰익스피어의 '리어왕'에서 확인할 수 있듯 가까운 사람으로부터 배반당하는 비극도 겪지만, 호마타스 교수와의 관계처럼 수십 년 지기들과 교유하며 사는 생의 기쁨도 누리게 된다.

2017년 성탄절 밤 12시경 전화벨이 울렸다. 가족으로부터 온 성탄절 축하전화겠지 하고 수화기를 들었는데, 전화번호 앞자리에 0030이라는 숫자가 눈에 띄었다. 국제전화였다.

"여보세요 여기 존이야. 크리스마스 축하해. 하느님의 축복 많이 받아."

그리스 아테네대학에서 정년퇴직한 호마타스 교수의 목소리였다. 반가움에 나도 말이 많아졌다. "가족 모두 잘 있지? 애들 가족은? 그리스는 파산 상태는 면했나?"

그가 말했다. "나는 잘 있어. 우리가 언제 만났지? 며칠 전 연구소로 전화 걸었는데, 비서로부터 대학 연구소를 그만두신다고 들었어. 건강에 문제가 있나?"

나는 6·25전쟁을 겪다 보니 늦은 나이인 30세에 독일 유학을 떠났다. 일반적인 학생보다 10년 늦게 의학 공부를 시작했으니 10년 더 길게 의학을 위해 활동해야겠다고 다짐했고, 80대에도 연구를 계속했다. 그런데 어느덧 우리 나이로 90세 문턱을 넘게 됐다. 늙으면 몸을 중고차처럼 수리해가며 활동해야 한다. 한 달 전 아주 건강하게 살아오던 15년 손아래 매제가 크리스마스 준비로 무리하다가 심장마비로 갑자기 세상을 떠났다.

"내가 일 욕심이 많아. 파란만장한 내 인생에서 정력을 쏟아온 간 연구도 계속하고 내가 체험한 인생 이야기도 책으로 쓰고 싶고, 어려운 나라의 의학 발전에 보탬이 되도록 20여 년 도와온 일도 속도를 내고 싶고…. 그러나 늙은 몸에 무리가 되지 않게 짐을 덜었어. 잊지 않고 크리스마스에 기억해줘 고마워."

'친구가 스스로 찾아오면 기쁘지 아니한가'라는 논어 구절을 잔인한 반세기의 외국 생활을 뒤로한 오늘 더욱 절감한다.

＊＊＊

　1968년 9월 초, 나는 오후 늦게 미국 콜로라도 주 덴버 공항에 내렸다. 나는 독일 본대학병원으로부터 일본 동경여자의과대학에서 식도 이식 공부를 하고 돌아오라는 허가를 받았는데, 일본 대신 미국으로 갔다. 덴버의 YMCA에 숙소를 정하고 주립 콜로라도대학병원을 버스로 오가며 스타즐Starzl 교수로부터 간 이식 수련을 받았다.

　덴버에 도착한 3일 후 오전에 병동 회진을 따라다니고 있는데 180cm가 넘는 키에 아주 날씬한 외국인 의사가 싱글벙글 웃으면서 악수를 청했다.

　"난 그리스 아테네대학에서 왔어요. 오늘 내 숙소에서 점심 같이 할까요?"

　호마타스 교수는 덴버에 온 지 6개월이 됐다며 간단히 자기소개를 했다. 점심시간에 나는 그의 숙소로 갔다. 그는 동양 사람은 쌀밥을 먹어야 한다며 쌀로 밥을 지어 오징어젓갈과 같이 차려내 나를 대접했다. 그리고 작은 잔에 까맣게 끓인 터키식 커피에 그리스에서 가져왔다는 단맛이 강한 젤리를 내놓았다. 쓴 커피에 그리스 과자가 참으로 잘 어울렸다. 그러잖아도 며칠 동안 식사가 입에 맞지 않아 속이 불편했는데 쌀밥에 젓갈을 곁들여 먹고 나니 소화불량 증세가 없어졌다. 그 고마움은 지금도 내 기억에 생생하다. 그는 그리스인 특유의 명랑하고 태평스러운 성격을 갖고 있었다.

"이 박사, 여기 병원에는 세계 각국에서 시찰 나온 사람이 많아 외국서 온 펠로에게 그렇게 친절하지 않아요."

호마타스 교수는 이 병원의 제니라는 아일랜드계 간호사와 친한 사이였다. 어느 일요일 그는 아침부터 그 여자의 차에 나를 태워 덴버 부근의 로키산맥 쪽까지 드라이브도 해주었다. 또 내가 어느 곳을 좀 가봤으면 하고 원하면 그 차로 데려다주곤 했다.

나는 그리스인이라면 그때까지 4명밖에 알지 못했다. 첫째는 중학교에서 기하를 배울 때 알게 된 피타고라스다. 피타고라스의 정리를 모르면 기하학을 알 수 없고 기하학을 모르면 중학교를 졸업할 수 없다. 더욱이 독일 유학 전 젊은 나이에 고등학교 수학교사 생활을 하며 가족의 생계를 해결한 나에게 피타고라스는 개인적 인연은 없지만 특별한 그리스인인 것은 분명하다.

내가 두 번째로 만난 그리스인은 히포크라테스다. 의학 분야에 종사하는 사람, 의학에 관심이 있는 사람 중 그리스의 의성 히포크라테스를 모르는 사람은 없을 것이다. 즉 그 사람 자체보다도 '히포크라테스의 선서문' 때문에 더 널리 알려졌다. 유럽에서 살아오면서 나는 그 선서문의 10개 조항 중 '나는 인종, 종교, 국적, 정당, 정파 또는 사회적 지위 여하를 초월하여 오직 환자에 대한 나의 의무를 지키겠노라'는 문구를 항시 마음속에서 외쳤다. 기원전 5세기경의 그리스 의학 지식을 '히포크라테스의 인체'라는 저서에 종합한 그는 간염 분야에서도 황달이 담즙의 흐름에 이상이 있어 발생한다는 사실을 당시에 이미 발견했다. 내 전공인 간 질환의 어느 분야를 더듬어봐도 히포크라테스가 나타난다. 이것이 그와 내가 아주 가까운 이유다.

그다음이 1959년 독일 유학 일 년째에 학생기숙사에서 만난 아타나스포로스 부부다. 그들은 아테네에서 유학 왔는데, 항시 명랑하고 부드러워 피타고라스의 의식 구조를 몸에 지니고 있는 사람들 같았다. 나는 이 아타나스포로스의 부인으로부터 그때까지 전혀 알지 못했던 그리스의 역사적 비운에 대한 이야기를 들었다. 그리스는 유럽 문명의 발상지이지만 기원전 146년 고린도 전쟁 때 로마에 패망해 외국의 지배를 받는 운명 속에 들어갔다. 1829년 독립전쟁에서 승리해 오스만터키의 지배에서 벗어날 때까지 2000년 가까이 타국의 지배하에 있었다. 20세기 초반에도 이탈리아의 통치 아래 고통받았으며, 제2차 세계대전 후 1952년 비로소 국가헌법을 제정하고 독립국가로서 평화를 찾게 됐다. 하지만 그동안 그리스인은 기원전 9세기에 제정한 그리스 문자를 지속적으로 사용하며 그리스어를 지켰고, 민속 문화를 지켜온 장한 민족이다.

호마타스 교수까지 합하면 5명의 그리스인이 은연중에 이 나라에 대한 나의 친밀감을 이어주었다. 약 15주 후에 나는 덴버를 떠났고 호마타스 교수는 다음해 봄에 그리스로 돌아가면서 나의 집에도 잠시 들렀다.

1972년 6월, 나는 국제간 이식학회를 독일 본에서 개최했다. 미국 덴버에서 받은 호마타스 교수의 친절에 보답하기 위해 학회에 그를 초대하고 그의 연구 분야인 '장기 보존' 세션의 좌장으로 위촉했다. 그는 세계 각국 대학에서 온 학자들 앞에서 좌장을 볼 수 있는 영광을 주어 고맙다고 거듭 말했다. 나는 그가 덴버에서 제니의 차로 로키산맥을 관광시켜준 일을 잊지 않고 학회가 끝난 뒤 그를 태우고 라인 강 서안 지역을 안내했다. 6월 라인 강변이 너무 아름다워 그에게 특히 아름다운 추억이 됐다고 한다.

그해 7월 초 그는 나에게 아테네대학에서 강연을 해달라며 초청장을 보냈는데 항공권이 첨부돼 있었다. 세계의학회에서는 이와 같이 서로 상대방의 학문을 존경하며 초청 강연을 부탁하는 아름다운 관습이 있다. 나는 5명의 그리스인과는 2000년 이상 시차를 두고 사귀어왔지만 —내 식으로 표현하면 그렇다— 그리스 땅에 발을 디디게 된 것은 그때가 처음이었다. 공항에 호마타스 교수가 애인과 같이 마중 나왔다. 30대 중반의 날씬한 발레리나였다.

"이종수 박사, 지난번에 독일에 초대해주어 감사했어요. 그리스에 오신 것을 환영합니다. 이쪽은 제 애인 샤샤입니다. 아테네국립극장의 프리마 발레리나입니다."

***

공항을 나온 우리는 호마타스 교수 집에서 차를 한 잔 마시고 아테네대학병원으로 갔다. 오후 7시 반경 콘퍼런스를 마치고 병원을 나와 도중에 샤샤를 데리고 다 같이 필로파포스의 언덕으로 향했다. 그리고 석양의 아테네시를 바라볼 수 있는 한 식당의 옥외 테이블에 자리를 잡았다.

"저기 보세요. 저것이 그 유명한 아테네의 아크로폴리스예요. 해가 저물어갈 때의 경치가 아름답죠."

샤샤가 가리키는 곳을 바라보니 아크로폴리스가 언덕 아래에서 솟아오르는 광선 속에 번쩍이고 있었고, 파르테논 신전이 지중해 해안의 맑고 푸른 저녁 하늘에 우뚝 솟아 있었다. 그녀는 "닥터 리, 아테네에서 이 야경을 볼 때는 반드시 '우소'를 마셔야 해요. 우소 석 잔!" 하며 그리스 악센트가 섞인 영어로 나에게 설명했다.

"우소는 그리스에서만 양조할 수 있어요. 이것은 포도주를 양조하기 위해 포도를 으깨서 짜고 난 찌꺼기를 발효시켜 증류한 것입니다. 오늘날 우소 술을 모르면 그리스를 모른다고 해야죠."

우소를 마신 뒤 오후 9시 반경 우리는 아크로폴리스 옆에 있는 식당가 프라카로 갔다. 이 시간이면 독일에서는 저녁식사가 끝나는데 그리스에서는 저녁식사가 시작된다. 프라카는 수백 개의 식당이 밀집해 있음에도 관광객으로 초만원이었다. 샤샤는 나에게 스브라키를 들라고 권했다. 이것은 돼지고기살 숯불구이다. 양의 젖으로 만든 치즈 냄새가 식당 내에 넘쳐흘러 나는 비위가 상했다. 하지만 그리스 사람들에게는 양의 치즈가 우리나라 김치와 마찬가지다. 서민들에게는 양의 치즈와 빵만 있으면 그만이다. 나온 음식은 모두 올리브유로 조리됐고 식탁 위에는 여러 종류의 올리브가 놓여 있었다. 호마타스 박사는 올리브는 특히 심장혈관 질환 예방에 좋은 식품이라며 권했다.

다음날 나의 강의는 오전 10시 반부터 90분 동안 예정돼 있었다. 나는 인체 간 이식에 대해, 특히 이식에서 혈액형과 장기 보존의 문제 등에 대해 강연했다. 그때만 해도 새로운 분야의 학문이기에 질문도 많았고 박수도 많이 받았다.

이어서 나는 외과교수들과 같이 점심을 들기 위해 피레우스 항으로 갔다. 아테네의 남쪽 사로니코스만 연안에 있는 피레우스항은 아테네의 관문이며 그리스 최대 항구다. 지난날 강대국의 지배하에 있을 때 얼마나 많은 그리스인이 이 항구에서 해외로 도피했을까 하고 생각해봤다.

약 30분 자동차로 달리니 미크로리마노에 닿았다. 아테네의 혼잡도 소음도 아랑곳없고 바닷바람이 여름의 태양열을 받아 뜨거운 내 이마를 식혀줌과 동시에 비릿하면서도 상쾌한 바다냄새를 실어왔다. 해변에는 식당이 헤아릴 수 없이 많이 밀집해 있었다. 우리는 바닷가에 놓인 한 식당의 큰 테이블에 둘러앉았다. 지중해에서 잡힌 생선을 전문적으로 요리하는 집이었다.

"닥터 리, 이리 와요. 먹고 싶은 생선 하나 골라요."

나는 서울이나 인천의 활어 가게처럼 물속에서 요동치는 생선을 보러 가는 줄 알았는데 그것이 아니었다. 식당 주인은 나를 식당 안으로 끌고 가더니 수십 칸의 서랍을 하나씩 열어서 내게 얼음 속에 보관돼 있는 생선을 보여주며 무엇을 들겠느냐고 했다. 서랍마다 종류가 다른 생선이 들어 있었다. 호마타스 박사의 권유에 따라 한 놈을 골랐다. 다른 교수들도 고르고 있었다. 약 30분 후에 숯불에 구운 생선이 나왔는데, 아무런 양념을 하지 않은 생선 숯불구이였다. 거기에 올리브유와 레몬을 뿌려서 와인과 같이 먹는다고 했다.

"우리 그리스인은 수천 년 전부터 신선한 생선을 섭취해왔고, 생선에 다른 조미료는 사용하지 않아요."

▲ 호마타스 부부의 안내로 그리스 스니온 곶 포세이돈 신전을 관광했다. 호마타스 교수의 부인 샤샤와 함께.
◀ 1972년 여름 어느 날 점심 시간에 호마타스 교수와 함께 수영을 즐겼다.

이것이 고대로부터 내려온 그들의 식생활이다. 올리브나무와 레몬나무는 그리스와 같이 돌산이 많은 지역에서도 잘 자란다. 거기에 바다가 있고 돌산에는 염소가 잘 살 수 있으니 여기에서 이 민족의 이와 같은 건강한 자연식 식생활이 발달했다.

이날 오후 나는 호마타스 교수와 같이 아테네에서 남쪽으로 약 70km 지점에 있는 발칸반도의 최남단, 즉 아티카반도의 끝에 있는 스니온곶의 포세이돈 신전 유적을 방문했다. 그리스 어디를 가나 유적 대부분이 파괴되고 돌기둥만 몇 개 남아 있었는데, 스니온곶의 포세이돈 신전도 마찬가지였다. 원래 신전은 34개의 기둥으로 이뤄졌는데 수천 년간 격렬한 전쟁의 포화에서 파괴되고 남아 있는 몇 개의 기둥만이 석양에 반사돼 그 긴 세월의 역사를 보여주고 있었다. 에게해역에서 적이 그리스를 공격해올 때 이곳은 최전방 방어진지였다고 호마타스 박사는 말했다.

나는 그 후 약 4일간 호마타스 교수와 아테네대학병원을 오가며 그리스식 일상을 관찰했다. 오전 6시 반 또는 7시에 시작한 병원 일은 오후 1시에 끝난다. 한낮의 기온이 높은 관계로 다른 지중해 연안국에서와 마찬가지로 이들은 오후 1시부터 5시까지 휴식을 취했다. 대부분이 점심 식사 뒤에 낮잠을 잔다. 그리고 오후 5시부터 오후 업무가 시작된다. 저녁 식사는 오후 9시 또는 10시에 시작되니 하루가 무척 길었다. 오후 1시가 되면 나와 호마타스 교수는 아테네대학병원에서 출발해 샤샤를 픽업하고 해변에서 수영을 했다. 당시 아테네의 부유층은 대부분 해변가에 별장을 갖고 있었다. 아테네 국립극장의 프리마 발레리나인 샤샤도 해안선에서 1km도 안 되는 위치에 곱게 단장한 별장을 가지고 있었다.

수영하러 가기 전 근처 식당에 들러 생선을 골랐고, 해수욕한 뒤 식당으로 가면 숯불구이 생선이 요리돼 식탁 위에 놓여 있었다. 점심을 먹고 별장으로 가면 샤샤는 나를 방 한 칸에 몰아넣으면서 낮잠을 자라고 강요했다.

아테네 명소 아크로폴리스는 샤샤의 안내를 받아 돌아봤다. 기원전 6세기경 아크로폴리스에 신전이 처음으로 세워졌는데 기원전 5세기에 페르시아군의 침공을 받아 파괴되고 그 후에 로마제국, 오스만 터키, 그리고 베네치아군 등에 의해 파괴됐다고 한다. 아크로폴리스란 원래 고대 그리스 각 도시의 요새를 뜻하는데 아테네의 아크로폴리스가 웅대하고 유명하기에 오늘날 아크로폴리스 하면 아테네를 떠올리게 됐다고 샤샤는 설명했다. 지금으로부터 약 2500년 전에, 즉 기원전 467년에서 406년 사이에 그리스인들은 높이 156m의 평평한 암반 위에 니케 신전, 에레크티온 신전, 파르테논 신전 등을 세웠다. 아크로폴리스는 최초에 왕궁이 있던 곳이다. 왕이 그 높은 곳에서 시민들을 위압통치했다. 그러나 고대 민주주의의 아테네에서는 그곳이 신들을 모신 곳으로 변했다. 아테네의 수호신 아테네 여신상을 이곳에서 가장 웅장한 신전인 파르테논 신전에서 볼 수 있었다.

며칠 뒤 토요일 아침 7시에 호마타스 교수와 나는 또다른 유적지 델포이로 떠났다. 호마타스 교수는 도로 사정이 좋지 않은 길에서 차를 모느라 애를 썼다. 우리는 4시간 가까이 달린 끝에 델포이에 도착했다. 델포이는 고린피스만 북쪽 파르나스 산 중턱 약 700m 높이에 있는데, 그 아래 폴레이스토스 강이 흘러서 깊은 골짜기를 이루고 있었다. 델포이가 가까워질수록

산자락이 우리가 가는 길을 높이 에워쌌다. 델포이란 말은 고대 그리스어 '자궁'에서 유래했다. 이는 고대에 델포이에서 대지의 여신 가이아를 숭배했음을 의미한다. 그러나 기원전 8세기부터는 아폴로 신을 숭배하게 됐다.

이윽고 우리는 아주 작은 마을 아리아르토스를 지나면서 길가 상점에서 커피 한 잔을 마시고 휴식을 취했다. 커피가루를 태워놓은 것처럼 쓴맛이 강한 터키식 커피였다. 내가 마시기를 주저했더니 호마타스 교수는 "이것이 커피의 원조입니다. 이 맛을 알아야 발칸반도에서 살 수 있어요"라고 말했다. 커피양은 아주 적어 몇 모금 마시자 금세 잔이 비었다.

"여기서 몇 분 달리면 레바티아가 나오는데 그다음이 델포이의 성지입니다. 기차를 타면 레바티아까지 옵니다."

이 델포이의 성지 유적은 중세에 지진 등으로 매몰되었고 그 성지 유적 위에 카스트리란 마을이 있었다. 사람들이 1500년 이상 델포이를 망각하고 있었는데 1892년 프랑스 고고학자들이 이 마을 사람들을 이주시키고 우리가 오늘 보게 된 고대 델포이의 유적을 발굴했다고 한다.

우리는 드디어 2475m 높이의 파르나소스산 중턱에 위치한 델포이 성지에 도착했다. 나는 호마타스 박사의 뒤를 따라 아폴론 성역으로 들어가서 아폴론 신전 쪽으로 갔다. 가는 길에는 보물전이 즐비했다.

이 아폴론 신전은 기원전 373년에 건축한 건물인데 현재는 6개의 도리아식 둥근 기둥과 그 신전의 기초석만 남아 있다. 원래는 38개의 기둥이 있었다고 한다. 신전은 유독 세로로 길게 자리 잡고 있었다. 이 아폴론 신전은 고대 그리스에서 가장 중요한 신탁이 봉헌되어 있는 곳이었다. 아폴론의 신탁은 아주 중요한 예언으로 받아들여져 좋은 수입원 구실을 했다. 많은 희사금과 신탁료 덕분에 이 신전이 지진에 의해 여러 번 파괴됐어도 재건될 수 있었다. 신탁은 서기 394년 로마 황제 테오도시우스가 금했는데 그때까지는 유럽 및 중동지역 왕들이 여기에서 신탁받기를 원했다. 고대 그리스 작가 소포클레스가 지은 비극 '오이디푸스 왕'도 신탁을 받으러 보내는 이야기로 시작된다.

아폴론 신전의 입구 벽에는 그 유명한 격언이 새겨져 있었다. 그 진리는 오늘날에도 타당하다고 호마타스 교수는 자랑했다.

'1. 자기 자신을 알라. 2. 대부분의 사람은 좋지 않다. 3. 모든 일에 연습이 중요하다. 4. 시간을 아껴 써라. 5. 과한 것은 부족한 것보다 못하다. 6. 바쁘면 돌아가라. 7. 아무도 자기 운명을 피해가지 못한다.'

아폴론 신전 유적을 한참 쳐다보다 우리는 약 5000명이 들어갔다는 야외극장으로 갔다. 극장은 언덕 위에 위치했으며

▲ 그리스의 고적 델포이의 아테네 성역에서 2500년 시간을 훌쩍 뛰어넘다.

원형대로 보존돼 있었다. 호마타스 교수는 극장 바닥의 중심에 서서 소리를 지르며 날더러 극장의 여러 좌석에 가서 들어보라고 했다. 중심에서 하는 말소리는 어느 곳에서도 거의 동일하게 들렸다.

"고대 그리스의 과학이 얼마나 발달했었는지 확인해 봐요. 어디서 들어도 음향이 다 같게 들리도록 설계됐어요."

그는 자랑스럽게 설명했다. 극장에서 한참 걸어서 아래로 내려와 우리는 아테네 여신의 성역에 이르렀다. 여기도 건물의 기초를 이루는 돌들만 남아있었다. 아테네 여신의 신전은 원래 원형이지만 20개의 도리스형 기둥 중 현재 3개만 서 있는데 이 기둥이 델포이 그림엽서의 대표 그림이다. 아테네의 아크로폴리스나 델포이나 보이는 것은 전부가 부서진 돌덩어리들이었다.

오후 늦게 점심 식사를 하고 우리는 아테네로 출발했다. 호마타스 교수는 내게 그리스 시골을 보여주기 위해 플레이토스 강 골짜기로 내려가 해변 길을 따라 안티키라 같은 작은 마을을 지나갔다. 호마타스 교수는 가는 도중 들른 식당에서 신체에 이상이 있는 사람만 보면 그 자리에서 진찰을 하고 자기 명함을 주었다. 그리고 "아테네의 ○○의사가 그 병에 관해서 잘 보는 분이니 그리로 가보세요" 하며 주선을 했다. 나로선 대학 교수가 지나치게 직업 선전을 한다는 감이 있었다.

"닥터 리, 그리스인이 추구하는 생활의 목표는 돈을 버는 것과 사랑입니다. 이 두 가지뿐이에요."

자신이 이렇게 내과 환자들을 친구인 내과 교수에게 보내면, 그 친구는 수술해야 할 환자가 있을 경우 자신에게 보내온다는 것이다. 이런 그리스인의 의식구조는 2000년 이상 지속된 식민 지배에서 비롯된 것이라고 했다. 가혹한 오스만터키의 지배하에서도 그리스인은 비록 고급 관직에 임용은 안 됐어도 상업만은 탁월하게 해냈다.

날이 어두워졌는데도 식당을 발견하지 못하자 호마타스 교수는 시골 마을의 한 집을 무조건 찾아갔다. 그가 이 근처에 식사할 곳이 있느냐고 묻자 그 집주인은 근처에는 식당이 없으니 자기 집에서 저녁을 같이 먹자고 초대했다. 주인은 우리나라 시골에서처럼 뜰 앞에 모닥불을 피워서 모기떼를 쫓아내고 그 불에 긴 쇠꼬챙이에 끼운 양고기 기름덩어리를 굽고 있었다. 빵 한쪽에 기름진 양고기와 올리브 몇 개를 먹었고, 포도주 몇 잔을 들었다.

"참 간단한 식사죠. 그리스의 시골 사람은 이렇게 빈한하게 살아요. 그러나 인심은 좋아요. 양고기 기름덩어리지만 이것이 모두 그리스의 진미예요."

양을 잡아 좋은 고기는 모두 팔고 주인은 남은 찌꺼기인 기름덩이만 먹는다. 포도주는 흙냄새가 나고 모닥불에 구운 기름덩어리에서는 양 냄새가 심했으나 그리스의 친절한 시골 인심은 나의 마음을 편하게 해주었다.

며칠 후 나는 그리스를 떠났다. 호마타스 교수 그리고 샤샤의 정성이 참으로 고마웠고, 나는 흐뭇한 행복감에 젖어들었다. 그로부터 6년간 우리는 서로 연락하지 못하고 지냈다. 생존경쟁에서 패배하지 않으려고 매일 싸우느라 바빴던 것이다. 그러나 서로 성공하기를, 그리고 행복하기를 늘 빌었다.

***

　1978년 나는 다시 국제 간학회의 회장으로서 독일 본Bonn에 서 학회를 개최했다.

　"존(호마타스의 이름), 그간 시간이 많이 흘렀어요. 서로 병원 일로 바쁘게 뛰다보니 소식 전할 마음의 여유도 없이 시간만 지나갔군요. 제가 이번 9월에 본에서 국제학회 회장으로서 다시 학회를 열게 됐습니다. 시간이 되시면 1972년 때처럼 좌장을 봐주셨으면 합니다. 우리의 우정이 다시 꽃피고 재회하기를 빕니다."

　이 편지에 대한 회답이 왔다.

　"이 교수, 제가 오래 소식을 드리지 못해 죄송합니다. 그간 제게도 변화가 많았어요. 제가 치과를 전공하는 여의사와 결혼해서 벌써 딸을 하나 두었어요. 저를 또 학회에 좌장으로 초대해주셔서 감사합니다. 저의 가족이 전부 같이 독일로 가서 뵙겠습니다."

　호마타스 교수는 가족과 같이 독일에 왔고, 성장한 가장으로서의 면모를 갖추고 있었다. 부인은 역시 생활력이 강한 치과 의사였다. 학회가 끝나자 호마타스는 1972년 때처럼 그리스에 와서 강연을 한 번 해달라고 초청했다. 당시 병원 일이 너무 밀려서 그리스에 갔다가 2박만 하고 돌아왔었는데, 아테네에

도착하던 날 당시 그리스의 교육부 장관이 저녁 만찬에 초대했다. 그런데 만찬장에 가자 교육부 장관이 대통령에게 급히 갈 일이 생겼다며 농림부 장관이 대신 호스트로 나왔다.

이 만찬은 호마타스 교수의 옛 여자친구인 샤샤가 주선한 것이었다. 샤샤는 호마타스 교수와 헤어진 뒤 어느 부호의 부인이 돼 있었다. 그럼에도 호마타스와 친구로서 우정을 유지하고 있었고, 호마타스 부인과도 서로 교류하며 친구로 지낸다고 했다. 내가 그리스를 방문한다고 하니 샤샤가 정부에 이야기해 정부 차원에서 예우하게 한 것이었다. 이날 저녁 만찬은 아테네에서 약간 떨어진 교외의 숲속에서 있었다. 샤샤는 남편과 같이 왔다.

"존으로부터 이야기 많이 들었어요. 참 진정한 국제적 우정을 가지고 계신 훌륭한 분들입니다. 이번 영접은 저희 남편이 주선했습니다. 아주 훌륭하신 분이 오신다고 했어요. 옛날과 비교해도 하나도 변하지 않으셨군요."

샤샤의 얼굴에는 늘 아름다운 웃음이 배어 있었다. 그런데 저녁 10시가 다 돼 가는데 장관은 여전히 참석하지 않아 기다리고 있었다. 샤샤가 그때 귓속말로 "독일과 달리 그리스는 만찬이 9시나 10시에 시작돼요. 배가 고프시지요?"라며 상황을 설명했다. 마침내 키가 작은 농림부 장관이 도착했다. 의례적 인사말이지만 그는 나를 한껏 치켜세웠다.

"훌륭하신 교수님을 뵙게 되어 영광입니다. 원래 한국에서 오셨다는데 독일에서 많은 활약을 하시고, 우리 그리스학회와도 끊임없는 관계를 갖고 있다고 들었습니다."

만찬은 11시가 넘어 끝났다. 다음날 아테네대학병원에서 강연하고, 다시 대학에서 하루를 보낸 뒤 독일로 돌아왔다. 아테네 공항에서 샤샤에게 전화로 감사의 뜻을 표시했다.

"샤샤, 훌륭하세요. 결혼하시고도 호마타스 교수와 좋은 친구가 되어 제게도 이런 성대한 만찬을 베풀어주셨으니 평생 감사의 마음 잊지 않겠습니다."

그리고 어느덧 30년 이상의 세월이 훌쩍 흘렀다. 호마타스 교수와는 연말이나 신년 초에 가끔 전화를 주고받는다. 역시 내가 존경하고, 아끼고 싶은 평생의 친구여서 누구에게나 자랑하고 싶고 그 우정을 실크로 싸서 보물단지에 넣어두고 싶다. 우리의 호흡이 계속되는 날까지.

아름답고 푸른 도나우 강,
슬픔과 기쁨이 왈츠 선율로

독일 민족이 가장 사랑하는 라인 강은 유럽 대륙의 남에서 북으로 1233km를 유장하게 흘러간다. 5세기까지는 로마와 게르만의 경계였고, 중세기부터 700년 넘게 독일과 프랑스 양국의 분쟁의 원천이었다. 스위스 동북부에 있는 토마호수에서 출발한 라인 강은 남에서 북으로 흘러 네덜란드 로테르담에서 북해로 흘러들어간다.

독일 땅에 연결돼 있는 또 다른 큰 강인 도나우donau 강은 유럽에서 유일하게 서에서 동으로 흐른다. 한국에선 영어식 이름인 다뉴브danube 강으로 널리 알려져 있다. 이 강은 독일 서남부에 있는 국립공원인 흑림(슈바르츠발트)에서 출발해 9개국

▲ 이오시프 이바노비치가 작곡한 다뉴브 강의 잔물결의 장단에 맞춰 흐르는 도나우 강. 강물 속
  에 인류 역사의 무진장한 흥망성쇠의 자취가 잠겨 있다.

을 지나 흑해로 들어가는데, 길이가 2850km나 돼 라인 강의 2배
가 넘는다. 독일인은 라인 강을 '아버지 라인 강'이라고 자부하
며 마음 깊이 간직하고 있지만 도나우 강에 대해서는 그런 의
식을 갖고 있지 않다. 도나우 강은 유럽의 라틴 · 슬라브 · 게
르만 민족들 사이의 끝없는 전란의 현장이었고, 수백 년에 걸
친 아시아 민족의 지배 속에 신음하면서도 왈츠와 집시 음률
처럼 수천 년간 변함없이 흘러가고 있다.

  내가 도나우 강과 최초로 접한 것은 소학교 시절이다. 루마
니아 작곡가 이바노비치가 1880년에 작곡한 '다뉴브 강의 잔
물결'이라는 감상적인 선율에 맞추어 그 강이 어디 있는지도

모르면서 흘러가는 강물 위의 잔물결을 눈에 그리며 슬플 때나 즐거울 때나 콧노래를 흥얼거렸던 것이다. 유유히 흘러가는 강물처럼 시작하는 침울한 음률이 갑자기 템포를 빨리 하며 잔물결이 바람에 요동치는 듯할 때면 나의 꿈은 날개를 달아 그 율동에 맞추어 푸른 하늘 높이 환상 속 공간으로 끝없이 날아갔다.

이 동화 속 강을 독일 유학생활 첫날 운명적으로 보게 됐다. 1959년 3월 27일 서울을 떠난 나는 프로펠러 여객기의 지루한 비행을 마치고 3월 29일 프랑크푸르트에 도착했다. 역 앞의 아이펠러호프 호텔에서 1박하고 다음날, 기차를 타고 동남부에 있는 도나우 강가의 도시 레겐스부르크로 갔다. 뉘른베르크를 지나 도나우 강가를 달리자 연한 녹색의 강가 관목이 잔잔한 강물에 비쳐 참 부드러운 수채화 인상을 풍겼다.

나는 레겐스부르크에 살고 있는 뮬러 씨 가족을 방문했다. 6·25전쟁 후에 한국에 나와 있는 한 독일인의 부탁을 받고 그 부모를 만난 것이다. 다음날 나는 그 가족의 안내를 받아 레겐스부르크 주변을 관광했다. 이곳은 로마시대에 도시가 형성된 곳인데, 로마는 기원전 74년에서부터 400년간 도나우 강 전역을 지배한 유일한 나라다.

이 방문에서 내 기억에 남은 것이 몇 가지 있다. 먼저 강에서 약 50m 떨어져 있는 고딕형 대성당이다. 이곳은 오스트리아 빈의 소년합창단 못지않은 레겐스부르크 '대성당 참새'라는 소년합창단으로 유명했다. 그 성당에서 강가로 나가면 작은 집을 절반으로 잘라서 세워놓은 것같이 보이는 고색창연한 건물이 있는데 그 건물 지붕에서 하루 종일 연기가 솟아오른다. 이곳이 레겐스부르크에서 가장 유명한 '역사적 소시지 집'이다. 몇백 년은 됐다고 했다. 그곳에서 직경 1.5cm에 길이 15cm 정도의 이 도시 고유의 소시지를 숯불에 구워 점심으로 먹었다. 독일이 세계에 자랑하는 음식은 소시지와 빵인데 그 종류만도 각각 300가지 이상이 있다고 한다.

소시지는 돼지고기로 만든 음식이다. 돼지의 중요한 부분을 떼고 나머지 고기 찌꺼기를 비계 등과 함께 갈아서 양념한 뒤 돼지 창자에 넣어 만든다. 우리나라 순대를 연상케 한다. 이 레겐스부르크의 '역사적 소시지 집'에서는 소시지에 반드시 사우어크라우트를 같이 준다. 사우어크라우트는 김치와 같은 발효식품인데 양배추로 만든다. 옛날에 독일뿐만 아니라 유럽 전역에서는 양배추를 많이 재배했다. 추운 겨울에 먹기 위해 이 양배추를 잘게 썰어서 소금으로 간을 해 발효시켰다. 이것을 보통 겨울철에 꺼내 먹었는데 레겐스부르크의 소시지 집에서는 이것을 삶아서 소시지와 같이 주었다. 동서양을 막론하고 월동준비는 다 같은 방법으로 한 셈이다. 사우어크라우트란 말은 신맛 나는 양배추란 뜻이다. 나는 소시지를 사우어크라우트와 같이 씹을 때 김치찌개를 떠올렸다.

식당 밖으로 돌로 만든 도나우 강의 다리가 웅장하게 보였다. 이것은 도나우 강 전역에 유일하게 남아 있는 석조다리다. 1134년에 완공된 다리이니 873년이나 지났지만 아주 안전해서 지금도 자동차가 다니고 있다. 그 옛날 이 지역의 건축기술이 얼마나 탁월했는지 짐작할 만하다.

점심을 먹고 우리는 레겐스부르크 남쪽으로 약 20km 지점 강의 좌안에 있는 도나우스타우프 마을 곁에 있는 '발할라기념관'을 찾았다. 이곳은 그리스 아테네의 아크로폴리스 산 위의 파르테논 신전과 같은 건축양식으로 건립되었다.

"이것이 우리가, 특히 바이에른주의 시민이 자랑하는 발할라입니다. 유명한 독일인, 또 역사에 빛나는 게르만족의 흉상과 기념비가 정계, 학계, 예술계, 군인을 막론하고 들어 있어요. 바이에른 왕 루드비히 1세가 1842년 완성시킨 기념관이지요."

뮐러 씨는 독일 민족은 비록 전쟁에서 패배했지만 우수한 민족이란 것을 의기양양하게 강조했다. 나는 독일 생활 첫날 이 시골 노인의 얼굴에서 강한 민족주의를 엿볼 수 있었다. 이 기념관에는 192명의 인물들의 기념비와 흉상이 전시돼 있다고 했다. 기념관 입구에는 '조국의 명예를 빛낸 사람들'이라고 적혀 있었다.

나는 이 건물 앞의 언덕에 앉아 오후의 햇빛에 번쩍이며 굴곡을 이루고 흐르는 폭넓은 도나우 강과 그 유역의 비옥한 들을 바라보며 요한 슈트라우스의 '아름다운 푸른 도나우' 음악을 생각했다. 그런데 뮬러 씨는 "저기 봐요. 저 도나우는 푸른 도나우가 아니라 초록과 황토가 섞인 도나우예요"라며 웃었다. 겨우내 쌓인 눈이 녹기 시작해 가득 찬 강물은 강의 우안과 좌안에 부딪치며 왈츠의 멜로디에 맞춰 유유히 흘러가고 있었다. 이 평화로운 평야에 수많은 전쟁이 역사 속에 피의 자취를 남겨 놓은 것을 나는 이해할 수 없었다.

다음날 아침 갑자기 치아가 아프기 시작했다. 독일 생활 이틀째 나는 고통 속에서 아침 해를 맞이했다. 나는 집주인에게 이 사실을 알리지 않았다. 나는 산책을 가겠다고 그 집을 나와 도나우 강가로 갔다. 화창한 날씨에 강기슭의 보리밭에 주저앉아 수평선 위에 보이는 아지랑이를 바라보며 새삼 멀리 타국에 날아와 있다는 사실을 깨달았다. 고향의 부모형제에 대한 그리움과 치통으로 멈출 줄 모르는 눈물을 닦았다. 도나우 강가에서 왈츠곡에 맞춰 즐겁게 몸을 흔들어야할 내가 애수에 잠겨 아픔을 참고 흘러가는 강물을 바라보고 있었다.

***

뒤셀도르프의 하인리히하이네대학교의 의과대학에 등록을 끝내고 공부에 여념이 없던 나는 1961년 4월초 다시 도나우 강을 찾았다. 첫 번째 방문했던 날로부터 2년 후였다. 나는 B형 간염 때문에 1960년에 근 1년 가까이 입원 치료를 받고 퇴원 후 몸이 너무 허약해졌다. 그 상태로는 학업을 지속하는 게 불가능하다고 판단한 대학 당국과 의료보험공단이 서둘러 나를 이 도나우 강가로 4주 요양을 보냈다. 전라도 영암에서 태어난 내가 프러시아의 비스마크가 제정한 사회보장제도의 혜택을 받은 것이다.

뒤셀도르프에서 밤차를 타고 온 나는 1959년 3월 말에 찾아왔던 레겐스부르크에서 강 하류 쪽으로 약 30분 더 내려가 데겐도르프 시에 도착했다. 아침 햇살 속에 도나우 강 유역의 넓은 들에는 노란색 민들레꽃이 푸른색 풀밭 속에서 바둑판과 같은 무늬를 그리고 있었다. 말문이 막힐 정도로 아름다워 무엇으로도 표현하기 어려울 정도였다. 역에 내리자 내가 4주 요양할 니다알티이 수도원에서 수사 두 명이 차를 가지고 나왔다.

"닥터 리(의대에 다니고 있어 아직 의사가 못 됐어도 사람들은 나를 그렇게 불렀다), 잘 오셨습니다. 우리 수도원은 분도회 소속인데 요양차 온 사람이 많습니다. 도나우 강가의 아주 조용한 곳이에요. 푹 쉬고 건강을 회복하세요."

자동차로 약 10분 달리니 수도원이 나왔다. 길이가 아주 긴 이층집 위에 급경사의 높은 지붕이 놓여 있고 지붕에는 여러 층의 창문이 새집처럼 내다보고 있었다. 안에 들어가 보니 5층 건물이었다. 긴 수도원의 건물 앞에는 넓은 정원이 있고 몇백 년 된 서너 개의 고목엔 초록색 싹이 봄을 알리고 있었다. 나는 4층 다락방으로 안내받아 짐을 풀었다. 소박한 침대에 옷장 하나, 책상과 의자가 있었고, 세면대가 한쪽 벽에 붙어 있었다. 이 수도원에 약 20가구 정도의 작은 마을이 인접해 있고 그 마을 옆을 도나우 강이 흐르고 있었다.

이 수도원은 당시 우나산타Una Santa운동, 즉 여러 종파로 나누어진 기독교를 합병하는 운동을 주도하고 있었다. 아침에는 로마 가톨릭의 미사, 비잔틴교파인 희랍정교 미사, 루터교의 예배 등을 각각 작은 성당과 예배당에서 하고 있었는데, 그곳에 요양 온 사람들은 자기 교파에 무관하게 아침마다 미사 또는 예배에 참여할 수 있었다. 나는 생전 처음으로 그레고리안 양식의 미사 성가를 들을 수 있었다. 빵 굽는 사람과 같은 형태의 검은 모자를 쓰고 길고 숱 많은 수염을 단 이들이 부르는 성가는 러시아 볼가 강의 뱃노래를 상기시키면서 아침마다 나를 끌어당겼다. 식사는 환자의 질병에 따라 식단이 정해져 있어 간 환자인 나의 식탁에는 고단백 식품이 쌓여 있었다. 식사 시간 외에는 산책을 하든 독서를 하든 자유였다.

첫 주에 나는 식사만 끝나면 도나우 강둑으로 나가 담요를 펴놓고 아직도 써늘한 공기를 호흡하며 책을 읽었다. 그러다 따분해지면 강물을 바라보거나 민들레 꽃잎을 하나씩 강물에 띄워보기도 했다. 내가 환자의 몸으로 독일이란 나라의 사회 보장 혜택을 받아 요양 와 있지만 학업을 지속해야 할 시간에 공전하고 있다고 생각하니 마음의 상처가 적지 않았다. 도나우 강의 애수 속에 해를 쳐다보며 날을 보내면서 해가 중천으로 오르면 점심 식사하러 수도원에 가고 해가 수평선에 가까워지면 저녁을 먹으러 수도원에 들어갔다. 남아도는 시간을 어떻게 하지 못하는 초조한 나날이었다. 4월 말의 강물은 눈 녹은 물이라 비교적 차가워서 내 감각은 위축됐고, 도나우의 왈츠 멜로디는 상상할 수 없었다. 나는 2주가 지난 뒤 요양을 중지하고 대학으로 돌아왔다. 특히 만학이기에 비록 건강을 회복시켜야했지만 그저 놀고 있는 시간이 너무 아까웠던 것이다.

내가 의학을 공부한 뒤셀도르프는 라인 강 하류 루루공업지대 입구에 있는 도시다. 이 도시는 당시 인구 1500만이 넘는 서부독일의 가장 큰 주州인 노르트라인베스트팔렌의 수도였으며 루루공업지대 회사 사장들이 살고 있는 도시다. 이 지역의 라인 강은 유속이 빠르며 화물선의 왕래가 많아 활기 보였다.

라인 강 권역에 살고 있으면서도 나는 도나우 강과 불가사의한 인연이 많았다. 1961년 4월 수도원의 요양을 중지하고 대학으로 돌아와 여름학기가 끝나자 아직 건강 회복을 못 하고 있는데 국가시험자격을 얻기 위해 휴가 중임에도 병원실습을 나가야 했다. 여름학기가 끝날 무렵 4월에 요양 갔던 니더알타이 수도원 원장으로부터 전화가 왔다.

"닥터 리, 하기휴가 중 병원실습 나가게 되면 내가 병원을 소개해 드리겠어요. 독일에서 가장 빈곤한 지역입니다만 조용한 시골이니 건강도 돌볼 겸 휴양도 할 겸 가보세요. 인심도 좋은 곳입니다."

일주일 후에 '바이에릿시발트'란 시골의 군립병원에서 7월 1일자로 실습을 와달라는 연락이 왔다. 지도를 보니 독일에서 오스트리아로 도나우 강이 흘러들어가는 곳에 위치한 국경도시 파쓰아우 시의 인근에 있는 지역이었다. 도나우 강은 나를 끌어들이는 인력이 있는 것 같았다.

그해 6월 30일 나는 도나우 강을 따라 최초로 가본 도시 레겐스부르크를, 그리고 요양 갔던 데겐도르프를 지나 파쓰아우 역에서 내렸다. 여기서 다시 석탄연기 내뿜는 시골기차를 타고 발트키르헨이란 작은 마을로 갔다. 시골역은 한산했다. 기차에서 2~3명의 승객이 내릴 뿐이었다. 내가 내리자 하얀 날개가 좌우로 달린 수녀모자를 쓴 프란체스카회 소속의 수녀가 차를 가지고 마중나왔다. 당시 독일은 시공립 병원이건 종교계통 병원이건 여러 수녀단체들이 병원 전체의 간호를 맡고

▲ 도나우 강이 독일을 떠나 오스트리아로 들어가는 파쓰아우 시 근처 병원에서 의술 수련 시작 (1961년).

있는 곳이 적지 않았다. 발트기르헨 군립병원은 지은 지 얼마 되지 않은 병상 100개의 병원이었고 의사 한 분이 내과와 외과를 겸한 총책임자였으며 동시에 의료원장이기도 했다. 그리고 의과대학을 졸업한 후 바로 그곳에 온 젊은 의사 한 사람이 돕고 있었다. 이는 당시 독일의 형용키 어려운 의사 부족 상태를 보여준다.

나는 의사는 아니었지만 병원에서나 마을에서나 "헤어 독토리"(이 박사님)라고 불렸다. 이 마을에서 나는 일약 유명한 의사로 등장했다. 이것은 중세부터 삼사三師가 마을에서 존경받아

온 관습 때문이었다. 삼사는 목사, 교사, 의사를 말한다. 마을은 참으로 빈곤한 지역이었다. 나막신을 신고 다니는 사람도 있고 옷차림도 빈약했다. 병원의 간호 담당 수녀들은 자신들이 키운 닭이 낳은 날달걀을 바구니에 듬뿍 담아 아침 식탁에 올렸고, 들에서 직접 기른 야채를 점심 식탁에 내놓았다.

이곳 사람들이 아주 심한 독일어 사투리를 사용하다 보니 대화하기가 쉽지 않았다. 내과와 외과, 산부인과 구별 없이 산실에서 어린아이를 받고 수술도 하고 내과 환자의 질환도 치료했다. 시간이 나면 검사실에서 책을 읽어가며 혈액검사, 소변검사도 했다. 이것이 당시 독일 시골의 병원 사정이었다.

나는 토요일이면 오후에 휴가를 받아 이 시골에서 벗어나기 위해 기차로 도나우 강가의 파쓰아우 시에 갔다. 이것이 독일 생활에서 3번째 도나우 강 면접이다.

"독터 리! 파쓰아우에 가면 언덕 위의 성에 올라가 구시가지가 있는 삼각지대를 봐요. 그곳에서 3개의 강이 합류되는 것을 볼 수 있어요."

병원장은 나에게 그곳을 둘러보기를 권했다. 나는 기차에서 내려 시내관광버스를 타고 도나우 강 좌측의 높은 언덕 위에 있는 고성의 뜰에서 안내자의 설명을 들었다.

"여기가 도나우 강 시원으로부터 600km 되는 곳입니다. 북쪽인 체코의 산에서 흘러오는 일쓰 강물은 저기 보시는 바와 같이 어두운 색이에요. 저 반대쪽인 남쪽에서 흘러오는 인 강 물은 알프스지방의 물이니 맑지요. 그리고 탁한 저 물이 도나우 강의 물입니다."

나는 한참 서서 거대한 도나우 강이 여기저기서 흘러들어오는 하천의 물을 받아들이고 있는 광경을 눈앞에서 볼 수 있었다. 도나우는 맑은 물도 검은 물도 받아들이며 탁한 강이 돼가고 있는 것이다. 안내자는 우리를 구시가지에 있는 대성당으로 끌고 갔다.

"오늘날 이곳은 아주 조용한 성당입니다. 그러나 15세기 말까지는 이 파쓰아우의 주교가 파쓰아우 동쪽, 즉 도나우 강 하류 전역의 교권을 장악하고 있었어요. 이곳 주교는 이 지역을 지배한 영주이기도 해 그 힘이 막강했지요. 1273년 오스트리아 빈의 합스부르크 가의 루도르프 백작이 신성로마제국의 황제로 선출된 이래 강대한 정치세력을 과시했어요. 그런데도 200년간은, 즉 15세기 후반에 빈의 주교가 독립할 때까지 파쓰아우의 주교가 오스트리아 전체의 교권을 장악하고 있었답니다."

안내인은 흥미로운 파쓰아우의 주교 이야기를 또 하나 들려주었다.

"여러분, 오늘날 파쓰아우 대성당과 주교는 힘이 약합니다만 서기 1000년에 마잘족이 건국한 헝가리 왕이 파쓰아우의 필그림 주교로부터 세례를 받고 성 스테판(이슈도판이라고 함)으로 세례명을 받아 헝가리를 기독교화시켰습니다. 성 스테판은 서기 1001년에 로마의 교황으로부터 헝가리 왕관을 받았습니다."

유럽의 기독교사에 지식이 적었던 나는 도나우 강 하류 방향으로 기독교가 전파돼 갔던 역사를 흥미있게 들었다. 해가 석양에 걸려 있는 것을 보고 나는 관광 안내자가 권하는 대로 유람선에 탔다. 유람선 내에는 요한 슈트라우스의 왈츠곡이 연주되고 손님들이 갑판 위에서 춤을 추고 있었다. 대부분이 이 지방 농부들이었다. 평일에 열심히 일하고 주말에 선상에서 포도주 한 잔 즐기며 한 주의 피로를 풀었다.

배는 파쓰아우의 삼각주를 떠나 오스트리아 쪽으로 향했다. 점점 어두워져 가는 부두에 배치된 옛 모형의 대포들이 지난날 세관의 위용을 보여주고 있었다. 유람선 안내원은 갑자기 음악을 끄고 3개의 강물이 합쳐진 광경을 설명한 뒤 지금 독일을 떠나 이웃나라 오스트리아에 들어가고 있다고 설명했다. 이것이 내가 오스트리아의 도나우 강을 처음 접한 기회였다. 선상에서는 바이에른 지방의 2박자 민요와 알프스 요들이 술에 기분이 고조된 농민들을 흥겹게 했고, 폴카 음악은 강물의 흐름에 맞춰 갑자기 왈츠로 바뀌기도 하였다.

간염 때문에 요양하고 온 지 4개월밖에 되지 않았기에 매일의 병원생활은 몹시 피곤했다. 수술 도중 식은땀이 나는가 하면 산실 근무 중 쓰러지기도 했다. 이 건강 상태로 학업을 지속할 수 있을까 걱정됐다. 파쓰아우 부둣가에서 도나우 강에 창백한 내 얼굴을 비춰보고 미래에 대한 애수의 눈물방울을 강물 위에 떨어트려 둥근 원을 그려보았다. 인생에 대한 자신이 서지 않고 앞날에 대한 설계도 불가능했다.

❊❊❊

그로부터 6년 후인 1967년 9월 나는 오스트리아 수도 빈에서 열리는 국제학회에 참석하기 위해 차를 몰았다. 본에서 고속도로로 레겐스부르크를 거쳐 도나우 강변길을 따라 파쓰아우까지 간 후 천천히 빈으로 향했다. 독일을 지나 오스트리아에 들어가면 강의 왼쪽에 숲이 계속 이어지는데 이것이 체코의 보헤미아 지역 숲이다.

오스트리아 제2의 도시 린츠를 지나 강가의 길이 36번 도로와 교차되는 입스 페어센보이그의 댐으로 잔잔히 차있는 강물을 보며 조금 달리니 유명한 메르크의 수도원이 강의 오른쪽 언덕 위에 보였다. 1730년에 완공된 이 바로크 양식의 웅장한 황금색 건물이 푸른 하늘에 솟아올라 교회의 권위를 자랑하고 있었다. 이 수도원으로부터 크렘스 시까지의 짧은 구간이 도나우 2800km 중에서 가장 아름다운 곳이라고 사람들은 말하며 "바하아우"라 한다. 바하아우란 바헨wachen, 즉 경계하라는 말에서 유래됐는데 프랑크왕국의 카를대제가 동쪽에서 침공해온 적을 이곳에서 경계한다고 해서 그 이름이 유래됐다.

나는 강의 좌안을 달리다가 듀른슈타인성 안에 차를 멈추고 성의 강쪽 의자에 앉아 커피를 마시며 가지고 간 이 지역 역사 기록을 읽었다. 이 지역은 로마의 지배하에 있다가 민족의 이동을 겪고 게르만족, 슬라브족 등의 지배하에 있기도 하고 중세기에는 십자군의 통로로 쓰였다. 오스트리아 동쪽에 위치한 도나우 강 하류에 기독교를 전파하는 데 거점이 된 곳이기도 하다.

나는 오후 늦게 강 오른쪽의 석양을 바라보며 빈의 숲속에 있는 칼렌베르그 쪽으로 차를 몰아 그곳 전망대에서 도나우 강 유역에 전개되는 빈 시가지와 그 속을 흘러가는 강물을 바라보았다. 해가 빈의 숲 저편으로 넘어가는 것을 보고 칼렌베르그 언덕의 중턱에 있는 그렌징의 식당에서 호이리게를 시켜놓고 아코디언 음률을 들으며 9월의 밤공기에 취했다. 호이리게는 아직 완숙되지 않은 신맛이 강한 빈의 독특한 포도주다. 빈에 간 손님은 반드시 시음해 봐야 한다기에 나는 간염을 앓은 경력이 있어 술을 마실 수 없는 상태였는데도, 멋으로 시켰었다.

◀ 1967년 9월, 도나우 왈츠의 도시 빈
에서 개최된 국제외과학회에 참석해
간 이식을 하기로 결심했고, 1969년
6월 19일 유럽대륙 최초의 간 이식
수술에 성공(사진 속 남자가 이식받
은 환자로 205일간 생존).

　나는 이 도나우 강가의 빈에서 개최된 국제외과학회에서 간
이식의 아이디어를 얻었다. 1년 후 나는 본대학병원의 400병
상 외과에 근무하고 있는 100명 가까운 의사들 중에서 간 이
식팀장 자리를 쟁취함으로써 간 이식을 유럽대륙 최초로 할
기회를 가졌고 간 분야를 평생 전공하게 됐다. 자부심을 가질
일이지만 역설적으로 생각해보면 그로 인해 고국에 돌아가 살
기회가 멀어졌다고 볼 수 있다. 독일 땅에서 늙어갈수록 향수
가 짙어져 가지만 하나님이 내게 준 길이었다고 오늘까지 그
운명을 감수하고 있다.

그러고 보면 빈에서 만난 도나우 강은 나로 하여금 평생을 외국에서 방랑하는 집시로 만들어버렸다. 그래서 더욱 더 사라사테의 집시 선율 속을 헤매면서도 오스트리아의 도나우에 증오를 느낄 때가 한두 번이 아니다. 아무리 명성을 얻었어도 민족주의가 강한 유럽의 생활 속에 살다 보니 고국의 품이 손짓하는 것을 자주 느낀다.

유럽을 공격해온 아시아 민족은 전부 도나우 강을 따라서 왔다. 오스트리아 빈이 공격을 받으면 유럽 각국이 힘을 합해 기독교문화권의 보호 차원에서 아시아를 물리침으로써 빈은 기독교문화권 보호의 최전방 교두보 노릇을 해왔다. 그 예로 서기 1683년에 오스트리아 빈은 오스만터키군의 제2차 포위로 항복 위기에 놓였는데, 기독교도의 연합군에 의해 구제됐다. 그 반면 오스트리아의 도나우 강은 동서 문화교류의 매체 노릇을 해왔다.

나는 빈을 방문할 때마다 커피를 즐긴다. 오페라극장 옆의 케른트너 스트라세와 스테판 대성당 곁의 그라벤 스트라세에 수많은 유명 커피점이 있다. 1683년 7월 14일 빈을 포위한 오스만터키군이 2개월여의 포위를 포기하고 9월 12일 패전하고 후퇴하면서 남기고 간 것이 커피다. 그때까지 빈 사람들은 커피를 몰랐다. 그러니 빈의 커피 맛에는 300년 역사의 향이 돈다.

오스트리아를 지난 도나우는 슬로바키아의 남부를 거치고

▲ 도나우 강의 여왕이라는 헝가리 부다페스트의 부다 성벽에 앉아 강물을 바라보며 사라사테의 치고이너바이젠의 선율을 흘려내려 보내고 있는 필자.

헝가리로 들어가 서쪽에서 동쪽으로 흘러가면서 슬로바키아와 헝가리의 국경을 형성하고 헝가리 왕조 건국 초기의 수도였으며 헝가리 기독교의 총본부인 에스테르곰을 지나가자마자 이젠 북에서 남으로 직각을 이루며 흘러 세르비아로 들어간다. 여기가 유명한 도나우의 크니Knie, 즉 독일어로 무릎이라고 불리는 관광명소다. 사람의 무릎처럼 직각으로 굽는다는 뜻이다.

내가 처음 헝가리의 도나우를 체험한 것은 1971년 헝가리

정부 초청으로 강연차 갔을 때다. 당시 최초의 공산권 여행이라 불안했고 제2차 세계대전의 폐허에서 아직 완전히 복구되지 않은 강에 대해 그렇게 흥미를 갖지 않아 기억 속에 선명하게 남아 있지 않다.

독일 통일 이후, 즉 동서 양극체제가 붕괴된 후 나는 '도나우의 여왕'이라 불리는 부다페스트의 부다 쪽에 있는 왕궁 뜰에서 호수처럼 잔잔한 도나우 강을 바라본 적이 있다. 그때 헝가리 출신 학자 가운데 나와 같이 고국을 떠나 독일에서 살고 있는 펠디 교수를 생각했다.

1970년대 초반 나는 몇 년간 간 이식 연구 외에 간의 임파학에 대한 연구를 겸했다. 20세기 중반, 즉 제2차 세계대전 후 동유럽 의학에서 임파학이 나름대로 발달했다. 헝가리 부다페스트에 있는 셈멜바이스 의과대학 루쓰니아크 교수 일파의 임파학 연구가 당시 세계 의학계에서 두각을 나타냈는데 그 제자인 펠디 교수가 독일로 망명 와 있었다. 그가 독일 임파학을 재건할 때 나도 그 연구에 가세했다. 따라서 펠디 교수를 통해 여러 헝가리 학자와 접촉할 수 있었다. 그는 독일 제약회사에서 연구 담당 책임자로 있으면서 내게 수년간 간 임파학 연구를 위해 많은 연구비를 보내주었다. 어느 날 그는 나와 술 한잔 하면서 고국이 가까이 있어도 가보지 못하는 처지라 향수에 젖어 이렇게 말했다.

"이 교수, 헝가리와 한국은 같은 점이 많아요. 우선 이름이 성의 뒤에 가는 것부터요. 나는 독일에서 미히엘 펠디라고 하는데 헝가리에서는 펠디 미히엘이라 해요. 한국도 종수이가 아니고 이종수이지요? 우리는 같은 뿌리입니다. 우리의 언어도 동사 밑에 돕는 단어가 붙어서 격변화 하지요. 동사 자체가 변하는 것이 아니지요. 우리는 같은 어족이에요."

2002년 가을이었다. 나는 서울에서 아는 분과 한 잔하면서 농담으로 유럽에 놀러오라고 한 적이 있는데, 그게 진담이 돼 두 쌍의 부부가 찾아왔다. 70이 넘은 고령에 병원 일은 밀려 있는데, 술좌석에서 약속한 대로 내가 경비를 부담해 3000km 이상을 혼자 달리며 이분들을 안내했다. 술이 문제였을까, 그렇지 않으면 인간의 신의가 문제였을까, 왜 그와 같은 일을 했는지 나 자신도 잘 이해가 되지 않는다.

그들과 오스트리아의 빈을 구경하고 헝가리의 부다페스트에서 2박 하기로 돼 있었다. 동서진영의 냉전 상태가 종식된 1989년 11월 이후 구 동구권의 조직적 도적단에 의해 독일 내 고급차가 구 동구권 지역으로 많이 도난당했다. 도난 차량이 50만 대에 달한 해도 있다. 폴란드, 체코 등의 국경을 넘으면 훔쳐 온 자동차 판매시장이 있어 그곳에서 도난당한 자기 차를 찾아온 사람도 적지 않았다. 또한 고급차로 동구권을 여행하는 도중 분실된 경우도 적지 않았다. 그러기에 나는 여행 출발 전 자동차보험회사에 문의했다.

"벤츠는 가지고 가지 마세요. 아직도 헝가리에서 분실된 차가 적지 않아요. 가지고 간다면 호텔 주차장에 놔두고 시내를 돌아다닐 때는 차를 렌트해서 사용하세요."

내 차는 새 차여서 집에 두고 아내의 벤츠 차를 몰고 갔다.

"아직도 차의 도난이 심하다고 하니 차를 빌려서 오늘 부다페스트를 관광하는 게 어때요?"

혹시나 해서 나는 부다페스트에 사는 동포 안내인에게 그렇게 말했다.

"이 교수님, 그것은 이미 지난날의 이야기예요. 안심하고 교수님 차 몰고 다녀도 됩니다."

결국 나는 그의 말을 믿고 안심하고 차를 몰고 다녔다. 현지에 살고 있는 사람이 현지 사정을 더 잘 아는 것은 당연하다. 오후 3시쯤 우리 일행은 가로수가 아름다운 안드라 시가를 지나 영웅광장 주차장에 주차하고 관광을 계속했다. 우리는 광장 중앙에 있는 높은 탑 밑에 7개의 기마상을 보며 아시아인 마잘족 7개 부족이 우랄산맥 근처에서 서기 896년에 이곳에 와서 정착했음을 알게 됐다. 헝가리민족은 중동과 서구의 중간에서 침략과 지배를 경험했지만 긴 역사 속에서 고통받아온 민족이라 우리 역사와 비슷한 점이 많았다.

우리가 광장 관광을 끝내고 내 차에 가까이 갔을 때 차 안에 사람의 그림자가 움직이고 있었다. 뭔가 잘못됐다고 생각하고 있는 순간 차의 시동이 걸렸다. 열쇠는 내가 갖고 있었는데 어떻게 시동이 걸렸을까 하고 나는 놀랐다. 대낮에 귀신이 나올 리 만무하다. 먼저 차의 뒤와 오른쪽에 두 사람이 조심조심 발소리 나지 않게 가까이 가고 차의 왼쪽 뒷문 옆에 내가 섰다. 내가 손을 들어 신호를 하자 그에 맞춰 다 같이 소리를 질렀는데, 그 순간 2m 가까운 거인이 차에서 튀어나와 쏜살같이 주차장 곁 대로를 횡단하며 시속 100km 정도로 달아났다. 나이는 20대 후반 정도로 삭발한 징기스칸 후예 같은 인상이었다. 온몸에 소름이 돋았다. 도망가는 도둑의 자취가 보이지 않자 차 안을 검사했는데, 그가 손수 만든 열쇠를 열쇠구멍에 강제로 넣어 시동을 걸었던 것이었다.

우리가 1분만 늦게 그곳에 도착했어도 자동차는 사라져버렸을 것이다. 불행 중 다행이었다. 나의 심장은 빠른 속도로 뛰고, 혈압은 천장까지 올라갔다. 차의 열쇠구멍이 손상돼 차가 움직이지 않으니 다음날 독일로 돌아갈 문제가 그 순간 걱정됐다. 그러나 엔진이 걸리는 그 순간에 우리가 도착해 차의 도난을 사전에 막았으니 하나님께 감사하는 마음이 저절로 들었다. 자동차가 고장 났으니 내일 어떻게 독일로 돌아가지? 기차로? 항공편으로? 하루 더 부다페스트에 묵고 차를 수리한 후 떠날까? 한동안 막막했다.

우선 부다페스트의 벤츠 특약점에 전화를 걸었더니 다행히도 독일어가 통했다. 견인차를 보내서 두 시간 내에 임시방편으로 열쇠를 만들어 줄 테니 독일로 가서 자동차보험회사의 도움을 받아 제대로 수리하라고 했다. 다음날 이 차로 출발할 수 있다고 하니 마음이 한결 놓였다. 차를 수리공장에 갖다 주고 그 와중에도 관광을 완결해야 하니 택시로 가서 성 이슈트방 대성당을 관광했고, 사람들 틈새로 헝가리 초대 왕 이슈트방(스테판)의 손 미라를 바라봤다. 그럼에도 일행의 분위기는 가라앉을 수밖에 없었다.

이 성당을 나오면서 만약에 1분 늦게 가서 차를 도난당했으면 무엇으로 이분들과 내일 독일로 돌아갈까 생각해보니 이분들을 초대한 것이 후회 막심했다. 누구를 위한 이 고생이냐며 뛰는 가슴을 어루만지고 있었다. "하나님, 심장마비가 일어나서는 안 돼요" 하며 기도로 마음을 가라앉혔다.

우리는 주헝가리 한국대사관의 도움으로 도나우 강 속의 마르키트 섬에 있는 호텔 테르말에서 묵었다. 정신적 피로를 진정시키려고 우리는 인근에서 집시 악단이 연주하는 라마다그랜드 호텔 식당에서 저녁식사를 했다. 이날의 돌발사고를 잊어버리려고 몇 잔의 '황소의 피'(헝가리의 유명한 에게르 지방의 붉은 포도주 비카베르)를 연거푸 넘겼다. 이 비카베르는 내가 1974년에 폴란드 과학원장 초청으로 바르샤바에 갔을 때 시음했는데, 당시 공산권 전역에서 유명한 포도주였다.

비카베르에 집시음악은 헝가리 밤이 아니고서는 맛볼 수 없는 진미다. 집시 악단의 단장을 불러 10달러짜리 몇 장을 호주머니에 넣어주고 먼저 스페인의 사라사테가 1878년에 작곡한 집시 선율 '치고이너바이젠'을 주문했다. 대머리가 번쩍이고 양눈이 자동차 라이트처럼 큰 단장은 우리 테이블 곁에 와서 바이올린의 줄 하나하나를 섬세하게 켜며 침울해하던 내게 에너지를 채워줬다.

집시는 이어 내가 중학생 때 애수에 넘쳐 부르던 '집시의 달'을 연주했다. '달이여 집시의 달이여(moon of love, romantic gypsy moon)' 하는 곡이 터져 나오자 누구를 위해 무엇을 위해 3000km 길을 달려 이 고생을 하나 하는 생각이 들었다. 뒤이어 브람스가 1869년에 집시 음악을 편곡한 '헝가리무곡'이 연주됐다. 제5번은 내가 즐겨 듣기에 먼저 주문했고, 제1번으로 이어졌다. 집시가 물러가자 단상에선 프란츠 리스트의 '헝가리안 랩소디'가 흘러나왔다.

일행은 지칠 대로 지쳤지만 피아노 리듬이 빨라지자 생기를 되찾고 다음날의 출발을 마음으로 준비했다. '오늘의 고뇌는 오늘에 족하니라'라는 성경 구절이 내 머릿속에 떠오르고 '내가 뿌린 씨는 내가 거두어야한다'라고 자위했다. 호텔 창문 너머로 보이던 도나우 강의 밤 물결을 보자 애절한 집시 음률과

낮의 사고에 대한 회상이 애수를 더욱 짙게 했다. '황소의 피'
는 내 머리를 마취시켜가고 있었다. 나는 금세 잠에 빠져들었
고 꿈속에서 '긴 겨울이 지나면 봄이 오는 것이니 어느 땐가
도나우 강에서의 환희를 기대할 수 있다'는 목소리를 들었다.

독일 동포 2세, 3세의
성공과 행복

벌써 오래전의 일이다. 2006년 1월 29일 일요일 밤 9시45분에 '어떻게 하면 외국인을 좋은 독일 사람으로 만들 수 있을까'라는 주제의 인기 토론 프로그램이 독일 제1-TV에서 방영됐다. 사회는 권위 있는 사비네 크리스티안센 여사가 맡았다. 이 토론회에 독일 보수당을 대표하여 주 내무부장관 1명, 업계를 대표하여 중소기업주 1명과 범죄학자 1명 그리고 독일 진보정당을 대표하여 녹색당수가 참석했다. 범죄학자가 포함되어 있는 것이 이채롭지만 이는 외국인 2세의 범법행위가 독일인 2세보다 많기 때문인 듯했다.

이 땅의 외국인도 독일의 기본법인 독일 헌법(1949년 공포)에 따라 살아가고, 독일의 관습과 민족문화에 융합해야 하지 않느냐는 목소리가 독일 통일 이후 더 높아져갔다. 베를린의 여러 학교에서는 같은 나라에서 온 외국인 자녀들끼리도 학교시간에는 독일어만 사용해야 하며 운동장에서 쉬는 시간에도 자기 부모 나라말을 사용 금지시켰다. 정계 및 사회단체 내에서도 어떻게 하면 젊은, 혹은 어린 외국인 자녀들을 독일사회에 인테그라치온(Integration · 통합) 시키느냐는 문제에 대한 관심이 높아지고 있다.

독일인들은 "우리는 다문화사회multi-kulti를 원하지 않으니 독일에 사는 외국인은 자기 나라 고유의 문화생활을 피하라"고 강조한다. 내가 살고 있는 북라인 서팔렌주 주정부에서는 외국인의 독일화를 전담하는 인테크라치온 장관까지 임명하여 외국계 이주민의 독일화에 행정력을 총동원하고 있다.

이런 사회 여론을 반영해 이날 제1-TV에서 외국인을 좋은 독일 사람으로 만드는 방법을 토론한 것이다. 특히 보수당인 기독교민주연합과 기독교사회연합이 통치하고 있는 주에서는 외국인이 독일에서 살려면 독일 전통문화에 동화돼야 할 뿐 아니라 독일의 역사적 우수성을 알아야 한다고 강조한다. 그리고 외국인이 독일 국적을 취득하려면 사전에 좋은 독일인이 될 수 있는 교육을 받고 이에 대한 테스트에 합격해야 한다고 각 주에서는 나름대로 제도적 장치를 마련해가고 있다. 이런 독일사회에 우리 동포 2세, 또는 3세가 살고 있다.

제2차 세계대전이 끝난 14년 후인 1959년 내가 독일에 유학 왔을 때는 독일사회에서 외국인을 받아들이는 태도가 지금과 많이 달랐고 외국인에 대한 대우도 아주 좋았다. 당시 독일은 라인 강의 기적이라고 불리는 경제부흥 시대로 노동자가 매우 부족했다. 그래서 터키 수도 앙카라에 수송기를 여러 대 대기시켜 놓고 독일 의사가 터키 노동자들의 건강을 진단해서 건강하기만 하면 독일어를 몰라도 독일로 수송할 정도였다. 그때는 물론 외국인이 독일의 전통문화에 동화돼야 한다는 견해도 독일사회에 없었고, 오히려 외국인이 편하게 생활할 수 있도록 독일 정부가 각종 사회단체에 활동비를 지급하며 외국인을 보살피게 했다. 이때는 외국인을 도와주는 여러 단체가 독일 정부 보조금을 받기 위해 나와 같은 외국인 학생을 거의 매일 저녁 모임에 초대하는 바람에 대학기숙사에서 차분히 공부하고 있을 수가 없을 정도였다. 또 외국에서 온 사람에게 어려운 문제가 있으면 무엇이든지 도와주려는 독일 사람이 많았다.

그러나 오늘날은 외국인에 대한 인심이 상상을 초월할 정도로 변했다. 독일 통일 16년 뒤인 지난 2006년 7월 어느 날이었다. 독일 병원에서 트레이닝을 받기 위해 내가 관계된 재단에서 초청한 한 명의 외국인 장학생이 저녁에 도착할 예정이었다. 나는 그 병원 주임교수에게 '장학생이 저녁 9시 반경 그곳

역에 도착하니 병원 직원 중 한 사람이 마중 나가서 기숙사로 안내해줄 수 있겠느냐'고 편지를 썼다. 이 장학생이 도착하기 전날 이 주임교수의 비서로부터 전화가 왔다.

"이 교수님, 병원 직원들에게 문의했는데 자진해서 역에 나가 픽업하겠다는 사람이 한 명도 없습니다. 그 장학생에게 '역에서 택시를 타고 병원으로 와서 수위에게 맡겨놓은 기숙사방 열쇠를 찾아서 방으로 가라'고 해주세요."

같은 독일인데 통일 전과 통일 후가 판이하게 달라졌다. 그 친절했던 독일 사람은 전부 어디 갔을까? 나의 실망이 컸다. 이와 같이 변하는 독일 현실에 서글픈 생각이 든다. 동포 2·3세도 이처럼 변화된 사회에서 경쟁을 뚫고 생존해가야 한다.

***

독일이 통일된 후 본공화국에서 베를린공화국으로 바뀌면서 이 나라에 살고 있는 외국인을 좋은 독일 사람으로 만들어야 한다는 사회여론이 유난히 고조됐으며 독일정부도 여러 가지 제도를 바꾸면서 이에 동조하고 있다. '외국인의 독일사회 동화정책'이 더욱 강해져가고 있는 것이다.

2006년 6월초 서울에서 재외동포재단의 초청을 받아 세계 각국의 한인회장들이 서울에 모였다. 이 모임에서 △한인 2·3세들에게 조국에 대한 자긍심과 애국심을 잊지 않도록 교육시키는 것을 한국정부가 지원해야 한다, △동포 2·3세들이 성공해 거주국에서 한국의 위상을 높일 수 있도록 한국정부가 적극 협조해야 한다는 등의 토론이 빠지지 않았다.

한국정부는 주독 한국대사관을 통해 지난 30년간 독일동포 2세에게 한국말을 가르치는 일을 전담하는 교육원장을 파견하여 우리 조국, 우리 민족, 우리 해외동포, 우리말, 우리 민족문화라는 단어를 동포 2·3세가 잊지 않도록 하는 데 노력해 왔다.

동포 1세는 한국에서 태어나 그곳에서 학교교육을 마치고 이곳에 왔기에 늘 조국의 부모형제와 하늘을 그리워하며 어려운 환경을 극복해갔다. 독일어를 잘 알고 독일문화를 이해해야 독일 땅에서 성공할 수 있는 것은 당연한 일이다. 그런데 요즘 독일사회는 '이주자 2·3세의 의식구조도 독일화해야 한다'고 강력히 주장한다. 동포 2·3세는 대부분 독일 국적을 소유한 독일국민이기 때문이다.

반면 우리 고국의 정부가 독일 땅에서 한국문화의 전통을 살리며 조국을 사랑하는 해외동포 2,3세가 되어달라고 요망하는 것도 나는 충분히 이해한다. 같은 민족이기 때문이다.

그러나 한국 정부가 700만 해외동포, 그리고 우리 동포 2·3세에게 한국인으로서의 애국심과 민족의식을 심어주어야 한다고 주장하며 교육원장까지 파견하여 한글학교를 운영하는 것과, 법을 개정하면서까지 외국인 2·3세를 오로지 '좋은 독일인'이 되도록 교육시키겠다고 하는 독일정부의 외국인정책은 거리가 멀고 이율배반적이다. 두 나라의 정책이 동시에 효과를 볼 수 있게 할 수 있다면 얼마나 다행일까 생각해 본다.

오늘날 독일사회는 여성 만능사회라고 봐도 과언이 아니다. 공무원사회도, 교육계도 여성이 지배적이다. 무엇보다 여성의 활약이 큰 곳은 정계다.

2006년 9월 8일자 독일연방의사회지에 독일 본대학병원에서 혈액내과의 주임교수 공모광고를 냈다. 거기에도 '여성지망자는 주정부의 평등법의 규정에 의해 남성 지망자와 그 자격이 동일한 경우 우선적으로 고려하게 됩니다'라고 돼있었다. 남녀동권정책이 아니라 여성우대정책이 실시되고 있다. 부인을 직장에서 성공시키기 위해 남편이 아이들을 돌보고 집안 살림을 돌보는 가정이 허다하다.

아시아, 또는 중동지방은 강한 부권이 각 가정에 존재한다는 선입견이 독일사회에는 예로부터 있다. 내가 1963년 루루지방의 한 병원에 취직하여 병상 40개인 남자병동을 맡았을 때였다. 그때 병동 수간호사는 23세의 젊은 그 지방 출신 여성이었다. 근무를 시작한 지 3주가 지났는데 아침 회진 때 나의 지시에 응하지 않는 기색이었다. 부임한 지 얼마 되지 않았기에 비교적 조심스럽게 병동간호사들을 다루고 있다고 나는 생각하고 있었다.

"닥터 리, 당신네 나라에서는 여자가 별 권리가 없지요. 당신은 한 번도 '비테(bitte, 영어의 please)'란 말을 한 적이 없어요."

회진이 끝나자 수간호사는 이렇게 말했다. 이것은 동양인은 무조건 여자를 멸시한다는 선입관에서 온 것이다. 한국에서는 '비테'니 '당케(danke, 고맙습니다)' 같은 말을 서구인에 비해 일상생활에서 잘 쓰지 않기 때문에 그 습관에 젖어 있던 나 역시 여성을 비하할 의도가 없었는데도 그런 오해를 받은 것이다.

자식의 교육문제도 우리 동포 1세들은 한국에서처럼 극성스럽지는 않으나 아직도 수단과 방법을 가리지 않고 압력을 가하는 경향이 있다. 이것은 독일법에 저촉이 되며, 처벌의 대상이 된다. 나는 우리 애들이 전부 의학을 전공하도록 종용하고 때에 따라서는 강압도 했다. 약 30년 전의 이야기다. 아들 하나가 고등학교 졸업반에 가까워져 가는데 점심을 먹다 대학에서 전공할 학과 선택 문제로 격론이 벌어졌다.

"의학을 선택해! 세계 어디를 가나 아픈 사람 치료해주면 감사하다고 하니까. 백인사회에서 감사하다는 말 듣고 살려면 의학을 전공해."

그 아들은 결국 자기 뜻을 굽히고 의학을 전공했다. 냉철히 생각해 볼 때 의학 전공이 그 아들에게 과연 행복을 가져다주었는지 잘 모르겠다. 다만 아버지로서 내가 좋다고 생각한 길을 자식이 선택하였기에 나는 만족하고 있는 것이다.

***

내가 잘 아는 어느 동포는 부부가 함께 1960년대에 독일에 왔다. 그들의 아들이 공부를 잘 하지 않자 "네가 대학에 못 들어가면 아빠엄마 자살해 죽어버리겠다, 너를 교육시켜 훌륭한 사람 만들려고 이 나라에 와서 이 고생을 하고 있는데 네가 성공 못 하면 우리가 무슨 희망이 있겠느냐."라고 협박까지 했다고 했다. 이런 행동은 '좋은 독일사람' 조건에 어긋나며 독일 법에 저촉되기까지 한다. 우리 집에서 멀지 않은 마을에 살고 있는 동포의 경우도 비슷했다. 16세가 넘어 법적으로 성인이 된 딸이 있는데, 그 아이가 저녁에 늦게 들어와 주의를 주었더니 딸이 "내 자유를 속박하느냐"고 대들었다. 그 순간 그 아버지는 딸의 뺨을 때리고 말았다. 딸은 학교의 동창들로부터 들은 말이 있어 즉시 인근 파출소에 가서 신고를 했다. 결국 그 아버지는 파출소에 불려갔다.

"당신의 나라에서는 그렇게 때리며 자녀교육을 시킬지 몰라도 독일 법에 위반되므로 우리는 당신을 기소해야 합니다."

그 여학생의 아버지는 좋은 독일인이 되는 교육을 받았다. 독일에서는 자녀가 16세가 되면, 즉 성인이 되면 부모는 자식에 대해 법적으로 아무 권한이 없다. 자신의 문제는 자신이 결정한다.

이런 경험 속에서 우리 동포 1세도 독일화되어 가고 조국의 의식구조에서 점점 이탈해 간다. 특히 동성연애자들에게 결혼의 기회를 열어주고 동성연애를 애정의 한 현상으로 인정하는 것도 '좋은 독일인'이 되는 길이란 것을 소화시키지 못하는 이들도 많을 것이다. 그러나 이 나라의 좋은 국민이 되기 위해서는 자식들에게 이것도 받아들이도록 가르쳐야 할 의무가 있고 또 2세가 동성연애를 하면 부모로서 받아들여야 할 의무도 있다. 따라서 독일에 사는 독일인은 독일정부나 사회가 권장하는 의식구조를 가져야 하는데 이는 독일 국적을 가진 동포 2세에게 우리나라의 전통과 미덕을 심어주고자 노력하는 한국정부의 '700만 해외동포정책'과는 상반된다.

우리동포 1세는 동포 2·3세를 지도할 때 우리 조국과 우리가 거주하고 있는 독일과의 사이에서 고민하면서도 현재 살고 있는 나라의 현실에, 즉 독일의 현실에 일차적으로 적응해야 한다는 결론을 내리지 않을 수 없다. 그것은 우리 자녀가 생존경쟁에서 이겨나가면서 이 나라에서 확고한 삶의 기반을 구축해야하는 것이 무엇보다도 중요한 과제이기 때문이다.

첫째는 동포 2·3세의 언어교육 문제다.

약 30년 전의 이야기다. 서울에서 장관직을 지낸 분이 찾아왔다. 그는 저녁식사 때 이런 말을 들려주었다.

"내 동창이 미국에 살고 있는데 내가 그의 집을 방문했어요. 그런데 글쎄 그 친구의 아들이 우리말로 인사하지 못하고 '헬로' 하지 않아요. 그 친구에게 우리말부터 가르치라고 충고했어요."

이 말을 듣자 내 가슴에 수치감이 솟아올랐다. 내 자식도 한국에서 오는 손님에게 우리말로는 인사도 잘 하지 못한다. 어렸을 때는 우리말을 가르쳐보기도 했지만 현실적으로 어려움이 있었다. 아들이 독일고등학교(김나지움)에 들어가 이 나라의 국어인 독일어의 성적이 좋지 않아 내가 자주 담임선생에게 불려갔다. 담임선생은 내가 독일의과대학 교수인데도 내가 어렸을 때 독일어를 배우지 않아 집에서 정확한 독일어를 아이에게 가르칠 수가 없었으니 우리 애의 독어 성적이 나쁜 것이라고 말했다. 그는 또 독어가 이 나라에서 모든 과목의 기초가 되는데 독어를 잘하지 못하면 전 과목의 성적이 좋지 않을 것이라고 말했다. 그러면 대학진학이, 특히 의과대학 입학이 어렵지 않겠느냐 그러니 만사를 제치고 독어를 가르쳐야 한다고 충고했다. 나는 가정에서 독어를 사용하지 않는다. 동포 1세는 집에서만이라도 한국말을 써야 아시아인의 긍지를 갖게 된다고 믿고 있기 때문이다. 그러다 보니 하는 수없이 우리 애를 학교기숙사에 보내 독일학생과 공동생활을 하게하고 독어과

외를 시켰다. 우리와 비슷한 처지의 동포 가정이 많을 것이다. 우리말을 배워 한국의 해외동포로서 긍지를 갖기 이전에 어느 분야에서든지 이 나라의 젊은 사람들과 경합해서 이겨야 그것도 월등히 이겨야 원하는 분야에 진출해 독일인 동료와 동일한 대우를 받을 수 있는 것이다. 본국에 사는 한국인들은 이를 이해는 하겠지만 독일에 거주하며 동포 2,3세의 장래를 자나 깨나 염려하는 1세대만큼 그 문제의 심각성을 제대로 인식하지는 못할 것이다.

＊＊＊

나는 어느 자리에서 동포 2세의 한국어 교육에 대해 토론한 적이 있다. 이때 주독 한국대사관의 한 직원이 "통계적으로 볼 때 동포 2세 중 주말한글학교에 나와 우리말을 잘 배워 그 성적이 좋은 학생이 독어 성적도 좋다. 결국 부모가 열심히 한국말을 가르치는 것이 독일어를 잘하게 되는 요소가 된다"라는 이야기를 했다. 이는 아전인수격인 주장이다. 주말에 나와 우리말을 배워 성적이 좋고 겸해서 학교에서 독일어도 잘하는 학생은 어학에 선천적 소질이 있는 학생이다. 독일어 성적이 나쁜 학생은 만사를 제쳐두고 우선 독어 공부를 열심히 해야 학교에서 어느 정도 따라갈 수 있지 않을까?

2006년 9월 21일 독일 제2 TV의 저녁 10시 뉴스에서 역대 독일연방대통령이 정례적으로 해온 '베를린강연'을 보도했다. 당시의 쾰러 연방대통령은 이 강연에서 '교육'을 주제로 삼았다. 강연장은, 외국인 자녀가 학생의 다수를 차지해 성적불량으로 평이 좋지 않은 베를린시 뉴-쾰론구 소재 '케프러 상급학교' 강당이었다. 쾰러 대통령은, 특히 외국인 자녀의 교육문제를 강조하며 다음과 같이 언급했다.

현재 인구 8000만의 독일에는 외국에 그 뿌리를 둔 자가 1500만 명이 거주하고 있으며 그중 절반(50%)이 독일 국적 소유자다. 오늘날 신생아의 4분의 1이 적어도 부모의 한쪽이 외국에서 왔거나 외국인 2세다. 그런데 이 외국계 자녀의 5명중 1명이 성적불량으로 초등학교 졸업을 못하고 있으며 10명중 4명이 실업자이다. 실업률은 외국계 자녀가 본래의 독일인 자녀의 2배나 된다. 그 기본 원인은 외국인 자녀가 독일 국적 여하를 막론하고 독어 실력과 독어 해득력 부족으로 학교성적이 불량한 데 있다. 외국인 자녀의 독어 실력은 일차적으로 가정에서 부모가 독어를 사용하느냐에 따라 좌우된다. 부모가 집에서 자기 모국어를 사용하면 자녀의 교육과 성공을 위해서는 큰 장애가 된다. 만약 부모가 독어를 잘 못 한다면 자식들의 장래를 위해 부모부터 독어를 배워야한다. 쾰러 대통령은 외국에 뿌리를 둔 부모로부터 태생한 젊은 학생들의 독어 실력이 얼마나 그들의 장래의 성패를 위해 중요한가를 재차 강조했다. 독일연방대통령의 이 지적은 이 땅의 격심한 생존경쟁 속에서 반세기를 싸워온 해외동포 1세의 한사람으로서 참 적절하다고 생각했다. 그 강연이 끝나고 기자가 외국인 부모를 가진 한 소녀에게 묻자 그는 자기 부모는 독어가 우수하지 못해 자기 숙제를 집에서 도와줄 수 없으니 학교에서 오후에 숙제를 도와줄 수 있는 길을 강구해달라고 대통령에게 진언했다. 예를 들면 독어의 관사(der, die, das)의 변화, 동사, 특히 분리 및 비분리동사의 변화, 제기동사의 사용 등은 어렸을 때부터 배워야 통달할 수 있다. 이런 환경 속에서 우리말을 배우라고 장려하는 것은 결국 우리 동포 2세가 어학에 대한 천재적 재능을 갖지 않은 한 독일 땅의 심한 생존경쟁에서 승리하는 데 발목을 잡는 셈이 될 수도 있다.

동포 1세인 나의 입장에서 볼 때 비록 우리 동포 2세가 우리말은 못 해도 독일어를 독일사람보다도 더 우수하게 구사하면서 독일사회의 각 분야에 지도층으로 진출하는 것이 결국 우리 조국의 위상을 높이는 애국적 해외동포가 되는 길이라고 생각한다.

일단 독일에 거주하고 있는 한, 유럽인이 되고 있는 한, 독어나 거주국 언어와 영어 구사능력이 탁월해야 국제기구에, 다국적 기업에 진출할 수 있고, 세계화의 리더가 될 수 있다.

즉 지략과 장검을 겸비한 장군이 될 수 있는 것이다. 그런 면에서 한국의 해외동포정책은 우리말 교육도 중요하지만 세계속에서 헤엄쳐나갈 수 있는 유능한 한국인 육성에 일차적으로 치중해야 할 것 같다. 그리고 능력과 여유가 있는 동포 2세라면 자기 부모의 모국어를 겸비하는 것이 어떤 것보다 가치 있는 일일 것이다. 해외동포들은 비록 우리말은 몰라도 자기의 얼굴을 볼 때 자연히 자기 뿌리를 찾게 된다. 가르치지 않아도 그 밑바닥에 무한한 애국심이 잠재되어 있다.

둘째는 직업의 선택이다.

1960대, 또는 1970년대에는 독일에 인력이 부족해 우리 동포의 취업은 쉬워, 외국인이라 할지라도 생계를 유지해 가는 것은 어려운 문제가 아니었다. 그러나 독일 통일 후 15년이 된 2005년에는 독일정부의 실업보험금, 또는 사회보조금 등을 지급받고 있는 독일인 실업자가 인구 8000만의 나라에서 500만 명에 달하며 실업보험금의 지불에 필요한 국가예산의 부담이 너무 커져 당시의 독일정권이 실업자 감소를 정책의 제1과제로 삼고 있는 상태였다. 이런 상황 속에서는 우리 동포 2세도 자기 취미에 맞고 장래성이 있는 직장을 구하는 것이 쉽지 않다.

어떤 기회에 우리 동포 2세가 원했던 직장을 구했다 해도 직장 내의 분위기를 극복해 가는 것이 또한 쉬운 일은 아니다. 2006년의 5월 어느 날 독일 제2 TV에서 '독일민족도 독일인으로서의 긍지와 우월감과 애국심을 가져도 좋지 않느냐'라는 설문에 80% 이상이 '그렇다'라고 답했다는 것이 눈에 띄었다. 그 여론 조사 발표는 제2차 세계대전이 끝나고 60년이 지난 오늘날 독일국민도 '국수주의적 민족의식을 가지고 살아가자'라는 선전이나 마찬가지다.

그러나 통일 후 20년이 지난 2010년경부터는 독일경제가 아주 좋아졌다. 실업자는 줄어들고 각 기업은 수출확대에 수반되는 기술자의 부족으로 아우성이다. 해외에서 유능한 기술자를 데려오는 데 규정을 풀어달라고 정부에 부탁한다. 이런 시기에는 우리 교민 2세의 취직은 아주 용이하다. 그러나 각 직장에서의 승진의 경합은 마찬가지다. 미그란트(이민자)의 자녀로서의 어려움은 독일의 민족주의가 항양될수록 더 심해진다.

베를린 공화국(통일된 후의 독일)이 되면서 극우파가 급속도로 증가하고 있어 독일 국적 소유 여하를 막론하고 유색인인 외국인이 극우파들에게 구타를 당해 중상을 입어 입원치료를 받고 있는 사례가 늘고 있다. 2006년 6월 FIFA의 월드컵축구대회가 독일에서 개최됐는데 독일의 어떤 지역은 네오나치의 공격이 우려되니 유색인종은 그곳에 가는 것을 삼가는 것이 좋겠다는 경고를 한 경우가 적지 않았다.

1998년의 이야기다. 독일 헷센주의 주정부 선거 때 보수당은 외국인의 국적취득을 권장하는 사회당 연방정부정책에 반대한다는 선거요강을 내걸어 정치자금 관계로 불리한 상황에 놓였음에도 선거에서 승리한 적이 있다. 이와 같이 선거 때마다 보수당에서는 외국인문제로 선거이슈를 만드는 경우가 적지 않으니 현 독일국민의 대다수가 외국인에 대해 또는 외국계 독일 국적 소지자에게 호감을 갖고 있지 않다고 보는 것이 타당하다. 특히 실업자의 입장에서는 자기들 직장을 외국인이 (비록 독일 국적을 가지고 있어도 외국에서 와서 정착한 사람이) 빼앗아 간 것으로 생각한다.

이런 환경이니 우리 동포 2·3세가 취직이 돼도 좋은 부서에 배치되거나 진급이 독일인 동료와 동일하게 될 리가 없다.

우리 동포 2세가 학생신분일 때는 자기가 외국인이란 극심한 갈등을 느끼지 않는다. 매일 만나는 동급생과의 친구관계가 익숙해진 데다 동포 2세의 부모가 독일사회에서 어느 정도의 지위에 있을 때는 의기양양하기도 한다. 그러나 일단 직장에 취직해 들어가면 독일동료의 멸시에 부딪치기도 하고 독일동료에 비해 동일한 대우도 못 받고 진급도 늦어지는 데에 환멸을 느끼며 비관에 빠지거나 자포자기하는 경우도 생길 수 있다.

어느 동포 1세가 취업차 70년도 초에 독일에 왔는데 아들을 가르쳐 의과대학에 보냈다. 졸업 후 그 아들이 어느 병원의 외과에 취직했는데 레지던트 하는 중 독일동료에 비해 수술의 배당도 적게 받고 병동책임도 맡겨주지 않아 우울증에 빠졌다. 그래서 그 아버지가 "우리가 외국에서 살고 있으니 그런 차별은 감수하며 이겨나가야 한다."라고 하자 그 아들이 "그것이 전부 아버지 탓입니다. 아버지가 한국에 살면 내가 그곳에서 태어났을 테고, 그러면 이런 차별은 받지 않았을 것입니다."라고 반박했다고 한다. 얼마나 견디기 어려웠는지 짐작할 수 있을 것이다. 그런 운명 속에서 우리 동포 2세는 살아가고 있다.

그러나 더 중요한 것은 그러한 운명을 비관하지 말고 받아들여 극복해 나가는 자세다. 나는 30여 년 전 어느 날 한글학교가 개최한 동포 2세의 모임에서 강연을 했다. 그곳에 모인 우리 동포 2세 학생들의 얼굴에는 희색이 만연하고 눈동자는 희망에 차서 번쩍이고 있었다.

"여러분, 여러분이 세계 속의 한국인이라 생각하고 잠시 남의 집인 독일에 부모님과 같이 와있다고 생각해요. 이 현실을 여러분이 충분히 인정하고 그 현실 속에서 최선을 다해 각 분야에서 세계를 지배해야겠다는 결심을 하고 인내를 가지고 열심히 살아야 됩니다. 또 한 번 강조하지만, 여러분이 자기 나라가 아닌 외국에 와있다는 현실을 인정하면서 노력해야만 성공합니다."

이렇게 말하는 나에게도 50년 가까운 독일생활에서 독일동료와 같은 대우를 해주지 않는다고 반항한 경험이 드물지 않았다. 1967년 7월의 일이다. 여름휴가가 시작되어 본대학병원의 간호 인력이 부족하다고 하필이면 내 병동 문을 1개월 닫고 내 병동인력을 다른 병동에 배치했다. 나는 이때 한국국적을 소지한 외국인이고 본대학병원의 외국인 TO에 채용되어 있었다. 봉급도 독일인의 50%밖에 받지 못하고 있었다. 그리고 나를 레지던트 2년생이 맡고 있는 병동에 그 의사 밑으로 배치하였다. 나는 치욕감을 금치 못하여 한 달간 일을 하지 않고 저항한 적이 있었다. 그 당시는 의사가 부족한 상태이기에 문책받지 않고 무난히 넘겼지만 이제 와서 생각해 보면 상부의 명에 거역했으니 파면감이다.

나는 학생들에게 계속 말을 이어갔다.

"두 번째로 중요한 것은 여러분이 독일동료의 두 배 이상의 노력을 해야만 그들과 동일한 대우를 받을 수 있다는 현실을 인정하는 자세입니다."

내게는 의학공부를 끝내고 대학병원에서 레지던트로 일하는 아들이 하나 있었다. 독일에서는 2000년대에 들어와 대학병원에 전문의 수련 자리 얻기가 쉽지 않았기에 장래에 대한 큰 포부를 가지고 병원근무를 시작했다. 그런데 배치된 병동의 선임의사들이 전부 독일인인데 매일같이 이유 없이 혹평만 하고 점심식사시간에도 대화에서 빼돌리니 견딜 수 없었다. 물 위의 기름 같은 신세였다. 물론 아들은 자기가 한국인 동포 2세이기에 그와 같이 괄시를 한다고 생각해 점점 병원에 출근하는 것을 두려워했다. 어느 날 나는 "길고 추운 겨울이 지나가면 따스하고 꽃피는 봄이 온다. 모든 것은 하나님께 맡기고 인내를 가지고, 용기를 내라."라고 종이에 써서 아들 방 벽에 붙여놓았다. 이런 의욕적인 젊은이에게 도에 넘치는 정신적 부담이 주어지면 자포자기하기 쉽고 우울증에 빠지기 쉽다. 그 결과로 일생을 망칠 수 있다. 이것이 두려웠다.

독일에서는 병원근무 시작 후 6개월간은 어느 때든지 채용계약과 무관하게 파면시킬 수 있는 시험기간이다. 6개월이 지나면 계약기간 동안 파면이 불가능하다. 내 아들은 6개월 동안 저항 한 번 하지 않고 시키는 대로 주야로, 토요일, 일요일도 밤늦게까지 일했고, 결국 병동 분위기는 완전히 변하고 과장교수에게 인정받게 됐다. 이처럼 현실을 잘 파악하고 인내력을 가지고 독일인의 2배, 3배의 일을 할 각오가 돼있어야 난관을 극복할 수 있다.

2006년의 어느 여름날 우리 대사관의 한 직원에게 이 이야기를 했다. 그분은 독일 근무기간이 길고 자신이 독일을 잘 안다고 자부하는 사람이다.

"그것이 사실입니까?"

그는 놀란 표정을 지었다. 대사관에 근무한 외교관은 우리나라를 대표하는 치외법권의 권리를 누리는 사람들이다. 동포와의 교류에서 우리정부를 대표한다는 면에서 존경을 받는 위치에 있으니 동포가 독일 땅에서 어떠한 어려운 처지에서 독일인과 경합해야 하는지 제대로 파악하는 게 쉽지 않을 것이다.

이런 문제는 비단 인종이 다른 외국에 와있는 우리 동포 2세에 한한 일만은 아니다. 2006년 3월 10일 금요일 오후 병원 일을 마치고 친구를 만나기 위해 차를 몰고 쾰른대학병원으로 가는 중이었다. 차 안에서 라디오 DLF방송을 틀었더니 이집트에서 온 대기업가의 인터뷰 내용이 흘러나왔다.

"이집트와 같은 이슬람사회에서 기독교인으로서 어떻게 대기업가로 성공하셨나요? 더욱이 이집트의 기독교는 코프트 Copt교인데 교세도 약하지 않습니까?"

기독교는 이집트에 3세기 이후에 전파됐지만 7세기에 이슬람교가 들어와 이 나라의 국교로 자리 잡으면서 쇠퇴일로에 처하게 됐다. 1970년대 초반에 카이로를 방문했을 때 나는 그처럼 세력이 약해진 코프트 교회를 볼 수 있었다.

기자의 질문에 이집트 기업인이 대답했다.

"마이너리티인 콥트 교인이 이슬람사회에서 성공하려면 같은 이집트 민족이라 할지라도 자기가 소수파에 속한 현실을 인정하고 더 영리하게 머리를 써야하고 이슬람사람보다 몇 배의 노력을 해야 합니다"(이집트 기업인)

나는 이 방송을 들으면서 우리 동포 2세도 자신이 이 나라의 마이너리티라는 것을 인정하면서 독일 사람의 몇 배 이상의 노력을 할 각오를 해야 한다는 것을 다시 확인했다.

독일에 주재하고 있는 우리나라 대사관이나 총영사관에서 동포 2세 문제에 관심을 많이 갖는 훌륭한 공관장을 볼 수 있다. 이 땅에서 역시 동포 2세의 활약 여부가 21세기 독일 동포 사회의 흥망성쇠를 좌우한다고 보는 것 같다.

내가 잘 아는 A 대사는 독일에 진출하는 우리나라 기업에 동포 2세를 취업시키는 운동을 전개했다. 고용주도 고용인도 같은 민족이면 독일기업에서보다 차별화가 적을 것이고 독일에서 성장한 동포 2세가 독일 국내사정에 정통하니 기업에도 도움이 되지 않겠느냐고 내게 이야기했다. 그러나 A 대사가 생각하지 못한 문제가 있다. 우리 동포 2세는 독일 땅에서 자라가면서 좋은 독일 사람이 되는 교육을 받으므로 우리나라 기업의 생리를 이해할 리가 없다.

첫째, 독일 고용인은 연간 6주간의 유급휴가가 있다. 독일 사람은 당연한 일이지만 우리 동포 1세들도 자식들을 위해서라도 여름철 휴가는 3~4주간 가야 한다. 하루 노동시간이 길어졌을 때는 독일에서는 당연히 초과수당금이 지급된다. 요즘 한국기업도 세계 일류기업이 많으므로 그런 직원 복지가 주어질 테지만, 불과 얼마 전까지만 해도 언감생심 아니었던가.

둘째, 동포 2세들은 학교에 다닐 때 자기 의사를 분명히 표현하는 교육을 받았다. 절대 복종형은 아니다.(절대 복종형은 아니므로 한국적 기업 분위기에 적응하지 못할 수 있다.)

셋째, 우리나라 기업도 독일에서 사업을 하는데 우리말 통역이 필요치 않다. 영어만 능통하면 사업을 하는 데 지장이 없다. 이러고 보면 외모는 한민족이지만 의식구조는 좋은 독일 사람이 되어있다는 동포 2세가 한국기업에 꼭 필요하지는 않을 듯하다.

우리 집에서 100km 정도 떨어져있는 곳에 사는 같은 고향에서 온 분의 아들이 대사관의 주선으로 우리나라의 대기업 독일지사에 취업했는데 반년도 있지 못하고 나왔다. 그는 "인권을 무시하는 회사다."라는 평을 했다. 그러고 보면 외모는 한민족의 후예이지만 알맹이는 착한 독일 사람이 되어있기에 독일사회에서 일차적으로 호흡하며 살아갈 수밖에 없다. 이것이 또한 우리나라가 보는 동포 2세 문제의 패러독스이다.

***

2005년의 12월 어느 날 독일 제1TV에서 외국인 자녀들의 실업률에 대한 토론이 있었다. 독일 청소년들에 비해 외국인 자녀들의 실업률이 월등히 높다. 터키 젊은이들이 주로 인터뷰에 나왔는데, 앵커는 그들이 직장을 구하기도 어렵고 직장을 구했다 해도 장기간 채용해준다는 것도 기대할 수 없으므로 대부분이 자영업을 시작한다고 설명했다.

나는 우리 동포 2·3세도 탁월한 두뇌에 대한 자신이 없고 자기의 활동력에도 기대를 걸 수 없으며 인내를 가지고 국수주의가 강한 독일사회에서 팔꿈치경쟁을 해 볼 자신이 없는 자는 젊었을 때부터 자영업을 시도해 볼 것을 권하고 싶다. 유럽에서는 자영업을 시작하면 욕심을 너무 부리지 말고, 즉 일확천금을 꿈꾸지 말고 자기 회사 또는 가게와 고객을 꾸준히 관리해가야 한다. 독일 사람이 행복하게 살아가는 3대 요소는 나를 사랑해주는 가족이 있고 그 가족이 전부 건강하고, 그리고 나의 수입이 가족의 최소한의 생활을(집세, 식대, 기타 생활에 필요한 비용을) 보장해주는 것이다. 독일은 초등학교부터 대학까지 학비가 없으니 자식 교육비 문제를 걱정할 필요는 없다. 최근에 국가경제의 어려움 때문에 대학등록금을 도입하는 대학이 있으나 그런 경우 국가가 등록금 및 학생들의 생활비까지 전액을 대여하여 준다.

나는 해마다 서울을 2~3회 방문하는데 거리의 식당이, 또는 거리의 여러 가게가 매번 바뀌는 것을 본다. 이것은 꾸준히 건실하게 운영해 보려는 유럽식 자영업정신이 아니다. 내가 사는 마을의 빵집은 90년 이상의 역사를 가지고 가족이 대대로 이어받아 가고 있고, 중국식당은 30년 이상 우리가 다녀도 변

◀ 수십 년간 내가 이용해온 빵집 앞에
서. 가게 문을 열면 늘 한결같은 빵
굽는 냄새가 가득하다. 주인의 얼굴
에 주름이 늘어가지만 행복한 웃음
소리는 더 높아간다.

하는 것이라고는 주인의 나이가 많아지는 것뿐이다. 손님이
많건 적건 같은 의자를, 창문의 같은 커텐을 그 주인은 매일
깨끗이 손질하며 행복한 얼굴로 살아가고 있다. 우리 마을에
양복과 여러 가지 옷을 수리하는 터키인 가게도 있는데 약 30
년 우리가 거래하고 있다.

　역시 우리 동포 2·3세가 자영업을 하려할 때는 '좋은 독일인'
이 돼야겠다는 견지에서 행복의 3대 요소를 염두에 두고 인생
을 즐겼으면 한다.

　우리나라 부모는 자식들에게 "너 성공해야 해"라는 말을 자
주 한다. 성공이라는 개념이 반세기 전까지는 판검사가 되거

나 대통령이 되는 것을 의미했다 해도 과언이 아니다. 즉 권력을 장악하는 사람이 되라는 뜻이었다. 광복 후에는 돈을 많이 버는 것이었다. 그러기에 소규모의 자영업을 천대시하는 경향이 있었다.

2006년의 9월 하순 나는 어느 좌석에서 우리나라 공관장 한 분과 동포 2·3세에 관한 대화를 나누던 중 "우리 동포 2세의 상당수가 대학진학을 하고 있으니 자랑스럽습니다."라는 이야기를 들었다. 참으로 독일 땅에서 우리 동포 전체가 생존하려고 최대한의 노력을 다하고 있는 것도 장한 결과다. 그러나 독일에도 대학졸업 실업자가 적지 않다. 그러니 외국에서 살면서 이질감으로 생기는 차별을 피하고 자기 자유를 누리며 살기 위해서는 자영업처럼 적당한 게 없다. 자신이 사장이며, 또한 종업원이니까.

1977년 가을 나는 영국문화원의 초대로 영국의 케임브리지 대학병원과 옥스퍼드 대학병원을 방문한 적이 있다. 나는 케임브리지 대학병원에서 우연히 1974년도에 나의 지도를 받아 의학박사 학위를 받은 S박사를 만났다.

"선생님, 오랜만입니다. 저의 닥터파터(학위지도교수님)를 이곳에서 만나다니 너무 기뻐요. 내일이 토요일이니 우리 집사람과 같이 런던 시내에 나가시죠. 저녁식사에 초대하겠습니다."

나는 다음날 운전대가 왼쪽에 있는 S박사의 BMW차를 타고
런던 시내로 들어갔다. 모처럼 밝은 가을 날씨의 토요일 오후
여서 시내는 차가 가득했다. S박사는 피카딜리 서커스를 지나
소호에 있는 차이나타운 입구의 한 중국집으로 나를 초대했
다. 그의 부인이 음식을 주문하며 설명했다.

"교수님, 이 집은 제가 잘 알아요. 저 노인 분이 주인이신데
참 천재예요. 제가 영국에서 5년 공부했는데 그때 알게 된 중
국인 동창생의 삼촌이지요."

이 식당의 주인은 영국 런던의 유명한 보딩스쿨(기숙학교)을
나와 세계적으로 유명한 런던정경대(LSE)에 좋은 성적으로 입
학했고 우수한 성적으로 졸업하여 대기업에 들어갔다. 그런데
같이 입사했던 동창들은 진급이 빨라 기업간부로 승진되어 그
중 한 명은 영국정부의 경제장관에 등용되기도 했던 반면, 이
중국인 4세는 기업의 중간 간부를 면하지 못해 회사를 그만
두었다고 한다. 그리고 자신의 아버지가 경영하던 이 차이나
타운의 중국식당을 이어받은 것이다. 이 차이나타운에는 그런
식당주인들이 허다하다고 했다. 이와 같이 어느 나라에 가도
외국인의 후예들은 그 사회의 고위직으로 진출해보려는 젊은
시절의 욕망을 포기하고 자영업으로 정착하는 경우가 많다.
자영업을 통해 돈을 많이 벌 수도 있다. 그러나 미국의 빌 게
이츠처럼 막대한 재력을 당대에 확보할 수 있으면 다르겠지만

재산을 모으는 것이 해외에 거주하는 외국인들의 진정한 욕망
은 아니다. 원하는 것은 단순한 재력가이기보다는 학문이든,
예술이든, 정치든, 경제든 거주국 사회의 높은 지위다.

　오늘날 독일 동포 2세 가운데 의학과 법학을 전공하는 자가
적지 않다. 우리 동포 1세의 여성이, 즉 어머니들이 대부분 의
료계에 종사했으므로 2세에게 의학교육을 시킨 데 그 원인이
있다고 본다. 그러나 100년 이상 실시해온 독일의 사회보장제
도가 어려워져 그 해결책 모색에 고민하고 있는 독일사회에서
는 한국에서처럼 의사란 직업이 선망의 대상이 되지 못한다.
법학을 이수한 후에 변호사로서 개업해도 고객의 대상이 독일
인이니 21세기에 그렇다할 장밋빛이 보이는 직업은 아니다.
다만 고급 자영업이라는 면에서는 외국계로서의 차별을 피할
수 있는 직업일 수 있다.

　그런 제한된 유럽의 여건을 고려하여 능력이 있는 동포 2·3세
는 세계를 바라보며 성장하기에 좋은 곳을 선택해 이주할 것
을 권하고 싶다. 아무리 좋은 씨앗도 적절한 토양과 기후 혜택
을 갖추지 않으면 성장할 수 없다. 유럽처럼 민족주의가 강한
구대륙에서 이민국인 여러 나라로, 특히 신대륙으로 활동무대
를 옮겨보는 것은 능력 있는 동포 2·3세가 세계적 인물로 등장
할 수 있는 계기가 될 수 있다고 본다. 미국, 캐나다, 호주 등
에서는 많은 아시아인들이 학계, 정계, 의료계, 법조계 등에서

대활약을 하고 있다. 독일의 유명한 시인 실러는 '남아는 해외로 나가라'라고 했다.

동포 1세가 가장 머리를 싸매고 생각하는 동포 2세의 문제는 결혼 문제이다. 동포 1세는 어느 가정에서든지 동포 2세에게 어렸을 때부터 "너는 한국인과 결혼해야해" 하는 말을 기회 있을 때마다 귀가 아프게 한다. 그러나 유럽사회에서는, 특히 독일에서는 중매라고 하는 것이 전혀 없고 자녀가 결혼하는 문제는 부모의 과제가 아니다.

"나는 애들 대학 교육시키고 결혼까지 다 시켰으니 내 할 일은 다 했어." 하는 친구들 말을 서울에서 자주 들었지만 나는 실감이 가지 않는다. 나도 독일에 있는 자녀에게 한국에서 결혼중매 제의가 들어왔으나 이야기를 꺼내지 못했다.

"제가 그렇게 못난 줄 아세요? 제 배우자 하나 제가 구하지 못할 정도로?" 하며 중매 얘기만 꺼내면 대화를 피해버렸기 때문이다.

거의 대부분의 독일 젊은이들이 자기 직장과 자기 생활권 내에서 사랑하는 사람을 만나 결혼하게 되니 중매를 하여 배우자를 선택하는 경우보다는 선택의 범위가 좁다. 그러나 젊은이들이 주장하는 '내가 같이 일생을 살아갈 상대는 내가 선택한다'라는 말도 나는 지당하다고 생각한다.

독일에서는 일반적으로 교육의 정도, 사회의 계층을 막론하고 젊은이들이 서로 사랑하면 결혼을 하지 않고 동거생활을 먼저 해본다. 우리 동포 2세라고 예외는 아니다. 몇 년을 동거생활하다가 불합리성을 발견하고 헤어지거나, 서로 조화가 잘 맞아 어린아이를 갖게 된 경우는 결혼식을 올린다. 인구 8000만의 독일에 3만여 명의 한국 동포가 거주하고 있으니 인구비율로 볼 때 동포 2세들은 독일인 배우자를 선택할 기회가 월등히 많은 것을 인정해야한다.

동포 2세가 국제결혼을 했을 때 시부모, 또는 처부모인 동포 1세와의 관계도 문제다. 이곳 사람들에게서 한국식으로 시부모나 처부모를 공대하는 것은 기대할 수 없다. 서울에 있는 나의 중학 동창 중 한사람이 내게 자기 사위와 며느리 자랑을 한다.

"우리 사위는 결혼해서 2년이 넘었어도 일주일에 한 번은 꼭 전화해. 우리 며느리는 자기봉급에서 매달 시어머니 잡비로 쓰라고 일정 금액을 보내와."

이런 한국식 가정 관계를 우리는 바라지도 않는다. 40대 중반이 넘으면 정신적인 교감, 생활관의 상호이해 등이 지속적인 부부생활에 중요한 역할을 한다. 특히 독일측 배우자의 외국인에 대한 자세도 중요한 요소가 된다. 그래서 40대 후반부터 국제결혼한 부부의 이혼율이 증가할 수 있다.

국제결혼에서 내가 관찰한 또 하나의 문제는 부부가 완전히 독일사회에 속하지도 못하고 한국인 사회에도 속하지 못한다는 점이다. 내 친척이나 주변에도 국제결혼한 분이 많다. 이런 부부가 한국인 모임에 가면 독일인 배우자가 한국어와 한국의 습관을 모르니 소외감을 느끼고 온다. 반면 독일인 모임에 가면 한국인 배우자가 인종적인 억압감도 받기가 쉽고 언어소통의 어려움으로 대화에서 오해를 갖고 돌아온다. 이런 상황들이 때에 따라서는 가정불화의 요인이 되기도 한다.

우리 동포 2세와 한국에서 성장한 젊은이와 중매결혼하는 문제도 생각해본다. 같은 도시에 사는 한 동포의 이야기다. 어느 날 한국에 사는 친척인 젊은 여성이 찾아왔다.

"아니 혼기가 됐으니 독일의 동포 자녀와 중매라도 해볼까."

하였더니 "그런 말씀 마세요. 내 친구 중 미국에 중매결혼해서 갔다가 못 살고 되돌아오는 사람이 많아요."라고 대답했다. 역시 한국인들끼리라도 성장과정이 다른 이들의 결합은 어렵다는 것을 느낀다. 또한 언어의 장벽도 무시 못 한다.

결국 독일부모들처럼 우리 동포 1세도 2세들의 결혼 문제는 자신의 운명의 별이 결정한 대로 본인의 자유에 맡기는 것이 독일사회에 거주하고 있는 한 가장 이상적 방법이라고 본다.

소주와 삼겹살,
코리안 패러독스

2000년 12월 말 나는 일본에 갔다. 독일 본대학과 일본 모 제약회사, 그리고 도쿄여자의과대학의 공동연구가 그 15여 년 전부터 진행되고 있었는데, 그해의 공동 연구결과를 종합 평가하고 이듬해 계획을 세워야 했던 것이다. 연말에 독일로 돌아와 가족과 같이 새해를 맞이할 예정이었는데, 하는 수 없이 연말을 일본에서 보내게 됐다.

12월 30일이 토요일이었고, 신년연휴가 여러 날 계속돼 나는 물가가 비싼 도쿄를 잠시 벗어나려고 서울로 갔다. 일정을 갑작스럽게 바꿨기에 연휴를 즐기는 친척에게 방해가 되지 않으려고 연락도 하지 않고 서울의 한 호텔에 머물며 연구결과를 점검하며 세밑을 쉬었다. 생각해 보면 쉬는 날 하루 편히 갖지 못한 내 인생이었다. 한탄이 절로 나왔다. 일하기 위해 살아가는 인생인 것 같았다.

저녁이 되자 공복감이 적지 않아 차가운 날씨에도 불구하고 호텔을 나서 입김을 내뿜어 가며 식당을 찾았다. 유럽생활이 40년이 넘었으니 나물이 많은 한식보다는 건강식이 아닌 육류요리에 무의식중에 젓가락이 가는 식성이 되고 말았다. 옛날에는 그렇게 좋아하던 일본식 생선회도 일본에서 세 번 정도 먹고 나면 육식에 대한 노스텔지어에 휩쓸린다.

나는 이날 저녁 7시가 넘도록 호텔 주변의 여러 골목을 우왕좌왕했는데, 역시 휴업하는 식당이 많았다. 한국의 경제사정이 좋아지니 음력설 때만 아니라 양력설 때도 가족과 동반휴가를 떠나고 영업을 하지 않는 곳이 많았다. 한 30분을 헤매다 나는 한 식당 앞에 섰다. 'ㅇㅇ숯불갈비'란 간판이 눈에 띄었다. 신장개업을 했는지 전등불이 아주 밝은 식당에 30대 주인부부가 초조하게 손님을 기다리고 있었다. 나는 그날 저녁 끼니를 돼지갈비로 때웠다. 밝은 식당에 혼자 앉아 숯불에 구운 갈비를 한국식으로 상추에 싸서 쌈장을 얹어 입에 넣고, 소주를 한 잔씩 마셨다. 역시 이 갈비에 알맞은 술은 한국의 소주다. 식사를 끝내고 나는 주인부부에게 덕담을 건넸다.

"내가 세밑에 와서 먹었으니 내년에는 가게가 대성할 것입니다. 복 많이 받으세요."

  사실 그날은 불가피하게 갈비를 먹었지만, 나는 60세가 넘어서부터는 갈비를 먹지 않았다. 소갈비건 돼지갈비건 동물성지방이 상당량 포함되어 있기 때문이다. 동물성지방은 콜레스테롤이 많아 40세 이상 성인에게는 동맥경화증의 주원인이 된다는 것은 오늘날 모르는 사람이 없다. 동맥경화증이란 우리 몸의 각처에 혈액을 공급해주는 혈관인 동맥의 안벽이 손상돼 굳어지는 현상이다. 이것으로 노년에 많은 사람들이 심근경색증 또는 뇌졸중이 발병해 급사하게 된다. 그러나 동물성지방은 음식의 맛을 좋게 해주는 최고의 요소이니 미식가들의 애호를 받고 있다. 맛있게 먹고 빨리 죽을 것이냐, 맛없이 먹고 장수할 것이냐의 문제는 애식가들의 햄릿형 고민이다.

＊＊＊

  나는 30세가 넘어서부터 60세까지 약 30년간 금주생활을 했다. 독일에 의사가 부족한 1960년대 전반에는 연이은 야간 당직에 음주를 할 수 없었다. 1960년대 후반에는 아침 7시부터 저녁 9시까지 병동일을 보고 저녁 9시 이후부터 새벽 2시, 3시경까지는 연구를 해야 했다. 70년대 초부터는 간 이식 수술이 많아져 어느 때든지 수술에 임할 수 있도록 음주를 하지 않았다.

그러나 회갑을 넘기고 극심한 집중이 요구되는 수술과 야간 근무 등을 피하면서부터는 술을 즐긴다. 유럽생활에서는 주로 포도주와 맥주다. 소주나 위스키 종류는 음미할 기회가 없다. 선물로 받은 위스키는 때에 따라서는 몇 년이고 장식장 안에서 잠자고 있다. 독일 사람과의 사교에는 위스키가 팔리지 않는다. 간혹 서울에서 손님이 올 때만 잠자고 있던 것이 비워져서 다행이라고 생각할 때가 있다. 청주도 일본식당에서만 음미해본다. 한국전쟁 후 서울 밤거리에선 청주 대포가 유일하게 우리를 위안해주었으나 이것도 쳐다볼 흥미가 없다. 반면 서울에서 갈비를 즐길 때는 편견일지 모르나 역시 우리나라 소주나 동동주와 같은 민속주가 어느 양주보다 적합하다고 나는 생각한다.

그 후 나는 서울을 찾을 때 비교적 위생적인, 그리고 음식이 맛있는 이 'ㅇㅇ숯불갈비' 집을 찾아갔다. 식당 안에 네온불을 아주 밝게 켰으니 방에서 기어 다니는 개미 한 마리도 다볼 수 있었다. 그러니 식당주인이 청결에 주력하고 있는 것을 느낀다. 그곳에서 얼마 멀지 않은 곳에 'ㅇㅇ원조 ㅇㅇ' 집이 있지만, 등이 어두워 가고 싶은 생각이 들지 않았다.

2년 뒤인 2003년 봄 나는 그 집을 또 찾아갔다. 그런데 'ㅇㅇ 삼겹살전문'으로 간판이 바뀌었고, 벽에 붙은 식단에도 여러 가지 삼겹살 이름이 보였다. 그 순간 콜레스테롤이 연상돼 거부감이 앞을 막아 주춤하고 서있었다. 혹 집을 잘못 찾아왔나 생각했다. 간 질환을 전공한 의사인 나는 40년 이상 "간 환자는 돼지비계 같은 지방질은 피해야 해요"라는 설교를 환자들에게 앵무새처럼 해왔고, 건강강좌 때마다 콜레스테롤이 많은 삼겹살 같은 식품은 식단에서 빼는 것이 좋다고 했다. 그랬던 내가 삼겹살을 꼭 먹어야 하나, 잠시 고민하고 있는데, 주인이 나를 알아봤다.

"박사님, 왜 간판만 보고 계세요? 들어가세요. 언제 독일에서 오셨어요? 삼겹살 한번 들어보세요. 한국의 진미입니다."

문전에서 망설이던 나는 식당주인의 인사에 이끌려 들어갔다. '삼겹살은 콜레스테롤이 많은데'라고 생각하면서도 한 번쯤 건강에 죄를 짓는다고 별문제 없겠지 하고 자위하며 소주와 같이 참 맛있게 먹었다. 식사를 하는 그 순간 나는 정말 건강식 문제는 완전히 잊어버렸다. 내가 좌담 때 프랑스음식을 즐길 때는 건강 문제는 무시하고 혀로 즐기라고 권했던 것이 새삼 떠올랐다.

"요즘 많은 사람이 갈비보다는 삼겹살을 찾아요. 남녀노소를 막론하고 삼겹살입니다. 그래서 우리도 작년 말부터 삼겹살 전문집으로 바꾸었어요. 갈비 전문집일 때보다 매상이 훨씬 더 많아요."

여주인은 간판을 바꾼 이유를 설명하며 내게 소주 한 잔을 권했다.

2006년 가을 추석을 전후해 다시 서울에 갔다. 이해에는 윤달이 끼어 추석이 10월에 있었다. 10월 9일 북한이 핵실험을 단행해 한국의 언론 그리고 세계의 보도망이 화산이 폭발한 것처럼 들끓고 있었다. 이런 와중에도 서울의 골목에서 한 집 건너 하나씩 들어선 삼겹살집에 사람들이 빈틈없이 앉아있는 것을 볼 수 있었다. 테이블 위로는 소주잔이 바쁘게 오가고 기름진 삼겹살덩이가 상추 위에 오르고 크게 벌린 입속으로 들어간다. '한국은 삼겹살 왕국이다'라는 것을 새삼 깨달았다.

10월 28일 토요일 7시 반 아침식사를 하고 있는데 TV 방송에서 누군가 "걱정된다"고 하는 말이 들렸다. 긴장된 남북관계에 무슨 일이라도 있는가 생각하고 귀를 기울였더니 그게 아니다.

"우리나라가 급속도로 고령화 사회에 진입하고 있습니다. 평균 수명이 77세입니다. 고령화 사회를 맞이할 국가적 준비가 되어있지 않아 걱정입니다."

그런데 앵커는 콜레스테롤이 많은 갈비와 삼겹살을 수십 년간 그렇게 많이 먹어도 평균 수명은 점점 더 늘어나고 있다고 말했다. 갈비와 삼겹살은 국내산이 부족해 해외에서 대량 수입까지 하고 있다고 했다. 이것은 엄청난 패러독스가 아닐 수 없다.

나는 그 순간 24년 전의 생각이 떠올랐다. 1982년 8월 중순 영국 런던에서 학회가 끝난 뒤 프랑스의 리옹으로 갔다. 8월 말 리옹에서 열린 국제학회에서는 학술토론보다는 학회장 선출에 불이 붙어있어 일전불사의 각오로 도버해협을 넘었다. 아세아인인 내가 리더로 이끌고 있는 그룹에서는 이탈리아의 부레시아대학병원의 B교수를 회장으로 밀었고, 우리와 경쟁한 곳은 호주 시드니대 A교수 그룹이었다. 그래서 나는 런던학회에서 권위가 있는 몇 명의 교수를 대동하고 리옹으로 갔다.

생각해보면 다 큰 학자들의 세계도 어린애 같은 패싸움이 적지 않다. 권력을 잡으려는 의지는 유전자를 통해 자고로부터 전수돼온 생물의 본질이다. 나는 유럽 의학계의 대립을 목격하며 잔뼈가 굵어진 사람이다. 그래서 몇몇 학자들은 "빅 보스"라는 별명을 나에게 주었다.

리옹의 호텔에서 나는 B교수를 만났다. 부레시아에서 밀라노로 나와서 비행기로 왔다며 '부대장'인 나를 위시해 우리 일행을 자기가 잘 아는 리옹의 한 전통음식점에 초대했다.

"이 교수님, 프랑스에서 가장 맛있는 음식을 즐길 수 있는 곳이 이 리옹인걸 아시지요? 내가 자랑하고 싶은 식당이 있는데, 함께 가시지요."

골목 안 고풍스러운 건물에 있는 식당은 어두웠고 주인은 좀 나이가 든 할머니였다. 리옹에서 유명하다는 양고기, 닭고기 요리, 치즈, 푸아그라 등에 생크림과 버터를 넣어서 맛있게 조리한 음식들이 나왔다. 참으로 '애식가들의 도시' 리옹의 이름에 손색없는 음식들이었다.

"이 교수, 의사들은 식탁에서 콜레스테롤을 생각하며 맛있는 음식을 저주하는데, 프랑스에 오시면 포도주 몇 잔을 마셔봐야 합니다. 그 포도주가 콜레스테롤의 위험성을 제거하며 심장병을 예방해줍니다. 이 리옹지방에서 유명한 포도주 코트 뒤 론을 몇 잔 드시면 돼요. 2000년 전의 로마 군사들처럼요."

2000년 전 로마군이 이 지방에 포도 씨앗을 가져와 심었고, 그것이 프랑스 전역으로 퍼져 오늘날 유명한 프랑스 포도주를 생산케 됐다. 나는 B교수의 말을 들으면서도 그저 과장된 고향 자랑쯤으로 생각하고, 동의하지 않는다는 뜻으로 고개를 좌우로 흔들었다.

"아니 이 교수, 내 말 믿지 못하겠소? 3년 전에 란세트(영국에서 발간되는 유명한 의학지)에 상트 리저 박사가 발표한 그 유명한 논문 못 읽으셨어요? 프랑스 사람들이 동물성지방인 치즈, 버터, 생크림 등을 세계에서 제일 많이 먹어도, 그리고 양고기, 소고기 등을 세계에서 제일 많이 먹어도 심장병에 의한 사망률이 제일 낮아요. 그 이유는 프랑스 포도주 소비량이 세계에서 제일 많은 데 있다고 했어요. 이것을 오늘날 프렌치 패러독스라고 하잖아요."

금주생활을 하고 있던 내겐 B교수의 말은 처음 듣는 이야기였다. 나는 내심 부끄러웠다. 간을 전공하고 있는 나는 심장병에 관한 논문에 눈을 돌릴 여유가 없었다. 그러나 술과 간은 관계가 깊고, 본대학은 술과 간에 관한 연구가 세계에서 유명하니 술과 건강에 관한 이야기라면 최신 연구까지 알고 있어야 하는데, 그런 상식도 몰랐다니 나는 스스로를 꾸짖었다.

리옹에서 독일로 돌아와 술과 심장병에 관한 연구논문을 조사해봤다. 1980년대부터 프랑스 사람들의 식생활 문제에 대한 연구가 많이 이뤄져 있었다. 프랑스의 레노 박사 등이 조사한 바에 따르면 세계 여러 나라에서 동물성지방을 많이 섭취할수록 심장병에 의한 사망자수가 증가했다. 그런데 프랑스 사람만은 상당히 많은 동물성지방을 먹어도 사망자수는 아주 적었다. 역시 프랑스인이 포도주를 가장 많이 마시기 때문에 심장병 사망자가 감소됐다고 의학자들은 해석했다. 이 현상과 관련해 세계보건기구에서 제일 먼저 조사한 곳이 이 리옹지방이었다. 프랑스 내에서도 리옹지방이 심장병에 의한 사망자수가 제일 적었다.

이런 조사결과로 전세계인은 장수하기 위해 붉은 포도주를 마셔야한다고 믿게 되었고, 유럽의 붉은 포도주 가격은 나날이 상승해갔다. 그리고 독일의 모젤, 라인 강가에서는 전통적으로 흰 포도주만을 생산했는데 이것이 점점 줄어들고 붉은 포도의 경작이 눈에 띄게 증가해갔다. 서울의 백화점에도 붉은 포도주가 점점 많아지고 있었다. 오늘날 세계의 후진국에서 온 손님을 접대할 때도 무슨 술을 들겠냐고 물어보면 모두가 붉은 포도주를 원한다. 그만큼 세계인의 건강의식이 고조되고 있다.

＊＊＊

삼겹살엔 치즈나 버터, 생크림과 같은 동물성지방이 많다. 그 삼겹살에 포도주가 아닌 소주를 마시는데 왜 한국인은 평균수명이 길어지느냐는 의문을 갖지 않을 수 없다. 결론적으로 말하면 적당량의 소주 덕분에 한국인이 삼겹살을 많이 먹어도, 즉 프랑스 사람처럼 많은 동물성지방을 섭취해도 심장병, 뇌졸중에 의해 사망하는 사람이 적어진다. 이것이 삼겹살에 소주를 즐기는 한국에서 발생하는 기적이니 코리안 패러독스Korean Paradox라는 말을 만들어봤다. 그러면 왜 코리안 패러독스 현상이 일어날 수 있는지 따져보자.

유럽, 특히 스페인, 프랑스, 이탈리아, 그리스 같은 지중해 연안국은 포도주 생산국이다. 그러나 독일은 포도 경작도 많이 하지만 맥주를 즐기기로 유명한 나라다. 독일 울름대의 조사에 따르면 동맥경화증 예방, 다시 말해서 심근경색증과 뇌졸중 예방과 관련해서는 맥주를 많이 마시고 있는 지역에서는 맥주의 효과가 포도주의 효과보다 컸다. 또 미국 하버드대의 림 박사 팀은 보스턴 지역의 의사를 상대로 조사했는데 보스턴에 근무하고 있는 의사에게는 위스키가 포도주에 비해 그 효과가 더 컸다는 결과가 나왔다.

그런 점으로 볼 때 그 지역에서 많이 마시는 술이 그 지역사람들의 심장병, 뇌졸중 예방에 제일 효과가 있다고 생각한다. 우리나라 사람이 자주 많이 마시는 것은 소주다. 삼겹살을 아무리 먹어도 적당량의 소주를 마셨을 때(적당량이라는 것이 아주 중요함) 소주의 작용으로 동맥경화증이 감소되고 장수보약의 효과가 있어 한국인의 평균수명이 증가하는 것이라고 나는 본다. 말 젖으로 술을 만들어 마시는 몽고족은 역시 이 술이 장수의 보약이 될 것이다. 여기서 꼭 잊어서는 안 될 것은 과음하지 말고 매일 적당량의 술을 마시는 것이다.

2006년 가을 베를린대에서 국제정치학을 공부하는 동포 여학생이 찾아왔다. 세계적 학자가 되기를 꿈꾼다며 주야를 가리지 않고 열심히 공부하고 있다고 했다. 나는 일확천금의 꿈을 꾸는 한국적 생리를 피하라고 하며, 너무도 흔한 얘기지만 토끼와 거북이가 경주를 했는데 열심히 꾸준히 간 거북이가

[A] 장수의 보약이 되는 음주법　　　　　　　　[B] 통음(술이 독이 된다)

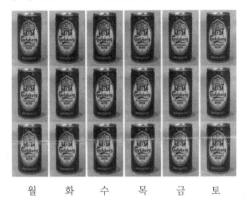

월　　화　　수　　목　　금　　토

일주일에 18캔의 맥주를 매일 일정하게 나눠 마셨을 때, 그것이 적당량이라면 장수한다. 즉 코리안 패러독스를 일으킨다(맥주 3캔은 1리터로 알코올 양은 40g이다).

금　　토　　일

주중(월~목)에 금주하고 주말에 매일 6캔씩 마시면 주당 주량은 [A]와 동일한 18캔이다. 그러나 이런 음주법은 통음으로 건강에 해가 된다.

▲ 같은 양의 술을 마셔도 마시는 방법에 따라 술이 보약이 될 수도 있고 독이 될 수도 있다.

이겼다는 우리나라 동화의 교훈을 말해줬다. 말하자면 중국 모택동의 대장정을 모방하라고 했다. 나는 어렸을 때 일할 때는 열심히 하고 놀 때는 노는 절도 있는 생활을 하라는 교훈을 스승으로부터 받았다. 그런데 그보다는 피곤하면 쉬고, 쉬고 나면 다시 일하며 오늘도 내일도 공백 기간을 두지 않고 10년이고 20년이고 꾸준히 해가는 것이 역시 경쟁이 심한 인생에서 성공할 수 있는 최선의 길이라고 생각한다.

　포도주가 동물성지방을 많이 먹고 살아가는 프랑스인에게

동맥경화증의 발병을 억제하여 장수하게 하는 것, 즉 프렌치 패러독스는 마실 때는 실컷 마시고 안 마실 때는 금하는 방법으로는 이뤄지지 않는다. 그것은 오히려 역효과가 발생한다는 것을 잊어서는 안 된다. 한자리에서 많이 마시지 말고 하루도 빼지 말고 적당량을 마셔야 술이 장수의 보약이 된다. 마실 때는 5~6잔 이상 실컷 마시고 쉴 때는 쉬자는 음주법은 술을 독약으로 변화시킨다. 이것을 의학에서는 통음痛飮. binge drinking이라고 한다. 이런 음주법은 스칸디나비아, 스코틀랜드, 아일랜드 등에서 흔히 볼 수 있다. 특히 심한 곳은 러시아다.

어느 날 내가 서울에서 부인들의 모임에서 강연을 할 기회가 있었다.

"선생님, 어떻게 하면 애 아빠를 금주하게 할 수 있을까요?"

한 40대 후반의 부인이 질문했다.

"금주시키려고 하지 말고 매일 적당량을 마시게 하세요. 그래야 금주한 사람보다 장수합니다."

그러자 강당 안이 웃음바다로 변했다. 여러 해 전에는 "마실 때 많이 마시고 며칠 쉬면 간을 쉬게 만드니 그것이 건강에 좋다고 하지 않았느냐"고 청중 한 분이 반문했다. 즉 술을 마시더라도 간이 쉴 수 있는 휴간일休肝日을 두라고 내가 말했다는 것이다. 사실 30년 전까지만 해도 강연할 때 그렇게 말했고 책에도 그렇게 썼다. 그러나 오늘날은 간을 술로부터 보호하는 것보다는 술로 장수하는 문제가 더 중요하다. 또 의학계에선 몇 년 전에 이야기한 말이 잘못된 경우가 허다하다. 의학의 연구가 눈부시게 진행돼 새로운 사실들이 끊임없이 발견되기 때문이다.

최근의 연구결과를 보면 적당량의 술을 매일 마신 사람이 금주하는 사람보다 또는 일주일에 1회, 또는 3회 마시는 사람보다 장수한다. 몇 년 전에 한 방송국 작가와 같이 식사를 할 기회가 있었다. 내가 음주에 관해서도 다년간 연구하고 있는 것을 알고 있던 그분은 이렇게 말했다.

"우리 아버지는 술을 마시려면 친구와 같이 술잔을 돌려가며 마음이 후련해지게 실컷 마셔야만 술 마신 기분이 난다고 하셔요. 그렇지 않으면 술을 입에 대지 않으셔요."

이것이 통음이다. 이런 음주습관은 잘못된 것이다. 보통사람들이면 일주일에 한두 번 많이 마시면 그 다음에는 안 마시거나 적게 마시게 된다.

이와 같은 음주습관은 비록 일주일에 마신 전체 알코올 양은 적어도 건강을 아주 크게 해친다. 반면 하루도 빠짐없이 매일 과음하지 않고 적당량 마시면 술은 장수의 보약이 될 것이다.

예의 그 강연에서 30대 후반의 주부는 "선생님, 우리 남편은 매일 술에 취하는데요. 적당한 음주량이란 어느 정도인지요"라고 물었다. 술에 취하고 취하지 않는 것으로 음주의 적당량을 정할 수는 없다. 의학에서 말하는 주량은 하루 마시는 전체 량을 가지고 계산한다. 어떤 사람이 조금씩 하루 종일 많은 양을 마셔도 간이 끊임없이 처리해버리면 비록 많은 양을 하루에 마셨지만 취기가 없다. 그러나 취기가 없어도 마신 알코올의 전체 양이 많으니 건강을 해친다.

반면 어떤 사람은 종일토록 마시지 않다가 저녁 퇴근길에 공복에 좀 마셨다고 하자. 이 사람은 금방 취기가 돌 수 있다. 그러나 술 취한 것으로 보이는 이 사람이 하루에 마신 주량은 많지 않다. 그래서 종일 많이 마시고 취하지 않은 사람보다 적게 마시고도 취한 사람에게 술은 장수의 보약이 된다.

1990년대 초 어느 날 50대 부인이 60이 다 된 남편을 데리고 병원 외래에 왔다. 눈에 황달기가 있고 복수가 찼으며 손바닥은 유독 빨갰다. 간경화증이 상당히 진행된 상태였다.

"교수님 우리 남편은 술을 좋아하나 술에 취해 본 적이 없어요. 일도 열심히 하고 살았지요."

"직업이 무엇이지요?"

"우린 식당업을 하니 우리 애 아빠는 새벽부터 저녁까지 일만 해 왔지요."

"아침부터 일하는 도중에 피곤하면 와인 한 잔씩 마시는데 하루 포도주 2병은 마시지만 간이 단단해서 술에 강해요. 한 번도 취해 본 적이 없어요."

이것이 문제다. 유럽인의 간은 한 시간에 9g의 알코올을 분해한다. 포도주 한 병은 알코올이 보통 70g이니 8시간이면 분해해버린다. 그래서 이 환자는 술 취한 적이 없다. 그러나 하루 마시는 술은 독으로 변할 정도로 많다.

오늘날 유럽에는 비즈니스 런치 business lunch 족이 많다. 여자 권리가 강한 유럽 가정에서는 남편이 퇴근 후 제시간에 집에 오지 않으면 이혼감이다. 그러니 회사에서 여러 회합은 점심시간에 주로 한다. 즉 비즈니스 런치가 빈번하다. 강짜가 심한 부인의 남편은 점심시간에 술을 많이 마신다. 점심은 대부분 회사경비로 처리되니 돈 들이지 않고 술을 즐길 수 있고 게다가 점심 때 마신 술은 퇴근할 때까지 간에서 처리되어 집에 갈 때는 술기가 사라진다. 어떤 부인은 취기가 없는 남편을 안타깝게 생각하여 저녁상에 술을 준비한다. 술 좋아하는 사람에게는 일거양득이다. 그러나 점심과 저녁에 마신 술을 합산하면 하루의 음주량이 너무 많아 건강을 해칠 수밖에 없다.

삼겹살은 유럽에서는 돼지고기 중 가장 싼 고기다. 소고기, 돼지고기의 왕이라 하는 필레(안심) 1kg의 가격으로 4kg을 살 수 있다. 그런데 요즘 한국의 식당을 가보면 삼겹살 1인분이나 갈비 1인분의 가격이 비슷하다. 유럽에서 살다 한국을 방문한 우리 눈에는 삼겹살의 승격이 불편하다. 매일같이 언론의 건강강좌에서 콜레스테롤을 주의하라고 하지만 콜레스테롤이 많은 삼겹살 애호에는 대책이 없다.

그러니 장수하기 위해서 반드시 적당량의 소주와 같이 들어 코리안 패러독스에 기대를 걸자. 순한 소주 한 병은 53~56g의 알코올이니 친구와 둘이서 한 병 비우면 하루 마신 술 양이 27~28g이다. 우리나라에서 술 한 잔은 알코올이 10g 정도 된다. 미국의 경우 12~15g이 한 잔 정도 된다. 그러니 소주 반 병은 두 잔으로 봐도 무방하다. 이 정도는 장수의 보약이 되는 양이다. 소주만이 아니라 맥주나 다른 술도 마찬가지다. 적당량을 매일 마시면 장수의 보약이다.

이와 같이 하루도 쉬지 말고 적당량을 마시라고 '간 박사'가 이야기하는 것에 대해 공격하는 사람들이 많다. 매스미디어에서는 어떻게 하면 술의 중독에서, 음주운전 교통사고에서 벗어날 수 있느냐가 관심사다. 그러나 아무리 노력해도 우리 인류가 1만 년 이상 마셔온 술을 지구상에서 일소시키는 것은 도저히 불가능하다. 오히려 각 나라마다 주류소비량은 늘어난다.

그러니 음주량에 따르는 술의 나쁜 점 좋은 점을 정확히 파악하여 자신이 그 한계를 결정할 수 있는 방법을 배우자. 자기 스스로 술을 지배해야한다. 이것만이 인류가 술을 애용하는 길이다. 우리나라도 주류의 전체 소비량은 감소하지 않을 것이다. 그런데도 우리 국민의 평균수명은 증가해가며 노령화사회가 걱정된다는 것이 중론이다. 콜레스테롤이 많은 갈비, 삼

겹살을 그렇게 많이 소비해도 평균수명은 증가한다. 소주의
덕이다. 다시 말하자면 코리안 패러독스의 덕이다.

과격한 충돌 피하되,
무언의 요구는 영원히

어느 곳에 살든 사람 사는 곳에는 분쟁이 발생한다. 분쟁 해결 방법은 여러 가지가 있지만 독일만큼 재판에 의존하는 나라는 보기 드물 것이다. 내가 유학 와서 의과대학에서 공부만 하고 있을 때는 학교생활이 단조로워 타인과의 분쟁을 한 번도 경험하지 못했다.

그러나 의사면허를 받아 병원에서 근무하며 사회생활을 하고부터는 헤아릴 수 없는 민사 및 형사재판을 체험했다. 민사소송은 대부분 치료비를 지불하지 않은 환자를 상대로 하거나, 내가 살고 있는 집의 수리 및 공사관계, 또는 교통사고 등 때문에 발생했다. 형사 사건은 헤아릴 수 없는 교통규칙 위반이다.

나는 1963년 지방병원에 근무하면서 처음으로 자동차를 샀다. 운전면허를 받은 지 얼마 안 되어 차를 몰고 가다가 길가의 어느 집 벽을 들이받았다. 차 사고를 많이 내면 다음해의 보험요금이 급등하니 이를 피하기 위해 보험처리를 안 하고 있었다. 그런데 몇 주 후 그 집 주인으로부터 편지가 왔는데 나는 그만 깜짝 놀랐다.

"귀하가 별지 계산서의 청구액을 ○월 ○일까지 지불하지 않으면 내 변호사에게 이 사건을 넘기겠습니다."

나를 놀라게 한 첫째 이유는 변호사란 단어다. 그것도 '내 변호사'라고 했다. 내가 한국에서 살 때 부모님은 내게 절대 변호사에게 민사사건 맡기지 말고 상대방과 협상하여 문제를 해결하라고 가르쳤다. 한국에서 변호사에게 의뢰한 경우 변호사 경비가 많아 부유층이 아니면 감당하기 어렵고 때에 따라서는 집안 파산되기 쉽다고 귀가 아프게 들었다. 그런데 남의 집을 임대하여 살고 있는 독일 사람이 내 변호사 운운하니 놀란 것이다.

그가 많지 않은 수리비를 받기 위해 막대한 변호사 비용을 부담할 수 있을까 하는 의문도 들었다. 병원 동료에게 상의했더니 벽 수리비 청구액이 과다하다고 했다. 이번 기회를 이용하여 벽 전체를 깨끗이 치장하려는 것 같다는 것이었다.

"닥터 리, 너도 변호사에게 부탁해서 대항해."

그런데 나는 독일 변호사 비용이 많을 것으로 생각하고 동료들의 조언을 무시하고 청구액 전부를 송금해버렸다.

그 후 알고 보니 독일 변호사 개념은 한국과 완전히 달랐다. 독일에서는 법대를 졸업하고 시보 기간에 법원에서 연수하면 변호사 개업을 할 수 있다. 그러기에 개업하고 있는 변호사의 수도 아주 많고 변호사를 통하지 않으면 소송을 제기할 수가 없다. 변호사 수수료도 국가가 규정한 바에 따라 청구되기 때문에 그 요금이 아주 낮다. 변호사들은 개업의나 마찬가지로 많은 안건을 의뢰받아 적은 수가라도 받아서 돈을 벌고 있다.

물론 대기업 또는 정부의 사건을 맡아 천문학적인 변호사비를 받는 경우도 있으나 이것은 유능하고 명성이 자자한 소수의 변호사들에 해당한다. 일반적으로 변호사들은 사건의 대소를 막론하고 의뢰가 들어오면 전부 받아들인다. 대학 졸업 후 연수 여하에 따라 변호의 전문분야를 달리하며 행정법·노동사회법·교통사고·세법 전문변호사 등등으로 분화돼 전화번호부 등에 기입돼 있다.

***

인간 상호 간의 분쟁은 끊임없이 발생하는 법이다. 독일과 같은 나라에서는 국민생활을 많은 법으로 제약하고 있는 만큼 자기도 모르게 범법자가 될 가능성이 적지 않다. 그러다 보니 사람들은 변호사비를 부담해주는 각종 법적 보호보험에 가입하고 있다. 그럼에도 개업 변호사수가 날로 증가해 수임을 위한 경합도 심하다.

그런데 독일이 통일된 후 시간이 흐르면서 인종이 다른 독일 국적 소유자의 경우 비록 정당한 사유라 할지라도 각종 소송에서 승리할 확률이 줄어드는 것 같다. 한국 속담에 '코에 걸면 코걸이, 귀에다 걸면 귀걸이'란 말이 있다. 법 해석에 있어서 독일은 판례를 중요시하면서도 법관 재량으로 판결이 좌우되는 경우가 많다.

민사소송인 경우 소송 상대방 변호사와 비교해서 내 변호사의 명성과 변호 능력이 승소를 좌우할 뿐만 아니라 변호사의 성의 및 생활관 여하가 재판을 유리하게 이끄는 요인이 된다. 형사재판도 마찬가지다. 그런데 독일 통일 이후에 고조된 독일국민의 민족주의에 영향을 받아 인종이 다른 독일 국적 소유자에 대한 소송에서 고의로 불리하게 만드는 변호사가 없지는 않을까 염려될 때가 있다.

한국에서 살고 있는 외국인 근로자의 낮은 처우 같은 사회문제들이 독일 매스미디어에 보도된 것에 비하면 눈에 띄는 차별이라고 할 수 없을지도 모른다. 그럼에도 스멀스멀 느껴지는 이 차별의식에 대해 나는 나름대로 생존대책을 강구하고 있다.

2006년 봄 어느 토요일 오후 시간 여유가 좀 있어 식료품을 사러 슈퍼마켓에 갔다. 병원일 때문에 바빠서 내가 직접 슈퍼마켓에 가는 일은 아주 드물다. 그러나 집에서 파티를 할 때면 식단을 짜기 위해 몇 개의 슈퍼마켓을 직접 돌아본다. 때마침 새로 구입한 차를 몰고 가 주차장에다 주차하고 먹을 것을 샀다. 토요일이어도 일이 있어서 병원으로 갔는데, 새 차를 못으로 긁어놓는 장난꾸러기가 적지 않아 차를 한 바퀴 돌며 점검하고 이상이 없음을 확인했다. 약 1시간 후에 집에서 온 전화를 받았다. 인근 파출소의 경찰이 급히 다녀가라는 연락을 했다고 한다. 경찰에서 조사할 일이 뭐가 있을까 궁금해하며 ○○파출소로 갔더니 20대 후반의 한 경찰관이 나에게 운전면허증을 보자고 했다.

"약 1시간 전에 ○○슈퍼에서 나오셨지요. 그때 교수님이 차를 후진하다가 뒤에 있는 차와 부딪쳤는데도 그냥 갔다고 두 사람이 와서 고발했습니다. 차 좀 볼까요?"

"그럴 리가 있어요? 내가 새 차를 사서 아주 조심조심 달리는데요. 후진할 때 뒤에 있는 물체에 차가 가까워지면 경고음이 울려 내가 알게 됩니다. 누가 그런 이야기를 했나요? 그분들 이름을 좀 알려주세요. 그럼 그분들의 차에 파손된 곳이 있나요?"

"이건 비밀 고발이니 신분은 알려드릴 수 없어요. 조서를 작성하여 검찰에 넘길 터이니 그곳의 통지를 기다리세요."

그 경찰관은 사진기를 가져와 파손된 아무런 흔적이 없는 내 차 뒷면을 여러 번 찍었다.

"이렇게 깨끗하니 별 염려하실 필요 없어요."

나를 곤경에 빠트리려는 염치없는 두 사람의 수작이다 생각하니 분노가 치솟았으나 속수무책이었다. 그러나 사고는 내지 않았으니 사필귀정이겠지 자위하고 8주가 지났다. 그런데 어느 날 집에 와보니 검찰로부터 편지가 한 장 와 있었다.

"타인의 차를 부딪치고 도주했으니 400유로의 벌금형에 처합니다. 만약 이 결정에 이의가 있으면 4주 내로 이의신청을 하기 바랍니다."

이 통지서를 읽고 있는 동안 혈압은 올라가고 분노에 발을 동동거려보았다. 즉시 변호사에게 연락해 항고하려다 숨을 깊이 쉬고 마음을 안정시켰다.

이런 일에 부딪치면 나는 우선 '무상'의 시간을 가지려 한다. 지구는 그 시간에도 쉬지 않고 돌고 있고 적도에 있을 때는 지구와 같이 나도 시속 1700km의 자전 속도를 내며 달리고 있는 셈이다. 그런데도 내가 그 빠른 속도를 느끼지 못하는 것은 정말 불가사의가 아닐 수 없다. 차 사고를 내지 않았는데도 두 사람이 익명으로 고발해서 내가 벌금형을 받는 것도 불가사의한 일이다. 이런 불가사의한 현상이 많은 것이 우리의 세상이라고 생각하는 것이다. 독일에서 반세기 이상 살아왔고 국적도 받았지만, 남의 나라에 와 있으니 그런 일도 있겠지 하고 생각했다. 그 순간 뉴욕의 중국식당에서 들은 이야기가 떠올랐다.

"난 서울에서 태어나 서울서 자랐는데도 도저히 서울에서 살기가 어려워 1970년도에 미국으로 왔어요. 우리 중국인은 한국에서 살기 너무 힘들어요."

유창한 한국말로 서울생활의 어려움을 토로하던 중국식당 주인을 나는 어느 정도 이해할 수 있었다. 그는 자신이 자라난 서울에 대한 향수가 크다고 했다. 외국에서 살고 있는 내가 그 말을 들을 때 얼굴이 뜨거워지는 것을 느꼈다. 이것이 민족주의의 부산물이다. 해외 동포는 강한 민족주의를 갖게 되지만, 강한 민족주의는 자연적으로 배타주의를 수반한다.

젊은 날에는 독일에서 법적인 문제가 일어날 때마다 즉시 변호사에게 의뢰해 소송을 제기했다. 독일 통일 전에는 본 공화국 시대이니 아직도 전승국군이 주둔하고 있었고 독일사회가 외국인에 대해 비교적 친절했다. 그런 환경에서도 재판에서 나의 정당성을 관철시키지 못한 경험이 적지 않다.

내 머릿속에서 지울 수 없는 형사재판 하나가 속도위반이다.

1992년 가을 어느 날 집에 손님이 와서 병원에서 일하다 점심을 먹으러 집으로 갔다. 점심 도중 갑자기 상태가 좋지 않은 환자가 생겼다는 병원 전화를 받고 차를 급히 몰았다. 우리집에서 병원까지의 거리는 약 22km인데 시속 100km의 속도제한 구역을 150km에 달리다가 이동식 카메라에 걸렸다. 환자가 아주 위급한 때는 으레 집에서 택시로 이동하면서 경찰에게 그 사유를 카폰으로 신고하고 시속 200km 이상 달리기도 했다.

그런데 이날은 환자가 아주 위중한 상태는 아니어서 내차로 갔다. 그럼에도 마음이 다급해져 속도위반을 생각할 겨를이 없었다. 몇 주 후 500마르크의 벌금에다 한 달간 운전면허정지를 알리는 처벌장이 시청에서 날아왔다. 나는 환자의 생명을 살리기 위해 내 생명의 위협을 무릅쓰고 속도위반한 것은 내 직업상 불가피한 사항 아니냐고 항고했다.

나는 교통사고 재판에 유능하다는 변호사를 소개받아 환자 치료 상 속도위반이 불가피했다는 사유서를 제출했고, 증인으로 환자도 법정에 출석시켰으나 패소하고 말았다. 1980년대까지만 해도 나는 간 이식 관계로 환자에게 급한 상황이 발생하면 속도위반을 해도 전부 면죄됐다.

그런데 독일 통일 후에는 사정이 변했다. 더욱이 나를 실망케 한 것은 그 유능하다는 변호사가 법정에서 수동적이며 조금도 내게 유리한 변호를 하지 않는 것이었다. 이와 같이 변호하는 사람도 외국인에 대한 편견이 다양하다.

"이 교수님이 환자를 살리기 전에 길가는 사람의 생명을 위협할 사고를 낼 수 있어요." 하고 나이가 젊은 여자 재판관은 최초의 형량을 확정시켰다. 운전면허 없는 한 달을 보내는 고역은 형용키 어려웠다. 그렇다 해도 위급환자를 위해서는 속도위반을 계속하겠다는 마음은 그대로였다. 그것으로 인해 환자의 생명을 구할 수 있다면 더한 처벌도 불사하겠다는 마음이었다.

✳✳✳

또 하나 기억이 생생한 것은 교통사고에 의한 민사소송이다. 1986년 여름이다. 어느 토요일 오전 11시에 프랑크푸르트대학병원 소화기내과에서 소화기질환에 관한 심포지엄을 개최했는데 간혼수肝昏睡의 인공간장치료에 대한 강연을 해달라는 부탁을 받았다.

그런데 하루 전인 금요일 저녁에 간을 이식한 환자의 상태가 만족스럽지 못해 밤을 새워가며 토요일 새벽 2시까지 치료하다가 옷이라도 갈아입고 강연장에 가려고 집에 갔는데 피곤에 지쳐 약 2시간 정도 잠에 취했다. 본 역에서 8시에 프랑크푸르트로 출발할 예정이어서 출발 전에 다시 환자를 점검하기 위해 새벽 4시에 피곤한 몸을 이끌고 집을 나섰다.

가는 날이 장날이었다. 얼마나 환자치료에 정신없었는지 자동차에 기름이 떨어진 것을 몰랐다. 병원으로 가는 도중에 차가 정지해버렸다. 우선 강연시간을 정확히 지켜야 하겠기에 하는 수 없이 차를 길가의 풀밭에 밀어 넣고 손을 흔들어 지나가는 차를 세워보려 했다. 그러나 불행하게도 어두운 새벽시간에 시골길에서 아무도 데려다주려는 사람이 없었다. 하는 수 없이 역을 향해 달릴 수밖에 없었다. 밤새워 가며 환자를 돌보고 의학계의 경쟁에서 승리하려고 잠도 이루지 못한 채 강연하러 뛰어가는 나 자신이 애처롭게 느껴졌다.

약 20분 정도 달렸는데 뒤에서 차가 하나 달려오더니 내 곁을 지나 약 50m 앞에서 전복돼 길가의 풀밭에 굴러버렸다. 아마 너무 빨리 질주하다가 내가 길가에서 뛰는 것을 못 본 모양이었다. 놀라서 가까이 가보니 운전하던 젊은이가 다행히 부상 없이 전복된 차에서 나오는 것을 보고 "다행입니다"란 말만 남기고 나는 기차시간에 맞추기 위해 계속 달려 역으로 갔다.

이런 일이 있고 몇 주 후 그 젊은이의 변호사로부터 편지가 왔다. 내가 길의 중앙을 달려갔기에 그 젊은이가 나를 피하느라 사고를 냈으니 차 수리비를 보상하라는 것이었다. 말문이 막혔다. 아침시간에 출근하는 많은 차량들이 두려워 길의 가장자리를 달렸는데 이 무슨 엉뚱한 소리란 말인가. 상식 밖의 요구였지만 내겐 증인이 없었다. 유능한 변호사에게 의뢰해 항고하고 법원에서 재판이 이뤄졌는데 변호사만 출석해서 상대방 변호사가 내 변호사에게 제안하여 쌍방이 반액씩 부담하기로 조정했다는 것이다.

"아니 그 젊은이가 잘못했는데요? 변호사님, 왜 그런 타협을 하셨어요? 나는 변호사님만 믿었는데."

"교수님은 의과대학의 교수잖아요. 그 젊은이는 하급노동자인데 좀 도와주셔도 좋지 않습니까? 이 교수님의 수입이 그 사람과는 비교가 되지 않아요."

그럴 때마다 인종적 열등감이 깃든 편견이 내 마음 속에 똬리를 틀고 자리 잡는다. 이것이 외국에 사는, 특히 유럽에 사는 아시아인의 병이다. '그 외국인 교수는 부자인데 자네가 좀 부담시켜' 하는 대화를 변호사들끼리 했을지도 모른다는 추측을 해봤다. 그 후부터 나는 열등감 탓에 민사소송은 심사숙고해 결정해야겠다는 결론을 내렸다.

***

이런 기억을 더듬으면서 나는, 슈퍼마켓 앞에서 내가 뺑소니를 쳤다는 비밀 고발과 검찰의 벌금형 처리 문제를 숙고해봤다. 그 독일인들이 무슨 동기에서 내가 뺑소니를 쳤다 했을까.

내가 자신의 차에 손상을 입혔으면 수리비를 요청하면 될 것
인데, 그 요구는 하지 않고 왜 비밀 고발만을 했을까 궁금했
다. 벌금은 50만 원 정도이니 그리 큰 액수는 아니었으나 나를
죄인으로 만든 자들에게 증오감이 치솟았다.

그 순간 나는 1987년 어느 날 당시 본 대학 총장의 말이 떠
올랐다. 이날 서울에서 교육부장관도 역임한 적이 있는 분이
나를 방문했다. 이분을 위해 본에 있는 문교 관계부처의 장관
또는 차관, 그리고 DAAD, 훔볼트 등의 사무총장 등을 합해 30
여 명을 우리 집에 초대해 이 장관의 환영만찬을 베풀었다. 이
자리에 온 본 대학 총장이 내게 던진 비꼬는 말을 나는 평생
잊지 못한다.

"이 교수는 궁전palace에서 살고 있군."

자기 집은 내가 살고 있는 집보다 월등히 크며 고급가구로
꾸며져 있는데, 내게 그런 말을 한 것은 '빈한한 나라 한국에
서 온 너 같은 자가 이처럼 잘 사는 것에 나는 동의하지 않는
다'라는 뜻으로밖에 받아들일 수 없었다. 비밀 고발한 자들도
아마 내가 산 새 차를 보고 "이런 외국인 한 방 먹이자"라는
심사로 저지른 게 아니었을까 하는 생각도 해봤다.

라인 강변에서 반세기 동안 연륜이 굵어져가며 인생의 완숙
기를 보내고 있는 내가 이런 분쟁에 부딪칠 때마다 떠올리는
해법이 있다. 본 대학에서 나를 길러준 은사 귀트게만 교수가

가르쳐준 라인지방식 분쟁해결법이다.

그 해법의 교훈은 무척 흥미롭다. 본 시의 중앙, 라인 강 위에 걸려있는 현 케네디 대교大橋의 남쪽 교각에는 바지를 벗은 반나체의 사나이가 허리를 굽히고 엉덩이를 내밀어 지나가는 사람들이 볼 수 있게 한 조각상이 있었다. 지금은 제거해버렸지만 이 지방에서는 이 조각을 '본 대교의 소남小男'이라고 했다. 여기에는 배경이 있다.

라인 강 서쪽 도시인 본과 건너편, 즉 라인 강 동쪽에 있는 보이엘Beuel 사람들이 왕래하려면 나룻배를 타야 했다. 이 불편을 없애기 위해 다리를 건설하기로 합의하고 건설비 400만 마르크를 두 도시가 절반씩 부담하기로 했다. 그런데 1898년 다리 건설이 끝나자 보이엘 시는 건설비 지불을 거절했다. 당시 본은 대학도시이며 중세부터 쾰른의 대주교 별장이 있었던 2000년 역사의 도시이고, 보이엘은 주로 어부들이 살던 빈한한 도시였다.

본 시민들이 "왜 대금을 지불하지 않아!"라고 항의하자 보이엘 시민들은 "너희가 우리 라인 강에 다리를 세웠지 않나! 우리 강에 세워놓고 무슨 건축비야"라며 대들었다. 이에 본 사람들은 "이것 봐, 우리가 성벽을 쌓고 교회를 지어 성가를 부르고 기도 드릴 때 너희 야만족은 나무 위에 앉아서 우리를 바라보기만 했는데 라인 강은 그때부터 우리 것이지" 하며 역사를 들추었다.

로마가 점령하기 전 라인 강 동쪽은 게르만 민족의 여러 부족이 살고 있던 게르마니아였고, 라인 강 서쪽은 켈트족의 여러 부족이 살고 있던 갈리아였다. 기원전 50년경에 로마가 라인 강 서쪽을 점령해 로마문화가 꽃을 피운 갈로로마노galorromano 시대가 라인 강 서쪽에 있는 본에 열렸고, 강을 사이에 두고 동쪽은 미개의 상태가 지속됐다. 그러나 1898년에 다리가 건립된 시기는 보불전쟁 후 동부독일의 프러시아 황제가 라인 지방 일대를 통치하고 있을 무렵이다. 로마시대로부터 천주교가 지배적인 라인 강 서쪽지역이, 1870년 보불전쟁 후 프러시아의 지배 하에 들어가 이 지역은 신교의 영향을 받게 됐다.

이에 본 시민들은 건축비청구 분쟁을 현명하게 해결하기 위해 생각 끝에 건축비를 받을 수 없을 바에는 바지를 벗고 허리를 굽혀 엉덩이를 내미는 사나이의 조각을 만들어 보이엘 쪽 다리 지주에 붙여놓기로 했다. 이것은 고대부터 독일의 서민 사이에 상대방에게 수치감을 주는 욕설 '내 엉덩이를 빨아라'를 표현한 것이다. 이것은 또한 전쟁 중에 패배한 장수에게 굴복의 뜻을 표하게 하는 방법이기도 하다.

성스러운 대학도시 본에 사는 시민이 어떻게 이런 식의 야만적 표현을 할 수 있느냐는 보이엘 사람들의 평에 본 사람들은 태연하게도 그것은 독일 시인 '괴테의 클래식한 인용'이라며 의기양양했다. 독일의 서민사회에서는 '내 엉덩이를 빨아라'라는 말을 약자로 l.m.a.A.라고 표현하나 독일의 지식인 사회에서는 '괴테의 클래식 인용'이란 말로 미화했다. 이 야하고 천한 표현이 시인 괴테의 인용이란 고상한 표현을 얻게 된 인연은 다음과 같다.

젊은 괴테는 현재의 프랑스 도시인 스트라스부르에서 법학 공부를 했다. 그곳 도서관에서 그는 중세기 기사들이 황제에 반항했던 사건들을 흥미롭게 읽었다. 그는 16세기 유명한 기사의 일대기 '철의 손을 가지고 있는 괴츠 폰 베를리힌겐(Götz von Berlichingen), 막스미리안 1세 황제 때의 용감한 제국기사'를 읽고 감탄하여 6주 만에 이 내용을 희곡으로 각색했다. 이때가 1771년, 괴테가 22세 때다. 괴테는 희곡의 제3막에 괴츠(Götz)가 옥에 갇힌 자신을 잡으러온 병사에게 "나는 황제를 존경해야할 의무가 있다. 그러니 너의 부대장 대위에게 말하라. 내 엉덩이나 빨라고"라는 말을 그대로 인용했다. 그 후부터 지식인들은 점잖지 않은 l.m.a.A.란 말을 '괴테의 클래식 인용'이란 말로 대체했다. 이 작품의 원고를 괴테가 1773년, 1774년, 그리고 1804년에 개정해 공연했다.

다리 건축비를 못 받은 본 시민은 이 '괴테의 클래식 인용'을 석조조각으로 만들어 보이엘 시민, 특히 여자가 많이 다니는 쪽의 교각에 붙였다. 그리고 시인 괴테의 인용이라 자부했다.

세인들은 이것을 라인지방식 분쟁해결법이라 한다. 이 해결법은 (1)선전포고를 하지 않고 (2)재판을 걸지 않고 (3)무언의 요구를 영원히 하고 (4)아무리 세월이 흘러도 부서지지 않으니 기억을 새롭게 해주는 항구적 요구이며 (5)과격한 충돌을 피하는 하나의 유머러스한 방법이다. 더욱이 내가 당시 본 시민들에게 경의를 표하는 것은 보이엘 사람들이 비록 건축비는 지불 안 했어도 다리를 왕래하는 것에는 관용을 베풀었다는 사실이다.

본 사람들은 그 후 본 시와 이익이 상반되는 문제가 발생할 때마다 이 본 대교 소남의 엉덩이의 방향을 돌렸다. 1949년에서 1960년까지 이 본 대교 소남의 엉덩이를 남쪽Frankfurt으로 돌렸다. 이 시기에 독일의 임시수도 위치를 프랑크푸르트와 본이 경합했기 때문에 그곳으로 돌린 것이다. 그리고 통일 후는 동북에 있는 베를린 쪽으로 돌렸다. 독일연방공화국 수도를 베를린에 빼앗겼기 때문이다.

나는 석양이 라인 강 동쪽을 물들일 무렵 본 대교 소남의 조각 밑을 왔다갔다하며 비밀 고발로 발생한 벌금형의 해결을 라인지방식 분쟁해결방법으로 하기로 했다. 괴테의 클래식 인용 조각은 내 가슴 속에 간직하고 엉덩이 방향은 어디로 향해야할지 알 수 없으나 그 비밀 고발자에게 돌리기로 했다. 벌금 400유로를 송금하고 나는 정당성을 규명하지 못하는 것을 너

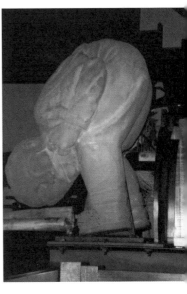

▲ 본 시와 보이엘 시 사이의 분쟁의 원인이 된 라인 강의 다리.
  1898년에 건립되었다.
▶ 라인 강 다리의 교각에 부착해 본 시민의 분노를 상징하고,
  독일의 문호 괴테도 인용한 I.m.a.A.를 의미하는 소남 조각.

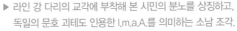

무나도 안타깝게 생각하는 법치국가의 한 시민이라고 검찰에
글을 썼다.

　나는 절대로 교민을 상대로 민사소송을 하지 않는다. 나의
생존을 좌우하는 중대사가 아니면 피한다. 라인지방에서 반세
기 가까이 살아왔으니 라인지방식 분쟁해결방식을 존중하며
손수 실천한다. 우리 교민은 독일인이 말하는 유색인종에 속
한다. 유색인종 2명이 독일인 변호사를 대동하고 법정에서 경
우에 따라서는 통역을 대동하고 독일법관들이 이해하지 못하
는 김치, 고추장 등을 열거하며 상호 공격하는 것은 아름다운
장면은 아니다.

약 30년 전의 일이다. 어느 동포 한 분의 소송에 내가 통역으로 법정에 선 적이 있다. 내가 그 사건이 봄에 발생했다고 한 피고의 말을 통역했더니 2월이 겨울이지 왜 봄이냐며 판사가 반문한 기억이 난다. 나는 한국에서는 음력으로 정월부터 3월까지를 봄이라고 본다고 설명했다. 그래서 우리 한국 사람은 관습적으로 2월은 봄이라 생각한다고 해명했다. 이와 같이 생장과정, 또는 사회 환경의 차이에서 온 문제들을 해명해 법관 및 변호사에게 이해시키면서, 우리는 소시지 대신 김치를 먹는다는 설명까지 해야 하는 재판보다는 이 라인지방식 분쟁해결법이 이국에 살고 있는 교민상호간의 분쟁해결에는 더 적합하다고 본다.

약 15년 전의 일이다. 어느 동포 한 사람이 작은 간행물을 발간해 그 속에 나에 대한 악평을 써서 배부했다는 소문을 들었다. 큰 바다에서 헤엄치며 유럽인과의 경합에서 승리해야하는데 적은 수의 교민이 살고 있는 독일에서 동포를 비방하며 그 속에서 자기만족에 휘말리는 교민도 적지 않다. 그 일이 있던 몇 일후에 내가 아주 존경하는 젊은 동포 2세 변호사로부터 전화가 왔다.

"교수님, 그런 녀석은 그대로두면 안 됩니다. 명예훼손죄로 고소해야 합니다."

"○○군, 안 하는 게 좋아요. 명예훼손죄로 고소해서 내가 이겼다고 해도 내가 얻을 것이 뭐지? 손해 배상청구 했을 때 그 분의 재산이 없으니 지불능력이 없고, 내가 승소했다고 해서 독일사회에 알려질 리 만무하고, 그 사실을 알게 될 동포가 얼마나 될까? 그것보다도 독일법관 앞에서 한국인 두 사람이 왈가왈부하는 것은 독일인들에게 우리 동포의 어리석음을 보여주는 결과가 돼요. 라인지방에 살고 있으니 라인지방식 문제해결방법을 강구해보는 것이 좋지 않겠소?"

동포는 이방인의 운명 속에서 함께 생존해가야 할 공동운명체다. 서로 비방하지 말고 힘을 합하여 독일사회의 장벽을 무너뜨려야 한다. 독일뿐 아니라 지구상 어디에서건 마찬가지 아닐까 생각해 본다.

간장병의 절망이
한국 간호요원 초청으로

1959년 4월 나는 독일학술교류처DAAD 장학생으로 뒤셀도르프대학에서 의학 공부를 시작했다. 그해 말 병원에서 실습하다 B형 간염에 전염되어 1960년 5월 뒤셀도르프대학병원 제2내과에 입원했다. 4주 후 퇴원했는데 재발이 되어 치명적 간염(致命的 肝炎: fulminat Hepatitis)으로 진행해 1년 가까이 입원 치료했다.

당시 이 치명적 간염의 사망률은 80~90%였다. 이 건강 상태로는 학업을 마칠 수 없으니 귀국하라는 권유에 나는 절망에 빠져 매일 밤 하나님께 기도했다. 나는 기도할 때마다 "병이 낫기만 한다면 어려운 사람을 위해 무슨 일이든지 하겠습니다. 하나님! 저에게 건강을 주신다면 한국의 고아와 어려운 사람을 위해 봉사하겠습니다."라고 간절히 애원했다.

1960년 7월 어느 날 저녁 입원 환자를 돌보고 있던 병동 수간호사 엘리사벨 여사가 제2차 세계대전 중 동부전선에서 겪은 종군 경험담을 들려주었다. 그러면서 여러 이야기 도중 우연히 '독일의 간호사 교육은 학비가 전혀 필요 없다'는 사실을 알려주었다.

그때 한국의 전쟁고아들이나 집안 형편이 어려운 자녀들에게 독일에서 간호교육을 받을 수 있는 길을 열어주면 그들이 세계 각지에서 병자를 위해 봉사할 수 있지 않을까 하는 생각이 내 머릿속에 퍼뜩 떠올랐다. 내가 그런 일에 기여하는 대가로 하나님께서 내 병을 완치시켜주기를 나는 기대했다.

그해 8월 나는 병원에 입원 치료 중이었지만 프랑크푸르트 감리교 선교회장을 방문했다. 내가 8.15 해방 후 감리교에서 세례를 받았기에 우선 감리교를 방문한 것이다. 나는 건강 상태가 매우 나빴지만 집에 급히 처리해야 할 일이 있다고 핑계를 대고 병실을 빠져나와 남몰래 기차를 타고 그분을 만나러 갔다. 선교회장은 자신의 집 앞 나무그늘에서 긴 시간 기다리고 있는 나를 보더니 "아프리카에서 온 사람들(간호사들)에게서 좋은 경험을 얻지 못했다."라고 하면서 나를 문전박대했다.

나는 "한국 사람들은 아프리카 사람들과는 다릅니다. 그러

니 한국전쟁에서 고아가 된 2명만 독일에서 간호사 교육을 받을 수 있는 길을 열어주세요"라고 서투른 독일어로 반복해 말했다. 하지만 아무런 답을 듣지 못한 나는 낙담한 채 뒤셀도르프 병실로 돌아왔다. 다음날 간 검사 수치는 더 악화됐다. 절망적인 나날이 계속됐다.

몇 주 후 프랑크푸르트 감리교 선교회장에게 나의 현재 상태, 한국에 있는 전쟁고아의 현황, 한국의 빈곤한 사람들에 대한 긴 사연과 전쟁고아 2명의 독일 간호사 교육을 부탁하는 편지를 보냈다. 여러 달 답장을 손꼽아 기다렸지만 소식이 없었다. 불가능하다고 생각했다.

나는 독일에서 두 번째 맞이하는 성탄절을 병원 병실에서 보내야 했다. 모두 고향에 가고 중환자 몇 사람만 병동에 남아 있어 너무나 적적했다. 그런데 나는 병실에서 몇 통의 성탄절 축하편지와 함께 어떤 분에게서 한 장의 편지를 받았다. 보낸 이의 주소는 베를린이었다.

'독일 감리교 부녀선교회장 루이세 숄츠 부인, 파울리너가 30, 베를린(Pauliner 30, Berlin-Lichterfeld)', 나는 이 편지를 병상에 누워 읽었다. 숄츠 부인은 '한국 광주에 있는 전쟁고아와 빈곤층 자녀를 위해 설립한 고등학교에서 2명을 뽑아 독일에서 간호사 교육을 받도록 초대하겠으며 그에 필요한 모든 비용을 부담하겠다'고 썼다. 감리교 선교회장 방문 4개월 뒤의 일이었다. 나의 기쁨은 말할 수 없었다. 그 순간 나는 하나님이 내게 건강도 되찾을 수 있도록 해주리라고 확신했다.

나는 B형 간염 때문에 1960년에 근 1년 가까이 입원 치료를 받고 퇴원 후 몸이 너무 허약해졌다. 그 상태로는 학업을 지속하는 것이 불가능하다고 판단한 대학 당국과 의료보험공단이 서둘러 나를 도나우 강가에 있는 니더알타이 수도원으로 4주간 요양을 보냈다. 전라도 영암에서 태어난 내가 프러시아의 비스마르크가 제정한 사회보장제도의 혜택을 받은 것이다.

감리교 부녀선교회의 초청을 받은 간호사 지망생이 독일로 오기까지는 오랜 시간이 걸렸다. 한국과 독일에서 여권을 수속하는 데 그만큼 시간이 걸린 것이다. 1962년 늦여름 한국 간호학교학생 2명이 독일에 도착해 프랑크푸르트 감리교병원 Diakonissenkrankenhaus Bethanien에서 교육을 받기 시작했다. 한국 간호요원이 독일에 정착하기 시작한 역사적 순간이라 하겠다.

　　간호요원 교육이 시작된 지 6개월 후에 프랑크푸르트 지역에서 이 두 간호학생에 대한 호평이 들렸다. 한국 여성은 부지런하고 영리하며 환자에 대해 천사와 같이 친절하다는 거였다. 뉘른베르크와 함부르크에 있는 감리교병원에서 한국 간호학교 학생들이 더 오면 좋겠다는 의사표시를 했다. 독일 감리교 부녀선교회는 그 두 병원을 위해서도 간호학교 학생 수속을 열심히 도왔다.

　　1962년 나는 건강을 완전히 회복하지 못한 상태에서 예정보다 1년 늦게 독일의사 국가시험에 합격했다. 그리고 1963년 1월 외과의사로서 뒤스부르크에 있는 베데스다 병원에서 근무를 시작했다. 150병상의 외과에 과장 1명, 상의Oberarzt 2명, 의사 4명이 근무했다. 의사가 말할 수 없이 부족해 나는 내 몸을 보살필 여유도 없이 무척 많은 수술을 해야 했다. 그 후 한국 간호학교 학생 교육은 감리교 산하 병원 3곳에서 이뤄졌다. △프랑크푸르트 감리교병원: 1962년 2명, 1964년 11명, 1967년 6명 △뉘른베르크 감리교병원: 1963년 10명, 1964년 9명 △함부르크 감리교병원: 1964년 9명, 1965년 6명 등이다.

이렇게 독일 감리교병원에서 한국 간호학교 학생 53명이 교육을 받게 됐다. 오로지 독일 감리교 부녀선교회의 도움에 의한 것이었다.

독일 에센에 있는 루터교병원인 휘센스 스티프퉁Huyssens-Stiftung에서 1964년 초 연락을 해왔다. 감리교병원으로부터 '한국 간호학생 교육이 만족스러웠다'는 소식을 들은 후였다. 이 병원의 간호학교 교장 좀머Sommer 여사가 자기 병원 간호학교에서 한국인 간호학생 교육을 실시하고 싶은데 이에 필요한 모든 비용을 독일연방경제협력부(당시 후진국원조부)에 신청하겠다고 나에게 제안했다. 1964년 가을에 한국 간호학교 학생 14명이 독일정부의 후원으로 독일에 왔다. 독일연방정부 초청이라 사증 수속이 아주 빨리 진행됐다.

1963년 나는 아직 건강을 완전히 회복하지 못한 상태였다. 내겐 아주 고단한 한 해였다. 오전 8시부터 오후 6시까지 수술해야 했다. 더욱이 부상 환자의 외래진료, 45개 병상을 돌봐야 하는 병동 일, 밤 당직 그리고 주말 당직을 하면서 한국 간호학교 학생들을 보살펴야 했다. 병원 일만 해도 너무 고단해 한국인 학생들을 보살피는 일을 중단하고 싶었지만 내가 간염으로 오랜 기간 병 치료를 받으며 했던 하나님과의 약속을 잊어선 안 된다는 생각이 앞섰다. 하나님이 보호해주지 않으면 내 건강은 더욱 악화돼 간경화증으로 진행될 수 있다는 공포감에서 벗어나지 못하고 있었던 것이다. 건강이 악화될 경우 의사라는 내 직업도 포기해야 할 상황이었다.

1963년과 1964년 당시 나는 쉬는 일요일만 한국 간호학생들을 보살피는 일을 할 수 있었다. 뉘른베르크나 함부르크 병원의 간호학생들을 보살피고 돌아오면서 차 안에서 졸거나, 길가에 차를 멈추고 자는 경우가 잦았다. 1964년 12월 초 어느 일요일 이른 아침 나는 함부르크 감리교병원 간호원장의 요청으로 함부르크로 차를 몰았다. 새로 한국에서 함부르크에 도착한 간호학교 학생들에게 문제가 생겼다며 내가 와주기를 바란 거였다.

이날따라 눈이 많이 내렸다. 함부르크병원에서 학생들과 점심을 같이 했는데, 다시 하노버 쪽에서 연락이 왔다. 오후 6시쯤 하노버에서 독일 루터교회 그리고 루터교병원협회 관계자들과 저녁식사를 같이하면서 회의를 하자는 얘기를 들었다. 회의 안건에 대해서는 통지를 못 받았다. 나는 여기서도 한국 간호학교 학생에 대해 토론하려는 것이라고 생각했다. 함부르크에서 하노버로 가는 고속도로는 눈 때문에 매우 미끄럽고 여기저기서 교통사고가 나 자동차는 거북이걸음이었다. 과로로 몸이 몹시 피곤했다. 아무래도 내가 할 수 있는 일은 여기까지가 아닐까 하는 생각이 들었다. 나는 하나님께 한국 간호학교 학생들을 보살피는 일을 끝내게 해달라고 기도했다.

오후 3시쯤 함부르크에서 출발해 오후 8시쯤 하노버에 도착했다. 그곳에서 사람들이 오후 6시부터 나를 기다리고 있었다. 토론 안건은 '루터교병원들이 한국의 간호학교 졸업생 200명을 원한다'는 것이었다. 1964년 여름 에센 루터교병원에 도착한 한국 간호학생들이 보여준 병실 일 처리 능력이라면 간호학교를 졸업하고 독일에서 별도 교육 없이도 바로 병원에 배치할 수 있다고 판단한 것. 루터교병원협회 대표자들과 고용계약 조건을 협상하고, 이에 대해 한국정부의 허가를 받는 일을 나보고 하라고 했다.

나는 당시 한국 사정을 전혀 알지 못해 그날은 아무런 의견을 내지 못했다. 눈 속에서 차를 몰아 월요일 새벽에 집에 도착했다. 집으로 돌아가며 나는 하나님에게 말을 걸었다.

'저에게 건강을 주셔서 감사드리지만, 제가 하노버 루터교에서 부탁한 일을 꼭 해야만 할까요? 너무 피곤합니다.'

1965년 봄 나는 일방으로는 독일루터교병원협회 대표자들과 노동계약(노동시간, 언어교육, 필요에 따라 한국에 돌려보낼 일, 3년의 계약기간 보장, 독일연방고용인 봉급 규정에 의한 봉급 지급 등)에 관해 협상했다. 루터교병원협회 산하에는 신교 수녀님들이 경영하는 병원이 많아 협상이 아주 까다로웠다. 다른 한편으로 나는 이곳에서 협상한 노동계약을 제시하며 한국의 보건사회부에 200명의 간호학교 졸업생을 보내달라고 요청했다. 그해 여름 보건사회부는 한국에도 간호사가 부족하다는 이유로 나의 요구를 거절했다.

내가 당시 부퍼탈 바르멘Wuppertal-Barmen 시립병원 외과에 근무 중이라 주어진 많은 병원 일을 하면서 간호사 문제를 병행해야 했기에 이 협상은 아주 서서히 진행됐다. 나는 본에 있는 한국대사관의 조언으로 청와대(박정희 대통령)에 이러한 사실을 알리고 간호사 200명의 독일 취업 허가를 부탁했다. 그 후 얼마 안 돼 한국 보사부에서 간호사들의 독일 취업에 대한 노동계약을 보사부 한상태 국장과 협상하라는 편지를 내게 보냈다. 당시에는 한국과 전화통화가 불가능해 모든 연락을 우편으로 했다. 또한 나는 한국에 나갈 항공요금도 없었다. 한국 보사부 및 독일 루터교 병원협회와 내가 몇 달간 편지를 주고받은 결과 합의한 세 가지 내용은 다음과 같다.

첫째, 루터교 사회사업본부와 루터교 병원협회는 나에게 개인 자격으로 이 사업 전체를 처리하지 말라고 했다. 루터교 병원협회는 공동으로 사단법인체를 설립해서 그 회원으로 한국에서 온 간호요원도 포함해 모든 일을 자신들과 공동으로 처리 또는 해결하자고 했다.

둘째, 한국에서는 오로지 한국 보사부가 한국해외개발공사와 공동으로 간호요원의 모집, 여권 수속, 출국 수속 등을 담당하고 한국해외개발공사는 선발된 간호요원의 명단을 병원협회에 보내기로 했다. 이 과정에서 발생하는 모든 경비는 공사가 부담키로 했다.

셋째, 독일에서는 독일 루터교 병원협회의 대표자로 당시 라인지방 루터교 병원협회장 에세르Esser 씨가 선발돼 독일에 오게 될 간호요원의 노동 허가, 거주 허가 및 기타 발생하는 모든 문제를 한국 간호사가 근무할 해당 병원과 독일 루터교 사회사업본부와 협력해 해결키로 했다. 그리고 에세르 회장은 간호요원의 항공편 예약과 항공요금 지불 등을 해당 병원과 상의해 책임을 지고, 루터교 병원협회가 필요로 하는 간호요원의 수를 조사해 이종수 박사에게 알려주면 이 박사는 이를 한국 보사부와 해외개발공사에 통보한다는 내용이었다.

독일 루터교 병원협회 대표 에세르 회장과 나는 한국 보사부와 합의 사항에 관해 계약을 체결해야 했다. 한국 정부는 우리가 서울에 와서 보사부장관의 입회하에 계약을 체결해야 한다고 통지해왔다. 당시 항공요금이 비싸서 루터교 병원협회가 부담하는 문제와 내가 부퍼탈Wuppertal 시립병원에서 휴가를 받는 문제로 한국에 가는 시기가 지연됐다.

드디어 1966년 4월 말 서울에서 정의섭 보사부장관, 한상태 의정국장 그리고 한국개발공사 사장과 위의 합의사항 이행에 관해 계약이 체결됐다. 동시에 간호학교를 졸업한 간호사 200 명의 여권 수속, 독일 병원 배치 그리고 사증 신청 등등이 이뤄졌다. 1966년 6월 제1차 간호학교 졸업 간호사가 쾰른/본 공항에 도착했다.

1966년 간호사 200명을 시작으로 1967년 간호사 200명과 간호보조사 600명, 1968년 간호보조사 200명, 1967~1968년 간호학교 학생 50명 및 기타 인원(독일감리교병원으로 온 53명 등)이 독일에 도착했다. 우리는 1960년부터 1968년까지 총 1300명의 간호요원을 독일에 초청해 독일 루터교 사회사업본부 및 독일 루터교 병원협회와 공동으로 보살폈다. 그것은 1968년에 도착한 간호요원의 3년 계약이 완료되는 1971년까지 이어졌다.

독일에 간호보조사(현 간호조무사)를 데려온 것은 아주 우연한 계기였다. 당시에는 한국에 보사부가 인정한 간호보조사라는 직업이 없었다. 의원에서 일하는 보조간호원은 간호에 관해 전혀 교육을 받지 않고 대부분 시골에서 도시로 나와 개업 의원에서 배우고 일하면서 개업의를 돕고 있었다.

1966년 4월 에세르 회장과 내가 한국 보사부와 계약을 체결하기 위해 서울에 갔을 때 나는 눈이 불편해 진료차 안과의원을 방문한 적이 있다. 그 개업 의원에서 일하고 있는 보조간호원이 "집안이 어려워 적은 봉급이나마 부모에게 보내고 있어요. 우리 같은 사람도 독일로 가서 일할 수 있을까요"라며 간절히 말했다. 그녀의 말에 감동한 나는 독일에 돌아와 독일 루터교 사회사업본부 총재와 이 보조간호원들을 돕기 위해 상의했다. 한국 보사부는 갑자기 의료법을 개정할 수 없으니 도와주고 싶으나 간호보조사 자격증을 발행할 수 없다고 연락해왔다.

나는 루터교 사회사업본부 및 독일정부와 협상해 한국의 의원에서 3년 이상 근무한 사람으로 한국해외개발공사에서 내과, 외과, 간호학과를 각각 1개월씩 3개월 교육받은 사람을 독일에서 간호보조사로 인정하겠다는 독일정부의 허가를 받았다. 이렇게 해서 우리가 초청한 간호보조사는 800명에 달한다.

나는 루터교 병원협회와 절충해 이와 같이 독일에 온 한국 간호보조사가 봉급을 받고 근무하면서 간호학교 교육을 받을 기회를 얻어 독일간호사 면허를 취득할 수 있도록 했다.

한국 간호요원을 독일로 초청한 일은 나의 치명적 간염을 치료하고 새 생명을 주신 하나님의 은혜에 보답하는 마음으로 시작한 것이었다. 나는 거기에 많은 시간과 노력을 기울였다. 하지만 한편으로는 내 전공 분야이자 직업인 의사로서도 성공하기 위해 최선을 다했다.

1966년 나는 부퍼탈–바르멘 시립병원 외과에 근무하다가 1967년부터 본Bonn대학병원으로 옮겼는데 이곳에서 30병상을 맡았다. 나는 대학병원에서 병동 일 외에 종일토록 수술을 하고 밤 당직을 서거나, 당직이 없는 밤에는 의과대 학생들과 같이 의학 연구차 동물실험을 했다. 또 세계 의학계에서 활약해보려고 학술논문 2편을 독일 의학저널에 발표했다. 그해 말엔 본 대학병원에 신설된 집중치료병동의 병동장직을 맡았다.

1967년 800명의 한국 간호요원(전년까지 합하면 1100명)이 독일에 도착했다. 이들이 독일 전국에 분산됐으니 하루가 멀다 하고 문제가 발생했다. 지옥처럼 힘들고, 잠이 그리운 나날이었다. 그러나 하나님이 내게 새로 주신 건강 덕에 불철주야로 일할 수 있었다.

1968년 한국 간호요원 200명이 독일에 추가로 도착해 1300명을 보살펴야만 했다. 이 와중에 본대학병원은 나를 몇 개월간 미국으로 유학을 보냈다. 미국 덴버에 있는 콜로라도대학병원 스타즐 교수 아래에서, 그리고 LA의 캘리포니아대학병원 테라사키 교수 밑에서 장기이식에 관한 연구를 했다.

미국에서 독일로 돌아오자마자 본대학병원 외과의 간 이식 팀장직을 맡았다. 1969년 6월에 유럽대륙 최초의 간 이식 수술 기회를 얻고 같은 해 본대학 의학부에 교수자격 인증 하비리타치온Habilitation 논문을 제출해 1970년 통과됐다. 1971년에는 남부 독일 울룸에 있는 의과대학에서 교수로 초빙받았다. 그러나 나는 본에서 일하기로 결정했다. 외국에서 온 의사인 내게 이와 같은 기회가 주어진 것은 오로지 하나님의 은혜 덕분이며 하나님에 의하지 않고는 불가능했다고 지금도 생각하고 감사드리며 살고 있다.

1966~67년 독일 경제가 악화되자 1968년 독일연방노동청은 외국인 근로자의 고용을 억제했다. 이로 인해 한국 간호요원의 독일 취업은 일시적으로 1969년부터 허가되지 않았다. 1971년부터는 한국 정부가 직접 이 사업을 진행했다. 나는 훗날 1969년 독일연방노동청의 외국인 취업 중지 조치는 1960년 병실에서 하나님께 약속했던 과제에서 나를 해방시켜준 것이라 생각했다.

뜻밖에도 나의 유럽 대륙 첫 간 이식 수술도 1969년에 이뤄졌다. 만학도인 나에게 대학병원에서 환자 치료, 연구와 교육을 위해 헌신할 수 있는 기회와 건강을 주신 하나님께 감사드린다. 특히, 나와의 인연으로 독일에 오신 한국간호요원 여러분들이 이 땅에서 건강하고 행복한 여생을 보내시기를 바란다.

내 나라는 독일,
내 조국은 한국

아침 5시, 일본 도쿄 신주쿠의 게이오 플라자 호텔의 한 객실에서 잠이 깼었다. 독일에서 이곳에 온 지 며칠 되지 않아 시차 탓에 일찍 깬 것이다. 2006년 7월 13일 목요일 아침이었다. 창문 너머로 도쿄시청의 쌍둥이 타워가 맑은 새벽하늘에 솟아 있었고 차들의 왕래는 한산했다. 일본 NHK의 BS1방송이 시작되고 뉴스가 흘러나왔다.

"어제 (7월 12일) 오전 11시경에 전차와 장갑차로 무장한 이스라엘의 군부대가 레바논과의 국경선을 넘어 레바논 영토 내로 침입했습니다. 그런데 헤즈볼라(레바논의 이슬람 무장정파) 저항세력이 묻어두었던 폭탄이 폭발해 전차 한 대가 파괴되고 4명의 이스라엘군이 숨졌습니다. 이스라엘군이 레바논 영토에 침입한 것은 레바논 남부를 점령하고 있는 헤즈볼라 저항세력이 국경을 점검하던 두 명의 이스라엘 병사를 납치한 게 원인입니다.”

헤즈볼라 저항세력과 이스라엘군의 충돌 속보가 계속 전해지는 것을 보고 나는 짐을 꾸렸다. 도쿄에서 3일간의 회의를 마친 나는 이날 도쿄를 떠나 대한항공편으로 인천공항에 내려 서울에서 1박한 후 금요일 오후 늦게 독일에 도착했다.

7월 15일 토요일 아침 뉴스에 이스라엘군의 공격이 레바논 전역으로 확대됐다는 보도가 있었다. 레바논 남부의 헤즈볼라 집결지뿐만 아니라 베이루트의 시 외곽 헤즈볼라 지역, 레바논군의 주둔지역 등에 이스라엘 공군의 무차별 공습이 지속됐다. 베이루트의 고층건물들이 무너져 매몰된 사람들을 구조하는 처참한 광경, 화염 속에 쓰러져가는 건물들에 진화작업을 하는 소방대원들의 모습이 방영됐다. 근대전의 잔인한 광경이 화면에 비쳐 주말 아침을 혼란스럽게 했다. 다시 헤즈볼라 저항세력의 공격이 있었고, 이스라엘군의 잔인한 보복이 이어졌다. 텔레비전에는 피난민의 처참한 광경이 보도됐다. 반쯤 부서진 차를 타고 가는 부녀자들, 죽은 어린애를 부둥켜안고 오열하는 아랍 어머니. 왜 이런 처참한 전쟁을 하여야만 할까?

그 순간 나는 1982년 6월 6일 시작한 레바논 전쟁의 참사가 떠올랐다. 당시 이스라엘은 6만의 대군을 레바논에 진격시켜 서부 베이루트에서 팔레스티나해방기구의 전사들, 2000명의 시리아군, 그리고 50만 명의 민간인을 포위한 후 전기와 물의 공급을 중단하고 폭격을 가했다. 결국 국제평화군의 보호 아래 6000명의 팔레스티나해방군이 여러 아랍국가로 분산 이송되고 아라파트 의장이 기자들 앞에서 손가락으로 V자를 만들며 튀니지행 선박에 오르던 장면이 눈앞에 생생하게 재현됐다. 그 아라파트 의장도 팔레스티나의 독립을 이루지 못하고 원한을 간직한 채 유명을 달리했다.

2006년 레바논 전쟁은 1982년 전쟁과는 달랐다. 헤즈볼라 저항세력의 항전이 만만치 않았다. 막강한 이스라엘군의 공격에도 헤즈볼라의 로켓공격은 지속됐다. 뜻하지 않게 전쟁이 확대되니 레바논에 휴가 갔던 독일사람, 비즈니스 관계로 체류하고 있던 독일사람들이 위험에 처했다는 소식이 들려왔다. 무려 2000여 명의 독일인들이 여러 날 걷기도 하면서 베이루트에 있는 독일대사관에 집결하고 있다는 보도가 뒤따랐다. 독일대사관은 베이루트공항이 파괴돼 독일인들을 항공편으로 이송하기가 어렵게 되자, 버스에 태워 육로로 시리아의 다마스쿠스, 터키로 보냈다. 또 선박으로 베이루트 항에서 사이프러스 섬으로 이송된 이들을 위해 군 항공기를 보내 독일로 데려왔다. 7월 18일 화요일 저녁 포도주를 한 잔 마시면서 9시

45분 독일 제2 텔레비전의 뉴스를 봤더니 마침 독일 뒤셀도르프공항에 레바논에서 이송된 독일 피난민들이 군항공기에서 내리는 장면이 나왔다. 나는 이 장면을 보고 깜짝 놀랐다. 피난민들은 대부분 아랍계 사람들이었는데 아나운서가 이렇게 말했다.

"우리 피난민이 지칠 대로 지친 상태지만 무사히 고국 땅에 도착했습니다."

즉 그들은 독일 국적을 가진 레바논계 사람들이었다. 머리에 히잡(아랍권 이슬람 여성들이 쓰는 수건)을 두른 여자들, 검은 머리에 검은 콧수염을 기르고 긴 옷을 입은 남자들이 대부분이었다.

"왜 레바논에 가셨지요?"

"휴가 중 친척을 방문하느라 레바논에 갔었는데 갑자기 포탄이 주변에 떨어졌습니다. 남부 레바논에서 베이루트까지 위험을 무릅쓰고 걸었어요. 종일 마실 물도 없었고, 먹지도 못했어요."

이 피난민들은 원래 레바논 출신인데 나처럼 독일에 거주하고 있으면서 독일 국적을 받은 사람이거나 그 2세 또는 3세들이었다. 이 장면을 보고 나는 깊은 생각에 잠겼다. 만약 내가 레바논에서 포탄의 세례를 받았다면 내가 독일 국적 소지자이니 당연히 베이루트의 독일대사관에 달려갔을 것이고 독일국방군의 항공기를 타고 이곳에 내렸을 것이다. 독일 국적을 취

득한 지 30년이 지난 이날 처음으로 나는 내가 진짜 독일사람
이며 독일은 나를 보호해 주는 내 나라인 것을 깨달았다.

***

그러면 한국은 내게 무엇인가. 나는 1975년에 종신직 교수
발령을 받기 위해 독일 국적을 받았다. 처음엔 독일연방 내무
부가 나의 국적 취득 신청을 기각했다. 하지만 다시 시도해서
여러 사람의 도움을 받아 어렵게 독일 국적을 얻었고, 그 직후
교수직 발령을 받았다. 이후 독일 국적자로서 살아왔고 독일
여권을 가지고 세계를 종횡했지만 나의 뇌리에는 내가 아직
한국 사람이라는 생각이 강하게 박혀있다. 비록 내가 독일 국
적을 갖고 독일 땅에서 살고 있어도 나를 보고 독일사람이라
고 생각하는 사람은 거의 없었다.

어느 날 기차를 타고 함부르크로 가던 중 앞자리에 앉은 50
대 승객과의 대화가 기억난다.

"어디서 왔어요?"

"난 본에서 왔어요."

"아니 어느 나라 사람이오."

"나의 국적 말입니까? 국적은 독일입니다."

그 승객은 나의 태생이 혹은 뿌리가 어디인지 알고 싶었던

것이다. 그런데 내가 독일사람이라고 하니 조금 당황했던 것 같다. 내가 독일 국적을 가졌다고 해도 그는 아랑곳하지 않고 아시아의 어느 나라에서 왔느냐고 물었다. 이런 경우가 드물지 않았다.

어느 날 베를린으로 출장을 갔을 때다. 내가 수십년 동안 단골로 다니는 호텔은 동물원 인근의 부다페스트스트라세에 있는 도린트 호텔이다. 내가 독일 신분증을 내놓고 체크인하려 하는데 리셉션의 금발 여자는 영어로 대화를 시작했다. 그 순간 거부감이 들었다. 나는 한국 국적 소지자가 아니고 분명히 독일 국적을 가진 독일사람인데, 독일사람이 독일사람인 내게 영어로 질문하는 것에 거부감이 들었다. 내가 독일사람이라는 것을 그 여자가 부인하는 것과 같았기 때문이었다. 내가 독일 어로 대답해도 그 여자는 영어로 계속 말했다. 아마도 내 얼굴을 보고 아시아인이라는 선입견이 들었기 때문이었을 것이다. 그럴 때마다 나는 서글픈 반항감이 든다. 그리고 갈 방향을 모르고 당황한다.

'너는 나라 없는 사람이다. 한국에서는 법적으로 외국인, 독일에서는 인종적인 면에서 외국인이다. 양쪽 나라에서 다 배제되는 탁구공 신세다.'

그러나 동포 1세에게는 자신이 태어난 나라가 있다. 문제는 동포 2세의 경우다. 본 인근에서 태어나 의사로 일하고 있는

◀ 내 조국을 방문할 때마다 속리산 법
주사의 팔상전과 금동미륵불상 사이
에 비치는 아침 햇살을 찾아 조국의
번영을 빈다.

아들이 모 대학병원에서 전문의 과정을 하고 있을 때의 이야
기다.

"아버지, 환자가 저에게 어디서 왔느냐고 물어보기에 본에
서 왔다고 했지요. 독일사람은 그렇게 물어볼 때 자기 출생지
를 말하니 저도 저의 출생지를 말했지요. 그런데 글쎄 어느 나
라에서 왔느냐고 되묻지 않아요. 그래서 제가 '나의 아버지가
태어난 나라를 묻느냐'고 되물었어요."

아들은 독일에서 태어나 독일 국적을 가졌고, 독일 교육을
받아 독어를 유창하게 할 수 있는 우수한 독일사람이라고 생

각하는데, 자기를 독일사람이 아니고 다른 나라 사람으로 생각할 때 혼란스러워진다는 이야기였다. 이처럼 동포 2세들은 자신의 정체성 문제와 정면으로 부딪치는 경우가 간혹 있다.

내가 나의 조국이라고 생각하고 있는 한국에 들어가면 매사에 외국인의 규정이 적용돼 불편할 때가 있고, 물 위에 뜬 기름 같은 느낌을 가질 때가 많다. 우선 인천국제공항에 내려 입국수속을 받을 때면 나 자신이 한국인이라고 생각하고 반사적으로 내국인이라고 표시된 곳에 줄을 설 때가 있었다. 그러면 내 여권을 본 공항 직원은 "선생님은 외국인이니 저기 외국인이라고 표시된 곳에서 기다리세요"라고 말한다. 호텔에 들어가도 외국인으로 취급받는다.

약 30년 전의 일이다. 서울에서 예금통장을 하나 만들려고 은행에 갔다. 은행 직원이 주민등록번호를 묻기에 "없다"고 했더니 "주민등록증 없이 어떻게 살아가느냐"고 반박했다. 여권을 보여줬더니 그 직원은 한참 은행 규정을 들여다 본 뒤에 이렇게 말했다.

"선생님은 외국인이시니 통장은 만들 수 있으나 규제가 복잡하고 이율도 적어요. 이자도 6개월마다 계산하게 됩니다."

이처럼 내가 그리워 한, 그리고 사랑하는 조국이라고 생각하는 한국에 가면 나는 매사에 이방인 취급을 당한다. 역시 내 국적은 독일이요 나는 독일사람이라는 것을 서울에 갈 때마다 강하게 느끼게 되는 것이다.

✳✳✳

아들이 의과대학을 졸업했을 때의 이야기다. 독일 국적을 가지고 있으니 당연히 독일의 병역 의무(한국처럼 의무복무제였다가 2011년 이후 징병제 폐지)를 지켜야 했다. 의과대학 재학 중에는 졸업 후 군의관으로 입대하도록 대학 졸업 시까지 징집을 연장시켜 주었다. 그런데 대학 졸업하던 날 징집장이 날아왔다. 아들은 당황했다.

"아버지, 사회봉사근무로 군복무를 대체할 수 없을까요. 아버지는 정계에 친구가 많으니 군의관으로 징집당하지 않게 도와주세요. 인종도 다르고, 키도 작은 제가 독일 군대에 입대하면 덩치 큰 애들 사이에서 잘 버텨낼지 모르겠어요. 제 처지를 아버지가 잘 이해하시겠지요?"

이 말을 듣고 나는 아들의 심정을 충분히 이해할 수 있었다. 하지만 군의관으로 가지 않으려면 의과대학 진학 전에 군복무를 사회봉사근무로 대체했어야 했다.

그 순간 내가 1960년 여름 B형 급성간염으로 입원했었을 때 병실에 누워 읽었던 '리더스 다이제스트'의 기사 하나가 떠올랐다. 당시 일본계 하와이 주지사의 이야기였다.

1941년 12월 7일 일본군 폭격기와 잠수함이 선전포고도 하지 않고 하와이에 있는 미국 진주만 해군기지를 공격하여 미국의 태평양함대를 대부분 파괴시킨 참사가 일어났다. 이날부터 제2차 세계대전이 아시아지역에서 시작됐다. 미국 전역에는 '킬 잽Kill Jap'이라는 구호가 사방 천지에 가득했다. 이 사건이 나자마자 미국정부는 미국 내 일본인계 미국인, 즉 미국 국적을 가진 일본계의 사람들도 수용소에 감금했다. 물론 이 하와이 주지사의 가족도 수용소로 끌려갔다. 이 주지사의 부모는 젊었을 때 사탕수수밭의 노동자로 하와이에 이민을 갔다. 그런데 이 수용소에서 젊은 일본계 미국 청년들이 외쳤다.

"왜 우리를 감금해요. 우리는 일본인이 아니라 정정당당한 미국 시민입니다. 우리에게도 일선에서 싸울 기회를 주세요."

많은 일본인계 미국 청년들이 자원입대했다. 하와이 주지사는 당시 하와이대학에 재학 중이었지만, 그도 자원입대했다. 대부분의 일본계 미국 젊은이들은 일본군과의 직접적인 전투를 피할 수 있도록 유럽전선에 파견했다. 특히 이탈리아 남부의 상륙작전 때 많은 전사자를 냈고, 이 주지사의 형도 그곳에서 죽었다.

그렇게 생각해보면 내 아들도 비록 인종은 다르고 키는 작지만 독일 국적을 가지고 살아가고 있으니 독일시민으로서의 의무는 다해야한다고 생각했다. 나는 일부러 아들의 부탁을 한

귀로 듣고 한 귀로 흘리며 군에 입대하게 했다.

"가서 고생이 되겠지만 모든 독일시민이 지켜야할 의무이니 낙심 말고 용기를 가져."

독일사회의 의식구조를 너무나 잘 알고 있기에 나는 아들을 떠나보내면서도 마음이 아팠다. 나는 아들이 한국인의 후예이면서 독일인으로 살아가는 것이 피할 수 없는 운명이니 현실을 받아들여야 한다고 생각하며 마음속으로 흐르는 눈물을 닦았다.

뮌헨 훈련소로 떠난 아들은 약 3주 가까이 연락이 없었다. 그래도 이 땅에서 살아가는 데 양식이 될 수 있는 생의 경험을 할 것이라며 나 자신을 위로했다. 3주가 지난 어느 날 밤에 집으로 전화가 왔다.

"아버지, 3주 동안 잘 참고 지냈어요. 제가 집을 떠날 때 코블렌스의 국방군병원의 신경외과에 배치되도록 아버지께 부탁드렸는데, 그것 취소하실 수 있으세요? 전 대위로 임관되며 율리히에 있는 나토(NATO · 북대서양조약기구)군 공군사령부의 의무실장으로 배치됐어요. 그곳은 다국적군이니 제 마음에 들어요."

"그래, 걱정하지 말거라. 국방군병원의 신경외과 과장에게 내가 연락해둘 터이니."

4주간의 교육을 받은 아들은 독일군 군의관 대위에 임명돼 나토군 공군사령관 주치의로 배속됐다. 아들은 사령관을 수행하며 매일과 같이 유럽 전역을 돌아다니다가 제대했다. 나중에 아들이 내게 당시 생각을 이렇게 전했다.

"처음에 뮌헨에서 훈련받을 때에는 아주 용기가 없었어요. 그때는 아버지가 한국에서 살고 계셨다면 내게 이러한 인종적인 어려운 문제가 있을 수는 없었을 텐데 하고 아버지를 원망했고, 나의 운명을 한탄했던 날도 있었어요. 그런데 율리히 공군기지의 다국적군인 나토공군사령부에서 근무할 때는 세계 속의 의사라는 자존심과 긍지가 강해졌습니다. 특히 공군사령관을 대동하고 다닐 때는 자만심도 가졌습니다. 그러고 보면 독일은 역시 내 나라입니다."

회고해 보면 나는 독일 대학 교수로서 독일정부의 녹을 받았고, 또 죽는 날까지 받게 돼 있으니 마음 편안한 환경이랄 수 있다. 게다가 병환에 걸리면 독일정부가 치료해준다. 즉 독일정부가 훌륭한 자기 국민의 한 사람으로 받아들이고 노후를 보장해준다. 그렇게 보면 독일이 내 나라라고 하는 것을 부인할 수 없다. 다시 말하면 밉건 곱건 독일은 내 나라이다. 그렇다 해도 내가 어렸을 때 자라난, 나의 부모의 뼈가 묻혀있는, 그리고 나의 옛 친구, 나의 친척이 살고 있는 한국에 대한 애정은 조금도 바뀌지 않는다.

그러면 한국은 나에게 무엇인가. 독일 백과사전엔 조국(독일

▲ 시안 하이네와 더불어 자랑스러운 내 나라의 로렐라이 바위와 웅대한 라인 강.

어로 Vaterland=아버지의 나라)은 자신 또는 선조가 태생한 나라로 그곳에 자신의 뿌리가 있다고 느끼며 친척이 많이 있고 정서적인 면에서 관계가 있다고 느끼는 나라를 말한다고 돼있다. 그렇게 보면 역시 나와 내 조상이 태어났고, 내 친척이 많이 살고 있는 한국은 내 조국이다. 우리나라 사전에도 조국은 태어난 나라, 조상 때부터 살아온 나라라고 되어있다. 한자로도 조국祖國은 조상의 나라란 뜻이다. 그렇다면 독일에서 태어나고 독일 국적을 소유한 2세의 경우는 아버지가 살고 있는 나라는 독일이니 역시 독일이 자신의 조국이며 자기 나라라 하겠다. 그러나 한국은 아버지가 태생한 나라 그리고 조상이 태생한 나라이니 한국도 조국이 된다.

　독일은 내 나라요, 한국은 내 조국이다. 나를 보호해주는 내 나라에 충성을 다해야하며, 내가 태생하고 내 선조가 잠들어 있는 내 조국은 애절한 정으로 사랑해야 한다. 이것이 국제화 사회 속에서 활약하는 한국 해외동포들 대부분의 마음가짐 아닐까.

＊＊＊

　1950년대에 독일은 세계 제2차 대전의 폐허에서 경제가 기적적으로 발달해갔다. 사람들은 '라인 강의 기적'이라고 했다. 이때 노동자가 부족한 독일은 많은 노동자들을 해외에서 모집했다. 특히 터키 사람들이 취업차 많이 왔다. 외국인 없이는 각 산업분야의 공장 가동도 불가능했고 병원 등의 의료기관, 사회복지사업의 운영도 불가능했다. 1950~1960년에 외국인 노동자를 초청할 때 독일정부는 이들이 몇 년 후에 자기 나라로 돌아갈 것으로 생각했는데 많은 취업자가 독일에 정착하고 자녀들을 가지면서 외국계의 독일 거주자 비율이 상승했다. 그뿐 아니라 종교적인 면에서 이슬람교의 신자도 크게 늘어 독일 각지에 이슬람교 사원도 늘어났다.

　1945년부터 1990년까지 45년간 독일은 패전국으로서 4개

전승국의 군 주둔하에 동서독으로 분단돼 있었다. 1990년에 통일을 이룬 독일은 통일 후 15년간 경제적으로 아주 어려웠다. 많은 통일 비용에, 나날이 증가해가는 실업자의 실업보험금, 기타 사회보장비 등의 부담이 너무 많았다. 독일정부는 사회보장비를 크게 줄이기도 했다. 그러나 통일 후 20여 년이 지나자 독일은 제2차 경제부흥기를 맞이했다.

8000만 명의 인구를 가지고 있는 독일은 2010년대에 막대한 경제력으로 27개국 유럽연합의 정치를 좌우하게 되고 동시에 세계 속 강대국의 하나로 등장하게 됐다. 2015년경에는 경제부흥으로 각 공장에 기술자가 무려 50만 명이나 부족하여 기업들은 정부에게 외국 인력을 초청하는 데 적용되는 규제를 완화해달라고 호소했다.

반면 민족의 자부심이 높아지면서 각종 반외국인 운동이 전개됐다. 반외국인 운동은 통일 후 극우파 정당이 주도해왔다. 2014년 10월 20일 구동독의 드레스덴에서 시작된 페기다(PEGIDA · 서양의 이슬람화를 반대하는 애국 유럽인)는 새로운 우파단체의 운동으로 독일과 유럽 내에서 반 이슬람, 반 외국인, 반 망명자, 민족주의를 앞세운 운동인데, 삽시간에 독일 전역으로 퍼져나갔다. 또한 극우파 정당 AfD(독일을 위한 대안)는 2015년 여론조사에서 그 지지자가 국민의 10%를 넘어섰다.

중동지방에 전쟁이 장기화되면서 2015년 가을부터 시리아,

이라크, 아프가니스탄 등에서 온 100만 명의 난민이 터키를 거쳐 에게해의 그리스 섬으로, 다시 발칸지방을 경유해 독일로 몰려들었다. 2015년 가을과 겨울에는 하루도 빠짐없이 난민의 독일 입국이 주요 뉴스였다. 난민의 의식주 문제, 그리고 독일 정착 문제, 독일문화로의 동화 문제, 그에 따르는 예산 문제로 독일이 들끓었다. "우리는 충분히 해낼 수 있다"라는 메르켈 총리의 낙관론에 반대하는 비관론이 넘치는 가운데 2015년이 저물어 갔다.

그 사이에 외국인에 대한 극우파의 범죄가 눈에 띄게 증가했다. 2015년 12월 9일자 독일의 유명 주간지 '슈피겔'의 보도에 따르면 2015년 독일 내에서 피난민 숙소를 공격한 사건은 817건이며 이것은 2014년의 4배나 되는 수치였다. 숙소 방화사건도 전년도에 6건이었지만 2015년엔 68건으로 늘어났다.

피난민을 말할 때 쓰는 미그란트(Migrant · 이주민)란 단어가 뉴스에 자주 나와 귀에 거슬렸다. 독일에서는 시민권자를 막론하고 해외에서 이주해 온 자, 그리고 그 후손, 부모의 한쪽이 외국 이민자인 경우를 미그란트라고 칭한다. 나도 미그란트 중의 한 명인 것이다. 독일 국적을 취득하고 40년이 더 지났지만 내 이름이나 피부색을 볼 때 나는 당연히 미그란트이고 내 자손들도 미그란트의 후손이다. 내 나라는 한국이 아니고 독일이고, 반세기 가까이 독일에서 살고 있으니 미그란트가 아니라고 주장할 수 있을까. 아니 그건 불가능하다.

독일 땅에서 태생한 내 후손들은 미그란트가 아니다. 미그란트인 나의 혈통을 이어받은 후손일 뿐 명실공히 완전한 독일인이다. 이름만, 그리고 얼굴색만 유럽인이 아닐 뿐이다. 그래도 미그란트란 지적을 받는다.

피난민 문제로 소란스런 사회 분위기 속에서 2015년 연말을 넘기며 회상에 잠겼다. 언제까지 독일을 타향이라고 생각해야 할 것인가. 미그란트라 해도 내가, 그리고 내 후손이 살아가야 할 나라는 독일이다. 이 나라에서 죽어 나의 뼈가 여기에 묻히고 우리 후손은 이곳에서 생을 쟁취해야 한다. 2016년 설 인사 때 길거리에서 조심하고 괴한이 가까이 오는 것 같으면 피하고 집 문을 단단히 잠그라는 부탁을 가족들에게 했다. 설을 넘기자 얼마 안 되어 북한의 제4차 핵실험 보도가 세계를 놀라게 했다. 나의 조국 한국은 안보 문제로 불안한 새해를 맞이했다. 그 와중에도 미그란트에 대한 나의 번뇌가 머릿속에서 사라질 줄을 모른다.

조건 없이 베풀면
받는다

나는 소학교(지금의 초등학교) 6학년 때 읽은 불교 일화 하나를 오늘까지 잊지 않고 있다. 살아생전에 한 가지라도 선한 일을 하면 그것이 비록 아주 작은 일일지라도 부처님은 그 대가를 베풀어주신다는 이야기다.

그 옛날 인도에 간다단란 아주 흉악무도한 자가 있었는데 살인을 다반사로 하고 남의 것을 매일같이 훔치며 살아갔다. 어느 날 그는 길 위에서 거미 한 마리를 우연히 보고 밟아죽이기 위해 발을 올렸다가 어떤 충동에서인지 그만두고 살려준 일이 있었다.

그런 뒤 그는 죽어서 불이 훨훨 타는 지옥으로 가게 되었다.

지옥의 뜨거운 불 속에서 그는 다른 죄수들과 같이 몸부림치며 고통의 나날을 보내고 있었다.

그런데 어느 날 천상의 극락세계에서 부처님의 말소리가 들렸다.

"간다다, 너는 살아생전 수많은 살인강도를 저질러 많은 인간을 괴롭힌 죄인이니 지옥에 영원히 있어야 마땅하다. 그런데 네가 어느 날 거미 한 마리를 살려준 적이 있으니 그 행위에 보답해주기 위해 극락에서 지옥으로 거미줄을 내려 보낼 터이니 조심해서 극락으로 올라오너라."

희색이 만연해진 간다다는 그 거미줄을 타고 극락으로 올라가려고 하였다. 그런데 같이 있던 수많은 죄인들이 동시에 거미줄에 매달려 그의 뒤를 따라 오르려고 몸부림을 쳤다.

"이놈들, 너희는 여기 있어. 이것은 부처님이 내게만 준 은혜야."

간다다는 참회하는 마음도 없이 의기양양하게, 거만하게 뒤따라 올라오는 죄인들을 발로 찼다. 그 바람에 거미줄이 흔들거리면서 끊어져 그는 다시 지옥에 떨어졌다. 간다다가 "살아생전에 착한 일을 더 많이 했어야 했는데……." 하고 후회하고 있는 순간 "네놈, 또 욕심을 부렸구나. 비록 가는 거미줄이지만 다 같이 조용히 올라올 수 있었을 텐데."라며 부처님이 안타까워하는 소리가 들렸다고 한다.

삶의 윤회를 강조하는 불교 세계에서 생전에 아주 작은 자선이라도 베풀면 사후에 부처님으로부터 그 대가를 받을 수 있다는 교훈이 담긴 이야기다. 그런데 남에게 무언가를 베풀면 살아생전에도 은혜를 받을 수 있다. 유럽 사람들은 대가를 바라지 않고 베푸는 마음을 높이 여긴다. 유럽에 오래 살면서 경험한 이야기 세 가지를 소개하고 싶다.

***

1978년 9월 내가 국제학회장으로서 본의 베토벤기념관에서 국제학회를 개최할 때다. 라인 강가의 도시 본은 베토벤이 탄생한 곳이다. 그때 세계 각국에서 일반외과, 신경외과, 안과, 이비인후과의 전문의들이 참석했다. 독일연방정부 보건부, 주정부 교육부에서 상당한 재정 지원이 있었고 각종 제약회사, 또는 의료기구 제작회사에서 충분한 협조금이 나와 학회 진행을 위해 좀 여유있게 예산을 집행할 수 있었다. 학회 2일째 오전 12시경에 학회장 사무실에 앉아있었는데 40대 초반의 젊은 영국인 교수 부부가 인사차 들어왔다. 그들이 준 명함을 보니 영국 노팅험 대학병원에서 온 신경외과 교수였다. 당시 영국은 경제적으로 상당히 어려운 시기라 각 대학병원의 교수 봉급도 적었으며, 제약회사나 의료기구 제조회사 등에서도 학회 참석 경비를 거의 보조하지 않았다.

나는 1977년 영국문화원 초청으로 영국의 3~4개 대학병원 시찰을 간 적이 있었던 터라 영국 대학병원 교수들의 어려운 사정을 체험하여 잘 알고 있었다. 그때 나와 여러 해 동안 친분이 있었던 런던대 패딩턴 의과대학의 면역학 교수로부터 저녁 초대를 받은 적이 있었다.

"우리가 독일을 방문하면 독일 교수들은 우리에게 성찬을 베풀어 주었지요. 그러나 영국의 의과대학 교수들은 박봉이라 가족의 식생활 해결도 어려워요."

그는 삶은 감자 몇 개와 샐러드, 그리고 삶은 달걀 2개를 식탁에 올렸다. 참으로 간단한 식사였다.

또 케임브리지 대학병원의 어느 외과 교수는 회진이 끝난 뒤 환자에게서 선물받았다는 맥주를 한 병씩 돌리면서 "내가 독일을 방문했을 때 이 교수가 성대한 만찬에 초대해주셨는데 저의 형편이 어려워 저녁 식사에 한번 초대하지 못해 미안합니다."라고 인사한 적도 있다. 옥스퍼드 대학병원의 한 외과 교수는 자기들의 연구결과에 대해 같이 토론하면서 점심용 샌드위치를 내놓기도 했다.

그런 기억들이 생생했기 때문에 나는 그 젊은 교수 부부에게 "학회에 오신 여비는 국가에서 받으셨습니까?" 하고 물었다. 당연히 아니라는 답이 돌아왔다. 나는 그들에게 잠깐 기다리라고 하고 학회 사무총장에게 전화를 걸어 확인한 결과 예산에 여유가 있다는 것을 알 수 있었다. 그래서 그들을 도울 수 있었다.

"교수님, 학회 사무국에 가보세요. 교수님 부부의 영국 왕복 항공권 경비와 학회 기간의 호텔 비용을 받으실 수 있을 겁니다."

그 후 나는 그 사실 자체를 까마득하게 잊고 있었다. 그리고 세월은 10여 년이 흘러갔다.

1980년부터 독일 의과대학생들은 영어회화 실력을 향상시키기 위해 방학 동안 미국이나 영국의 병원으로 실습하러 가곤 했다. 미국의 경우 수속이 복잡해 많은 학생들이 같은 유럽이면서 의사면허를 상호 인정해주는 영국을 택했다. 그리고 대학 졸업 후 가급적 1년 정도 영어권 병원에서 트레이닝 받기를 원했다.

신경외과를 전공하는 나의 아들도 영국에 자주 갔다. 그런데 어느 방학 때 영국에서 실습할 병원을 구하지 못하고 되돌아오는 경우가 있었다. 나는 자식들이 자기 인생을 자주적으로 개척해나가기를 바라기 때문에 그런 문제를 별로 도와주지 않았다. 그것을 잘 알고 있는 아들도 내게 그런 일을 부탁하려고 하지 않는다. 그런데 그 아들이 대학 졸업 직후 영국 병원의 신경외과에서 약 1년간 근무하기 위해 지원했는데 거의 모든 병원에서 거절을 당하자 자존심의 손상을 감수하고 하는 수 없이 나에게 도움을 요청했다. 그러나 나와 전공 분야가 다른 영국의 신경외과에 내가 잘 아는 친구가 있을 리 만무했다. 모처럼 아들의 부탁을 받고 해결책을 궁리하고 있을 때 1978년 국제학회 때 여비를 보조해줬던 노팅엄 대학병원의 신경외과 교수가 떠올랐다. 벌써 10여 년이 지났는데 그 병원에 그대로 재직하고 있을까 반신반의하며 염치를 무릅쓰고 편지를 썼다.

"○○ 교수님, 저를 기억하고 계신지 모르겠습니다. 1978년의 국제학회 때 회장직을 맡았던 사람입니다. 그때 교수님께서 참석하셨던 기억이 납니다. 벌써 10년의 세월이 흘렀군요. 그간 안녕하셨고 사모님도 평안하시나요? 우연히도 제 아들이 신경외과를 전공하는데 영국의 병원에 가서 1년간 근무하고 싶어 합니다. 교수님께서 영국 대학병원의 신경외과에 소개해 주셔서 그 애의 소원이 이루어지도록 도와주실 수 있을지 문의 드립니다."

편지를 띄우고 '하나님의 뜻에 맡기자'라고 스스로 위로하면서도 불가능할 거라 생각했다. 병원에 1년간 근무할 자리를 급히 만드는 일은 어느 나라 의료계에서나 쉬운 일이 아니다. 그런데 편지를 보내고 며칠 뒤 전화벨이 울렸다.

"이 교수님, 저는 노팅엄병원의 신경외과 ○○ 교수입니다. 그때 학회 참석 때 교수님께서 도와주신 것을 감사히 생각하고 잊지 않고 있습니다. 아드님 문제는 제가 도와드릴 터이니 우리 대학병원으로 보내세요."

기상천외의 인간사다. 그가 참으로 어려운 문제를 해결해준 것이다. 영국인 의사도 대학병원에 트레이닝 자리 마련하는 게 쉽지 않을 텐데 외국인인 내 아들을 위해 기꺼이 자리 하나를 마련해주겠다는 그의 전화가 참으로 고마웠다. 그것도 10년 이상의 긴 기간을 사이에 두고 오가는 마음의 정이 참으로 아름답게 느껴졌다.

＊＊＊

이런 인간관계는 비단 의학계의 국제교류에서만 볼 수 있는 것이 아니라 법을 지키고 질서를 유지하는 것을 최고의 자랑으로 생각하고 있는 프러시아적인 독일 공무원 사회에서도 체험했다.

1960년대 중반 나는 본대학병원에 근무하기 위해 라인 강 동쪽 뒤셀도르프 인근에 있는 부퍼탈시립병원을 떠나 라인 강 서안의 본으로 이사갔다. 외국인이 한 도시에서 다른 도시로 이사 가면 신거주지의 외국인 사무소에서 거주허가를 얻어야 하고 동시에 노동사무소에서 노동허가를 얻어야 한다. 당시 독일의 외국인법에는 노동허가 없이 거주허가가 교부되지 않고, 거주허가 없이 노동허가를 내줄 수 없다고 규정되어 있다. 어느 것이 닭이고 어느 것이 달걀인지 알 수 없다. 그러나 취업하고자 하는 외국인에게는 노동허가 교부받기가 더 힘들다. 나는 우선 본의 노동사무소에서 나를 담당하는 직원 X씨를 찾아갔다. 물론 본대학병원 외과의 인사담당 직원에게서 본대학병원에 취직하게 된다는 채용증명서를 받아가야 했다. 만약 본대학병원 외과과장이 '이 외국인은 성실하지 못하니 독일에 거주하여 취업하는 것에 찬성하지 않는다'라는 소견을 노동사무소에 보내면 절대로 노동허가가 나오지 않는다. 그래서 몇 년을 독일에 거주했다 해도 독일을 떠나야 한다. 그러니 이것은 외국인이 자유롭게 자기 의사대로 독일 땅에서 활동할 수 있는 자유를 제약하는 제도적 장치이다.

X씨는 나이 50대 중반의 친절한 말단 공무원이었다. 법조문을 하나하나 검토해가며 안건을 처리하는 전형적인 프러시아 공무원이었다. 노동허가를 그 자리에서 교부받고 나는 본시청 외국인 담당관에게 가서 거주허가를 받았다. 이것으로 일단 외국인으로서 본대학병원에서 1년간 근무할 수 있는 수속이 끝났다. 이 수속은 매년 되풀이해야 했다. 그해 크리스마스 때 나는 내 신분에 알맞은 가격의 꽃을 X씨 자택으로 보냈다. 노동허가를 바로 내주어서 고맙다는 표시였다. 독일에서 공무원에게 꽃을 보내는 것은 뇌물에 속하지 않는다. 며칠 뒤 그분에

게서 편지가 왔다. 꽃을 보내주어 고맙다는 것과 새해에 행복하기를 빈다는 내용이었다. 그 후 나는 매년 한 해도 빠짐없이 크리스마스 때와 그의 생일날에 꽃을 보냈다. 그 또한 꽃을 받은 후 고맙다는 편지를 한 번도 잊지 않았다. 본대학병원에서 채용계약이 연장되니 노동사무소에서 노동허가를 취소할 이유가 없었다. 즉 내가 X씨에게 특별히 부탁할 일은 없었다. 그런데 내가 꽃을 보내다 안 보내면 자기에게 더 이상 부탁할 일이 없어 안 보낸다며, 염량세태의 세상인심에 실망할까봐 나는 잊지 않고 계속 꽃을 보냈다.

그러다 1969년에 나는 유럽대륙에서 최초로 본대학병원에서 간 이식을 하였기에 하루아침에 독일 의학계의 영웅으로 등장하게 됐다. 이런 환경에서는 노동허가가 취소되고 거주허가가 나오지 않아 독일에서 추방될 리가 없다. 그런데도 나는 변함없이 크리스마스 때와 생일날 X씨에게 꽃을 보냈다. 그때는 "이제 의학계에서 명성을 얻었다고 거만해진 거 아냐, 나 같은 하급공무원은 상대 안한다는 거겠지."라고 그가 생각할까봐 꽃 보내는 것을 중지하지 않았다. 1970년에는 또 본대학의 교수 자격을 받았으니 노동허가가 중단될 리 없었다. 그래서 나는 필요 없는 꽃을 보내고 있다고 생각하면서도 이제는 그에게 나의 일관된 인간성을 보여주기 위해서 계속 꽃을 보냈다.

1975년 나는 교수 발령을 받으면서 독일 국적을 취득했기에 이제는 외국인이 아니니 노동사무소와는 아무런 인연이 없게 됐다. 그래도 꽃 보내는 것은 중단하지 않았다. 이쯤 되면 어느 사람이 생각해도 내가 대가를 바라고 보내는 것은 아니라는 것을 알 것이다. 그 후 몇 년이 지났다. 꽃 받은 후에 감사하다는 그의 편지에 자기는 이제 정년퇴직하여 집에서 쉬고 있다고 했다. 정년퇴직한 공무원은 아무도 쳐다보지 않는 것이 세상인심인데 나는 퇴직 생활을 하고 있는 그를 기쁘게 해 주기 위해서라도 꽃 보내는 것을 잊지 않았다. 꽃 받은 사람이 날더러 보통 사람이 아닌 정신이상자라 할지 모르겠다고 생각하면서도 주는 이가 받는 이보다 행복하다는 속담을 되새기며 꽃을 보내고 있었다.

그런데 1970년 후반 돌연 뜻하지 않은 문제가 발생했다. X씨에게 꽃을 보내기 시작한 지 10여 년이 경과한 후다. 나의 막내 누나의 외아들인 조카가 여권 하나만 손에 쥐고 비자도 없이 여행자로 독일에 와서 우리집 문을 두들겼다.

"외숙만 믿고 왔습니다. 이곳에서 농과대학에 입학하여 공부하고 싶은데 도와주십시오."

독일 의과대학의 유명한 교수로 재직 중인 외숙이 조카 문제 하나 해결 못 할까 생각하고 항공표 한 장 달랑 들고 독일로 날아온 것이다. 당시는 한국 국적 소유자가 취업, 유학 또는 기타의 이유로 독일에 장기간 체류할 필요성이 있을 경우 서울의 독일대사관에 체류허가신청서를 제출하고 허가를 받은 후에 비로소 독일에 들어와야 했다. 여행자로 입국했던 이가 입학 또는 취업을 원할 때는 반드시 고국에 돌아가 그곳 독일대사관을 통해 체류 허가를 신청하도록 돼있었다. 독일에서 15년 이상 활동해온 나는 프러시아적 법과 질서를 자랑하는 독일 공직사회에 예외가 있을 수 없다는 사실을 너무나도 잘 알고 있었다. 그런데 서울로 조카를 돌려보내자니 고가인 왕복항공 요금을 누나 가족이 다시 부담해야 하고, 독일에서 성공했다고 소문이 난 나의 체면 문제도 있고 하여 여러 날 고민을 했다. 문교 당국에 조회하니 농과대학에 입학하려면 일정 기간 농장에서 실습한 후 실습 필증서를 입학원서에 첨부해야 했다. 외국인이 농장 실습을 하려면 우선 노동사무소에서 노동허가를 교부받은 후 시청의 외국인사무소에서 거주허가를 받아야 한다.

생각다 못해 하는 수 없이 정년퇴직하여 집에서 세월을 넘기고 있는 X씨에게 편지를 보냈다. 그런 부탁을 할 요량으로 10여 년간 꽃을 보낸 것은 아닌데 생각해보니 체면이 만신창이로 구겨지는 듯했다. 그러나 다른 방법이 없었다. 무슨 예외의 길이라도 있는지 자문이라도 구해야 했다. 나는 그에게 편지를 썼다.

"X씨, 안녕하세요. 정년퇴직 후에도 건강한 나날을 보내고 계실 줄 압니다. 오늘 제가 부탁드릴 일이 하나 있습니다. 저의 누나의 아들이 독일에서 농과대학 공부를 하기 위해 저를 찾아왔습니다. 독일의 외국인법에 의하면 독일 입국 전에 서울에 있는 독일대사관에 취학비자 신청을 해서 비자 교부를 받고 독일에 와야 하는데, 이 절차를 거치지 않고 저만 믿고 이곳에 왔습니다. 집안에 경제적 여유가 없으니 다시 한국에 보내기도 어려운 사정입니다. 본대학교 농과대학에 문의했더니 우선 농장에서 실습을 끝내야 입학이 허가된다는데 실습을 하기 위해서는 노동사무소의 노동허가가 필요합니다. X씨는 정년퇴직하셨으니 노동사무소와의 연관이 적을 것으로 사료됩니다만 이 경우에 무슨 방법이 없겠는지 조언해주실 것을 부탁드립니다."

나는 이런 내용의 편지를 보내고도 불가능할 것이라고 비관적으로 생각한 나머지 조카에겐 일단 귀국할 것을 권했다. 여러 사람에게 문의해도 불가능하다는 대답밖에 없었다. 그렇게 초조한 날들을 보내고 있던 어느 날 병원의 내 진료실에 전화벨이 울렸다.

"이 교수님, 저 전에 노동사무소에 근무했던 X입니다. 도와드릴 방법을 강구해보느라 회신전화가 늦었습니다. 제가 연락해놨으니 본 노동사무소의 Y씨를 찾아가 상의하세요. 가능성이 있을지 모르겠습니다. 행운을 빕니다."

참으로 고마운 분이 아닐 수 없었다. 100명 중 100명이 전부 자기는 정년퇴직하여 집에 들어앉아 있으니 전혀 도울 길이 없다고 거절했을 것인데 일의 성사는 차치하고 그분이 나를 도와주려고 정성을 다하여 애쓴 것을 그 전화에서 알 수 있었다. 꽃으로 맺은 인간관계 덕분이었다.

나는 Y씨를 찾아갔다. 본의 노동사무소는 당시 카이저 칼 링가의 붉은 벽돌 이층집 안에 있었다. 나는 Y씨 방 앞에 서서 순서를 기다렸다. 물론 찾아가기는 했으나 별다른 방법이 없을 것이라고 자포자기한 상태였다. 장관도 이런 규정에 위반된 일을 도와주기 어려울 것인데 법조항과 원칙밖에 모르는 독일공무원이, 그것도 말단공무원이 도울 가능성은 없다고 단정하고 있었기 때문이다.

나를 맞은 Y씨는 얼굴 표정 하나 변하지 않고 신청용지를 한 장 내 손에 주면서 첨부서류를 구비하여 제출하라고 말하고, 다음 순번 사람을 불렀다. 서류 제출 후 약 2주쯤 기다렸더니 예상했던 대로 Y씨로부터 거절의 편지가 왔다.

"규정에 따라 이곳에 신청한 노동허가는 심사대상에서 제외하기로 심사위원회에서 결정되어 알려드립니다. 이러한 결정에 대해 섭섭하게 생각합니다."

나는 당연한 결정이라고 인정하고 X씨에게 이 사실을 전화로 알렸다.

"아니 저와 약속한 것이 있는데요. 이종수 교수님, 좀 기다려 보세요. 포기하지 말고요."

"X 선생, 노동사무소의 규정은 잘 알고 있습니다. 무리가 되지 않을까요. 저만 생각하고 어려운 부탁을 한 것 같습니다."

그리고 나는 조카에게 왕복항공표를 사줄 터이니 서울의 독일대사관에 비자를 신청하고 기다리라고 했다. 조카가 귀국 준비를 하고 있는데 X씨로부터 다시 전화가 왔다.

"이 교수님, 이번에는 노동사무소장 Z씨를 찾아가보세요. 내가 충분히 이야기해뒀습니다."

일의 성사 여부는 고사하고 X씨의 성의가 너무 고마웠다. 그것도 정년퇴직하여 노동허가 업무와 무관한데도 최선을 다하고 있는 그의 아름다운 인정이 나를 감동시켰다. 나는 노동사무소장 여비서에게 전화를 걸어 약속 시간을 받아 어느 화요일 오후에 노동사무소 이층에 있는 소장실 문을 두드렸다. 소장은 50대 초반의 사람 좋은 인상이었다.

"X씨로부터 말씀 많이 들었습니다. 이종수 교수는 외국인으로서 이 땅에서 간 이식에 성공하여 독일 의학 발전에 많은 기여를 했고 인공간장人工肝臟 개발 등을 통하여 우리 독일 환자의 생명을 구하는 데 많은 공헌을 하신 것을 잘 알고 있습니다. 우리가 이 교수님의 조카의 노동허가 하나 허가해드리지 못해

야 되겠습니까! 염려 마십시오."

그 소장은 비서에게 담당관 Y씨를 부르라고 지시했다. 허둥 지둥하면서 뛰어올라온 Y씨에게 그는 이렇게 말했다.

"이종수 교수 조카의 서류를 가지고 왔소? 지난번 심사위원 회에서 거부된 문서는 찢어버려요. 이종수 교수는 간 이식, 인 공 간장 등의 성공으로 오래전부터 신문방송에서 보도된 것을 잘 알고 있어요. 이런 분은 우리가 조금이라도 도와드려야 해 요. 그분 조카의 허가 신청서류를 다시 작성하여 다음주 심사 위원회에 제출해요."

소장은 나에게 아무 염려하지 말라며 나의 의학적 공헌에 대해 독일국민을 대표하여 보답하겠다고 했다.

병원 집무실에 되돌아온 나는 10여 년 이상 그분을 실망의 나락에 떨어지지 않게 하려고 보낸 꽃의 대가를 이와 같은 방법으로 받게 되어 참으로 감사하는 마음을 갖게 되었다. 유럽인들의 의식구조에는 이처럼 오고가는 아름다운 정이 있다.

그 후 나는 학생들에게 그리고 자식들에게 의사로서 환자들, 특히 빈곤층의 환자들에게 대가를 생각하지 말고 의술을 베풀면 어느 날엔가 그 은혜에 대한 보답을 받게 된다는 인생철학 강의를 할 기회를 많이 가졌다. 세상에는 이기주의에 바탕을 둔 경제 지상주의가 횡행하고 있지만 이처럼 대가를 바라지 않고 베풀면 그보다 더 많은 것을 되돌려 받는 아름다운 인간관계가 있다.

***

나는 젊은 학생들에게 낚싯밥을 아끼면서 고기 낚을 생각 하지 말라는 강의를 자주 한다. 그리고 큰 고기를 낚으려면 낚싯밥도 커야 한다고 이야기한다. 이것은 위의 예와는 반대로 대가성을 바라며 주는 것이다. 그러나 이 교훈은 내 것은 주지 않으면서 바라기만 하는 것보다는 훌륭한 생각이다. 나는 욕심 많게도 이제까지 400명 이상의 의대 졸업생에게 박사과정

논문의 테마를 부여하였는데 그중 200명 정도는 학위를 받게 했고, 나머지는 도중하차시켰다. 이 박사과정 학생들을 지도할 때 나는 '기브 앤드 테이크give and take'의 인간사회 원칙을 철저하게 심어줬다. 테마를 받은 학생이 자기 논문 작성을 위한 연구 외에 나의 환자 치료 또는 강연 원고 작성 등을 자진하여 도와줄 경우 나도 그 학생이 빨리 학위를 수여받을 수 있도록 협력했다. 즉 낚싯밥을 던질 줄 아는 자에게 혜택을 더 줬다. 그리고 큰 고기를 낚고 싶으면, 즉 큰 명성을 얻을 수 있는 논문을 작성하고 싶으면 그만큼 노력을 많이 해야 하니 큰 낚싯밥을 던지라고 한다. 이 원칙을 젊은 학생 시절에 체험해야만 의료계에서뿐만 아니라 사회활동에도 많은 도움을 얻을 수 있다. 특히 유럽처럼 개인주의를 사회의 기본원칙으로 승배하고 있는 곳에서는 더욱 중요하다. 이는 적어도 대가를 바랄 때에는 자신의 희생을 먼저 제공해야한다는 것을 의미한다.

대학에 재학 중인 학생은 아직 성인이 아닌데 교수가 너무 이기주의적인 면에서 교육하고 있지 않느냐는 평을 할 수도 있을 것이다. 즉 한국에서는 내리사랑이란 말이 있다. '교수는 학생들을 덕으로 다루어야 한다'는 견해는 내가 유학 오기 전에 한국에서 배운 것이다. 그러나 유럽사회에서는 성년이 된 학생을 하나의 인격자로 존중한다. 독일의 9년제 고등학교는 10세 때 입학하여 19세 때 졸업하는데 그 중간인 만 16세가

▲ 필자는 학생들에게 '기브 앤 테이크'의 원칙을 가르친다. 이 원칙에 의해 지도받아 박사 학위를 받은 165번째 학생의 구두시험 장면.

법적으로 성년이 되는 나이이다. 성년이 되기 전에는 "애야, 길동아 이리 와" 하던 교사가 김길동이 만 16세가 되는 날부터는 "김길동씨 이리 오세요" 한다. 같은 학교에서 같은 교사가 한 학생에게 성년이 되는 날을 경계로 하여 이와 같이 구별한다. 그러기에 성년이 된 날부터 학생 자신이 자기 인생에 대한 책임을 지며 살아가야 한다.

예를 들면 성년이 되기 전에는 학생이 집에 돌아가는 길에 사고가 났다면 학교 책임이다. 성년이 된 날부터는 학교도 부모도 그 책임이 없고 학생 자신이 책임을 진다. 그런 사회이니 박사학위 과정의 학생과 지도교수 사이에는 '기브 앤드 테이크'의 원칙이 적용돼야 한다. 반대로 오늘날의 젊은 학생들에게, 특히 21세기의 청소년에게 대가성 없는 희생을 권하는 교육은 현실에 부합되지 않는 공허한 이야기에 불과하다. 즉 나는 일차적으로 '흙을 가꾸지 않는 자에게 수확은 없다'라는 생활철학을 가르치고자 한 것이다.

＊＊＊

나는 한국에서 오는 연락을 자주 받았다. 그런데 10년 또는 15년 이상 연락이 없던 분에게서 갑자기 편지가 올 때는 반드시 무슨 부탁이 있었다. 당연한 세상의 현상이다. 외국에 살고 있는 우리, 즉 생활권이 다른 우리에게 부탁할 일이 달리 있을 리 없다. 결국 독일을 방문해야 할 일이 생긴 경우가 대부분이다.

2000년대 초의 어느 봄날 서울에서 전화가 왔다.

"제가 몇 년 전에 ○○대학교의 ○○대학원장으로 임명됐습니다. 그간 안녕하셨지요? 혹 한국에 금년 봄에 오실 기회 있으시면 저희 대학에서 강의 좀 해주시겠어요?"

나는 이분을 만난 지가 13년이 지났다. 그간 시간이 많이 흘렀는데 말소리는 여전했다.

"전 의사이니 선생님 대학 학생들에게 강의할 테마가 없지 않소?"

"이 박사님, 외국에서 성공한 이야기든지 또는 학생들에게 유익한 이야기 좀 해주세요."

나는 생각해 보겠다며 일단 전화를 끊었다. 그 뒤 나는 일본에 출장갈 일이 생겨 P 원장의 요청을 수락했다. 그는 야간대학원생들에게 한 시간 강의해달라고 했다.

서울서 만난 P 원장은 내가 예측한 대로 역시 그해에 독일을 방문하게 되는데 그때에 우리 집에 들르고 싶다고 했다. 이 일을 위해 낚싯밥을 던져본 것이라 하겠다. 나의 경험으로는 이와 같은 사고방법은 독일사회에서는 통하지 않는다. 독일에서는 적어도 일 년에 몇 번은 안부를 물어보며 건재하고 있다는 소식을 전하고 한두 번 만날 기회를 만들어 가며 10년이고 20년이고 우정 관계를 유지하는 경우에 한해서 부탁도 할 수 있다.

유럽사회에서도 사업가들의 인간관계는 일반 사회인의 사교와 판이하게 다르다. 사교 대상자의 인격 존중, 우정 등을 떠나 사업상의 이익이 보일 때에는 여러모로 흥정을 한다. 상대가 인격적으로 존경할 수 없어도 다른 곳보다 값싸게 물건을 구입할 수 있을 때는, 또는 다른 곳보다 값비싸게 자기 생산품을 판매할 수 있을 때는 과거의 인간관계를 떠나 상담을 재개한다. 그러나 의료계에서 평생을 살아온 나로서는 꾸준한 인간관계, 즉 대가를 바라지 않는 존경과 우정을 담은 상호교류가 바람직하다고 생각한다.

＊＊＊

1968년 가을의 일이다. 나는 간 이식 문제를 연구하느라 미국 LA의 캘리포니아주립대학병원에 며칠간 체류했다. 당시 본 대학병원이 지급하는 장학금이 적어서 호텔비를 제외하면 하루 식대로 3불 정도밖에 남지 않았다. 나는 카페테리아에서 하루 세끼를 토스트와 커피만으로 해결했다. LA의 다운타운에도 가보지 못했다. 나는 차가 없어 어느날 오후에 점심을 들자마자 다운타운으로 가는 버스정류장에서 시내버스를 기다렸다. 얼마를 기다렸는지 버스를 타고 다운타운에 내렸을 때는 병원 쪽으로 되돌아가는 막차 시간이 15분밖에 남지 않았다. 그래서 나는 다운타운 버스정류장에서 약 10분간 주변 건물만 둘러보다 되돌아왔다. 발이 완전히 묶여 있었던 셈이다. 그러던 어느 날 카페테리아에서 한국말 소리를 들었다.

"아니 이 박사님 아니세요? 저 모르시겠어요? 제가 광부 일진으로 독일에 가서 두이스브르그에 도착했을 때 박사님도 두이스브르그 병원에 근무하고 계셨지요. 그때 저의 병을 치료해주셔서 감사했습니다. 평생 잊지 않고 있습니다. 저는 3년 계약이 끝나자마자 이곳으로 왔어요."

그 말을 듣고 보니 그분에 대한 기억이 되살아났다. 그분이 광산에 취업차 독일에 오자마자 아직 의료보험 문제가 해결이 되지 않았을 때 몸이 아파서 내가 도와준 일이 있다. 그는 나를 자기 집으로 데리고 가서 한국식 갈비를 구워주는 등 맛있는 식사를 대접해주었다. 여러 날 토스트로만 살아온 나에겐 너무 고마운 일이었다. 또 자기 차로 LA의 다운타운 구경도 시켜주고 일부러 시간을 내어 디즈니랜드까지 안내해줬다.

"LA를 다녀가는 사람은 디즈니랜드를 반드시 보고가야만 후회하지 않습니다."

그분과 같이 디즈니랜드의 주차장에 갔을 때 그곳 안내원의 웨스턴 사투리 영어가 지금도 내 기억 속에 생생하다. 참으로 고마웠다. 그 후 50년이 다 되어가는데 나는 그분의 이름은 잊었어도 얼굴은 생생히 기억하고 있고 지금도 감사의 마음을 잊지 않고 있다. 또 그분이 행복하게 살아가기를 빌고 있다. 그분과 연락이 끊어졌지만 나는 그분 대신 독일로 나를 찾아온 모든 사람에게 내 시간이 허락하는 범위 내에서 따뜻하게 영접하려고 노력한다. 대가를 바라는 보살핌은 절대 아니다. 대가를 바라지 않고 진정으로 베풀면 어느 날엔가 되돌려 받게 되는 것이 우리의 아름다운 인간사회다.

한국과 유럽,
크고 깊은 문화충격

　지난 60년을 회고해보면 세계가 정말 가까워졌다. 1950
년대만 해도 서울을 떠나 독일 프랑크푸르트까지 도착하는 데
꼬박 이틀이 필요했다. 프로펠러 항공기가 2시간마다 주유를
하기 위해 홍콩, 방콕, 양곤, 카라치, 베이루트, 아테네, 프랑
크푸르트 순으로 착륙을 해야 했다. 참으로 지루한 긴 여행이
었다. 1970년대, 1980년대에는 공산권 국가의 상공을 통과할
수가 없으니 비록 속도가 빠른 제트기 시대라 할지라도 서울
을 출발한 항공기는 알래스카에 일단 착륙하여 주유를 한 다
음 유럽의 각 공항에 도착했는데 이에 약 24시간이 필요했다.
동구권이 붕괴된 1990년 후에는 항공기는 서울을 출발하여 중국과 러시아의 상공을 경유하여 유럽에 논스톱으로 오게 되니 편서풍에 좌우되어 약간 차이가 있지만 9~11시간 비행하면 도착한다. 반세기 동안에 서울 유럽 간의 비행시간이 4분의 1로 단축됐다. 참으로 기상천외한 발전이다. 유럽에 사는 동포 입장에서 볼 때 조국이 아주 가까워졌다. 독일에서 항공기에 탑승하여 포도주 한 잔 마시고 잠 한숨 자고나면 벌써 북경 상공을 지나간다. 황해 바다가 보인다. 화장실에 가서 이도 닦고 손도 좀 씻고 나면 내릴 준비를 해야 한다.

우리나라 사람의 유럽 왕래도 많아졌다. 내가 유학 온 1950년 말 1960년대 초반에는 독일 의사가 1년간의 급여를 저축해야 왕복항공권을 한 장 살 수 있었다. 그런 이유로 유학 와서 학업을 완수하기 전에는 가족을 만나러 고향에 갈 엄두를 내지 못했다. 참으로 울 안에 갇힌 답답한 유학생활이었다. 오늘날은 의과대학을 졸업하여 전문의 교육을 받고 있는 젊은 의사도 반달 봉급이면 유럽 서울 간의 왕복항공권을 구입할 수 있으니 옛날에 비하면 참으로 싸졌다. 최근 유럽에 유학 온 사람들은 휴가 때마다 고국의 부모를 방문하는 것이 예사다. 얼마나 행복한 젊은 세대들일까.

대한항공이 처음으로 유럽에 취항한 것이 1972년이다. 그때 일주일에 1회 왕래했는데도 내가 타보면 그 항공기의 절반도 승객이 차지 않았다. 오늘날은 유럽−서울의 직항노선이 헤아릴 수 없이 많다. 그런데도 때로는 항공기 좌석을 얻는 것이 불가능할 정도로 우리나라 사람들이 유럽을 많이 다녀간다. 여름 휴가철이면 유럽의 대도시 또는 관광명소에는 우리나라 여행객들이 서로 부딪칠 정도로 많다.

이와 같이 한국과 유럽이 가까워졌는데도 생활의 의식구조 면에서는 한국과 유럽의 거리가 여전히 멀다. 물론 그 차이는 유럽사회와 한국사회가 각기의 전통적인 민족성의 차이로 인해 형성되기도 하지만 사회의 변화 속도와 방향이 다르니 두 나라 국민의 의식구조의 간격이 점점 커져간다. 그 몇 가지를 추려본다.

＊＊＊

2006년 9월 17일 일요일이었다. 라인지방의 9월은 포도가 무르익어 수확이 이루어지는 계절이니 주말이면 라인 강가, 모젤 강가에 포도주 축제가 성황이다. 나는 포도주축제에 가고 싶었으나 반사적으로 차를 병원으로 몰았다. 독일에 살고 있는 47년간 환자에 대한 책임감 때문에, 그리고 연구논문 작성 등에 쫓겨 주말도 쉬지 못하고 병원에서 보내는 습관에 젖은 불행한 사람이 되고 말았다.

이날 하루 종일 부슬비가 내렸다. 그래서 마음의 기압도 가라

앉은 상태였다. 점심시간에 차 한 잔을 마시고 사무실의 TV를 켰더니 이날 베를린 시와 메클렌부르크 포어포메른 주의 광역 지방선거가 보도됐다. 두 주의 선거는 내게 아주 흥미로웠다. 좌파인 사회민주당은 과거 동독의 공산당이던 사회주의통일당의 후예인 민주적사회주의당과 연립정부를 구성하여 통치해왔다. 통일 이후 15년이 지난 상황에서 과거 공산당과 연립하여 집권한 것에 대해 독일사람들이 어떻게 심판할지 궁금했던 것이다. 분단된 한국의 해외동포로서 당연한 관심이다. 오후 6시에 투표가 끝나자 출구조사 통계가 발표됐는데 지난 2년간 계속적으로 모든 선거에 패배해왔던 독일의 사회민주당이 이번 지방선거에서 승리를 거두었다. 참 예상 밖의 결과였다. 출구조사가 발표되자 자신만만하게 기자회견을 하는 베를린 시의 보베라이트 시장의 모습이 보였다. 그는 53세의 동성연애자이다. 나는 그 순간 참 독일인의 의식구조가 많이 개혁됐다고, 그리고 진화됐다고 고개를 끄덕였다.

동성연애자들이 1969년 6월 27일 미국 뉴욕의 크리스토퍼 스트리트에서 경찰 폭력에 대항하며 자신들의 권리를 위해 벌였던 시위를 기념한 날이 크리스토퍼 스트리트 데이다. 2006년 7월 22일에도 베를린에서 기념행사를 열었다. 그날 보베라이트 시장이 남자 배우자와 같이 행렬차 위에서 기자회견을 하던 기억이 떠올랐다. 남자 배우자는 8살 연하의 신경외과 의사다. 2001년에 베를린시장 선거 당시 "나는 동성연애자입니다"라고 솔직히 외치며 선거운동을 한 보베라이트 씨가 당선됐는데 금년에는 크리스토퍼 스트리트 데이에 자기 배우자와 같이 정정당당히 껴안고 시위를 했다. 그리고 2개월 후인 선거에서 2001년 때보다 더 많은 표를 얻어 시장에 재선됐다.

"재선을 축하합니다. 동성연애자에 대한 국민의 보너스일까요?" 하는 기자들의 질문에 표정 하나 구기지 않고 "우리 독일 국민은 정치가의 개인 생활과 행정 능력을 구별할 줄 아는 훌륭한 국민입니다. 베를린 시민을 더 잘 살게 해줄 수 있는 저의 능력을 인정받은 셈이지요."라고 말했다.

동성연애자가 서울시장 선거에 출마하고 당선될 수 있다는 것은, 그것도 재선된다는 것은 한국에서는 아직 상상도 못 한다. 그러나 독일에서는 동성연애자도 수도의 시장에 당선될 수 있고 민법이 개정돼 2001년 8월 1일부터 동성연애자도 결혼을 할 수 있다. 결혼이란 법 개념이 원칙적으로 남녀가 합치는 것을 뜻한다. 이것과 구별하기 위해 동성연애자의 경우는 남남, 또는 여여의 결합 등록이란 단어를 사용하기도 한다. 이들에게도 법적으로 남녀가 결혼해서 사는 가정과 동일한 권리와 의무가 부여된다. 이 시장은 공식석상에도, 또는 외국 귀빈을 영접할 때도 남자 배우자와 같이 등장하기도 한다. 한국에서는 도저히 용납할 수 없는 사회상이다. 독일에는 베를린시장 외에 함부르크시의 보수당 소속인 폰 보이스트 전 시장도, 외무부장관을 역임한 독일자유민주당의 베스트벨레 전 당수도 동성연애자이다.

이와 같이 독일국민의 의식구조의 진화 속도가 상상을 초월할 정도로 빠르니 동성연애자인 보베라이트 시장이 독일 총리에 당선되는 것이 가능할 수도 있다고 나는 생각했다. 자유민주당은 작은 당이지만 연립정부를 만들 때 보수당인 기독교민주연합과 좌파인 사회민주당 사이에서 캐스팅 보트의 역할을 수십 년 했는데 그때 당수는 외무부장관 자리를 차지한다. 독일 통일의 주역을 맡았던 세계 최장수의 겐셔 외무장관도 자유민주당 당수였다.

이것을 보면 내 조국인 한국과 내 나라인 독일은 의식구조 면에서 아주 먼 나라다. 2006년 7월 22일 크리스토퍼 스트리트 데이에 참석했던 시위 인원은 45만 명이었으니 동성연애자도 적은 수는 아니다. 독일정부는 독일에 거주하고 있는 외국인을 좋은 독일인으로 육성하기 위한 외국인 교육에서 자녀가 동성연애를 할 경우 이해해주고, 정치인이나 공무원이 동성연애자인 경우 보통 사람과 동일하게 인정해줄 것을 강조하고 있다. 이런 것을 우리 한국사회는 과연 용납할 수 있을까?

***

2009년 10월 나는 서울을 방문했다. 가을이었지만 천고마비라는 옛말을 느끼게 할 만한 날씨를 체험할 수 없었다. 스모그때문에 독일 라인 강 하류지방의 구름 낀 늦가을 하늘을 연상케 했다.

나는 특별한 경우가 아니면 서울에서는 택시를 탄다. 서울 길도 서투르고 주차장을 찾느라 고생할 필요도 없기 때문이다. 택시기사와의 대화에서 나는 서울에 사는 시민들의 정치관, 사회관을 공부한다. 기사에게 계속 질문을 퍼붓는다.

"기사님, 운전 몇 년이나 하셨어요?"

여의도에서 롯데호텔로 가는 택시 안에서 물었다. 60세가 넘어 보이는 개인택시 기사인데 그의 이마에 아주 피곤함이 잔뜩 묻어 있었다.

"애는 몇 명인가요, 다 컸지요?"

나는 질문을 계속했다. 그러자 이 기사는 신세타령을 늘어놓기 시작했다.

30년 동안 운전을 해서 아들 둘, 딸 하나를 가르쳤다고 한다. 매일 아침부터 저녁까지 벌어도 세 애들의 사교육비 조달에 쫓겨서 겨우 목에 풀칠만 해왔고, 대학등록금 만드느라 정신없이 살았다고 했다. 자식들 졸업 후 결혼비용 장만해 결혼까지 시켰는데 부잣집 애들처럼 아파트 사달라며 불평을 토한다고 했다.

"이것이 한 인간의 인생입니까? 30년 운전을 했으니 몸은 쇠약해져서 앞으로 어떻게 살아갈까 걱정이 태산 같습니다. 대학 나와 결혼까지 시켰으니 취직해서 살아가면 되잖아요. 그런데 아파트 없다고 불평입니다. 부모는 자식만을 위해 평생 운전대 잡다 죽으라는 말입니까. 우리와 같은 인간의 일생이 너무 불쌍해요."

독일에서는 초등학교, 고등학교, 그리고 기타 실업계중학교 등에 학비가 없다. 초등학교 4년까지 다니다가 세 가지 길로 분리된다. 첫째는 대학에 진학하여 사회의 지도자, 기술계의 전문기술자가 되기 위하여 9년제 고등학교에 갈 학생, 둘째는 중간급 공무원, 은행원 등이 되기 위해 실업계중학교로 가는 학생, 셋째는 일반 노동자, 또는 직업계의 장인이 되기 위해 초등학교를 그대로 계속 다니는 학생들로 분리된다. 이 분리는 물론 부모의 희망도 참고하지만 소학교 4학년의 담임선생이 혼자서 하며 대부분의 학부모가(약 95%) 이에 응한다. 한국처럼 과외를 하거나 학원에 가거나 하지 않으니 사교육비가 없다. 그러니 자식들의 장래 문제를 정하는 일이 시끄럽지 않다. 부자라고 또는 권력이 있는 집 애라고 대학에 진학하는 것이 아니다. 가정 사정이 어렵다고 대학을 못 가게 되지도 않는다. 몇 년 전까지만 해도 대학은 등록금 없이 전부 무료였고, 가정 형편이 어려우면 '바펙'이라고 하여 정부가 학생들의 생활비를 무료로 지급해주었다. 오늘날은 국가재정이 어려워져 일부대학에서 등록금을 징수하는데 이 금액도 정부가 대여하여 주고, 대학 졸업 후 취직했을 때 다달이 상환하면 된다. 집안의 경제사정에 구애받지 않고 성적만 우수하면 누구나 대학에 갈 수 있다. 우리 독일동포 1세가 취업차 독일에 이주해왔기에 한국의 부유층과 같은 경제적 여유를 가진 분은 아주 소수다. 그런데도 우리의 2세들을 대학에 보내는 데 어려움은 없다.

우리 이웃집 한 독일 부인이 남편이 사망한 후에 딸 하나를 가르쳐 의과대학에 입학시켰다. 독일에서는 전국의 입학 지망자를 연방정부 산하의 대학배정본부(ZVS)에서 배치한다. 이 부인이 도르트문트에 있는 대학배정본부에 가서 "저의 경제능력이 없으니 애를 집에서 가까운 본대학 의학부에 배당해주세요."라고 부탁했다. 이에 담당자가 이렇게 말했다.

"대학에 입학하면 부모가 학비 조달 능력이 없는 경우 정부가 전부 도와주니 우리는 대학 배정 시 부모의 경제능력은 참고하지 않습니다. 다만 부모의 집에 가까운 대학으로 배정하여 부모집에서 대학에 다닐 경우 학비가 적게 드니 1차로 부모가 살고 있는 집 근처 대학에 배정합니다."

독일에는 한국처럼 명문대학이 없고 대학이 평준화돼 있다. 그러고 보면 대학 입학 시기가 돼도 사회는 아주 조용하다.

우리 동포 1세는 대부분 자녀를 대학에 입학시키는 것을 자기 인생의 큰 과제라고 생각하나 독일사회는 자신의 지위, 재력 여하를 막론하고 자식을 반드시 대학에 진학시키려고 하지 않는다. 자식의 취미나 생활에 필요한 수입을 보장받을 수 있는 직업을 갖게 되면 만족한다.

1990년대 어느 날 한국에서 온 손님과 같이 어느 연방정부 장관의 집에 초대됐는데 저녁식사 후에 그 장관이 우리 일행의 손을 잡고 그 집 발코니로 끌고 나갔다.

"이것 봐요. 우리 아들이 만든 발코니예요. 우리 아들이 금년에 직업학교 졸업하고 목수가 됐어요. 잘 만들었지요."

같이 갔던 한국 손님들은 장관이 자식을 초등학교밖에 보내지 않았다니 그게 될 말이냐고 말했다. 그러나 독일 부모들은 자식이 능력과 소질에 알맞은 직업을 가져 독립해서 살 수 있게 되면 만족한다.

독일의 자녀들은 부모의 경제능력과 관계없이 성년이 되면 부모에게 의지하지 않는다. 내가 유학 왔던 해인 1959년의 크리스마스이브에 나는 하인리히 하이네대학병원이 있는 뒤셀도르프시의 어느 고등학교 선생 집에 초대받았다. 30대 중반의 영어 선생은 고등학교 교장을 역임한 부모집에 살고 있었는데 부모는 1층에서 살고 나를 초대한 그 선생은 2층에서 살고 있었다. 독일 학교 선생의 생활비 문제가 화제가 됐는데 그가 매달 부모에게 방세를 낸다고 말해 내가 깜짝 놀랐다. 그러자 그는 "독일에서는 대부분 그렇게 해요."라고 말했다. 한국에서 부모가 자식에게 방세를 받으면 욕심 많고 비인간적인 부모라고 지탄을 받을 것이다.

1964년에 나는 탄광이 많고 라인 강 하천 선박의 집중지인 두이스부르그시의 한 병원에서 근무 중이었다. 어느 일요일 한 환자의 집에 초대됐는데 큰아들인 17세 젊은이가 때마침 견습 직공으로 일하고 있었다.

"요즘은 용돈이 충분하지? 직장생활의 재미가 어때?" 했더니 봉급의 절반은 자기 부모에게 하숙비로 내고 있다고 한 말을 듣고 나는 역시 크게 놀랐다. 참 지독한 사회라고 생각하며 나는 그 부모를 욕했다. 그런데 이것은 특별한 경우가 아니고 독일사회에 전통적으로 내려온 관습이었다.

막내아들이 의과대학에 다닐 때의 이야기다. 나는 한국적 의식에서 아들의 학비를 충분히 주고 있는데 막내는 저녁 식탁에서 한숨을 쉬며 나에게 말했다.

"아빠, 돈벌이를 해야겠어요. 저도 자금이 필요해요."

"아니, 내가 준 학비가 충분하지 못하니? 돈이 더 필요하면 엄마에게 이야기해라."

"주신 학비는 부모님이 밤낮 일하셔서 번 돈이잖아요. 이 나이에 비록 학생 신분이지만 부모 돈 가져다 쓰는 것이 죄송스러워요. 제 친구들은 다 자기가 벌어서 쓰고 있는데."

이와 같이 독일 젊은 학생들의 경제관념은 한국과 많이 다르다. 동포 1세인 나는 한국에서 동생들을 길렀던 경험이 있기에 말문이 막혔다. 이렇듯 한국사회와 독일사회는 얼마나 거리가 먼가.

비단 경제사정이 충분치 못한 독일 가정뿐만 아니라 부유층의 자녀들도 독립정신이 강하다. 1972년에 내 밑에서 박사학위 과정을 하는 학생이 있었다. 본에 옛날부터 여러 개의 개인병원을 경영해온 소문난 갑부인 외과의사의 장남이었다. 어느 날 오후 그가 연구실에서 실험하다가 "선생님, 오늘은 빨리 실례 좀 해야겠어요." 하며 오후 6시에 짐을 싸고 나섰다. 보통은 밤 12시까지 실험을 계속했는데 이상하게 생각돼 물어보았다.

"연애하는 거야, 여자친구 생겼어? 학위논문 실험 다 끝낸 후에 데이트해요."

"아닙니다. 민생고를 해결하기 위해 일주일에 세 번 저녁에 식당에서 일합니다."

"아니 아버지가 본에서는 몇째 가는 부자인데 아르바이트하는 것이 말이 돼?"

"선생님은 이해 못 하십니까. 아버지 재산은 아버지 것이지

제 것이 아닙니다. 아버지와 나 사이의 약속은 한 달에 생활비의 일부만 보조해주기로 돼있어 부족한 금액은 제가 아르바이트해서 보충해야 합니다. 제 친구들 전부 그렇게 생활하는 걸요."

이와 같이 유럽의 부모는 우리나라의 부모처럼 자식을 위해 혹사당하지 않는다. 유치원부터 시작해 과외비, 학원비, 등록금, 어학연수비, 대학등록금, 결혼비용, 아파트 값 등에 시달려온 그 택시 운전기사가 한 말이 잊혀지지 않는다.

"이렇게 살다 죽는 것이 사람의 인생일까요? 이제는 몸에 병밖에 남지 않았어요."

그런 면에서 보면 우리 동포 1세는 행복하다 해도 좋을까. 한국에서 보는 독일의 부모는 먼 동화 속의 주인공 같지 않을까.

2010년의 6월 어느 날 서울에서 아는 분으로부터 10년 만에 편지가 날아왔다.

"형님! 그간 안녕하셨어요? 저의 여동생이 독일에 유학을 갔는데 그곳의 동포 2세 남자를 알게 돼 혼담이 오가고 있어요. 그 예비신랑이 모 의과대학의 졸업생이라는데 저의 생각엔 근면하고 검소하고 정직한 유럽의 1등 국민인 독일 국민으로 살아간다는 것은 훌륭한 일이라 생각돼서 이 혼담을 아주 흡족하게 생각합니다……."

편지를 보내온 사람은 서울 모 대학의 교수이다. 나는 잠시 동안 생각에 잠겼다. 이 교수는 아직도 독일사람을 근면하고 검소하고 정직한 국민이라고 생각하고 있다. 그러나 이것은 수박 겉핥기 식으로 외국을 관찰했기 때문에 갖고 있는 생각이다.

나는 1959년 3월 말 부활절 일요일에 독일에 도착했는데 다음날 프랑크푸르트에서 출발하는 기차 시간까지 3시간 정도 여유가 있어서 시내 구경을 하려고 했다. 그런데 무거운 짐을 들고 다닐 수 없어서 독일사람이 정직하단 말만 믿고 프랑크푸르트역 대합실 중앙에 팽개쳐두고 약 2시간 동안 시내와 마인 강가를 돌아다니다 역으로 돌아갔다. 과연 내 짐은 내가 놔둔 장소에 그대로 있었다. 나는 참으로 정직한 나라 사람들이라고 감탄하며 기차를 타고 떠났다. 몇 주 후 이 사실을 대학 기숙사에서 친구들에게 이야기하며 감탄했더니 "너 미쳤니? 넌 참 운이 좋은 거야. 역 구내에 그대로 놔두면 어느 귀신도 모르게 사라져" 하고 한바탕 웃었다.

2006년 9월 15일 금요일, 나는 회의에 참석차 베를린에 갔다. 오전에 항공편으로 도착하여 오후 회의를 끝내고 옛 동베를린의 중심부에 해당하는 샤롯텐스트라세의 젠다마르크 근처의 식당에 초대받아 양고기를 먹었다. 고급 식당에서는 양과 오리 요리가 애식가들이 선호하는 대상이다. 이날 따라 이 큰 식당에 손님이 자리 하나 남지 않게 가득 찼다. 양고기 요리가 약간 잘

못된 감이 있어 코냑 한 잔으로 비위를 가라앉히고 밤 10시가 넘어 뉴른베르그스트라세에 있는 옛 서베를린의 단골 호텔인 크라운프라사에 돌아가 무심코 제2 TV의 뉴스를 보았다.

"오늘도 상한 고기의 냄새가 독일 하늘에 충만합니다."

뉴스 앵커의 말이 내 귀에 쏙 들어왔다. 2006년 여름 들어 몇 달 동안 연속으로 독일 내에서 상한 고기가 시판됐다는 육류파동에 관한 뉴스였다.

"오늘도 라인란트팔츠 주, 헤센 주, 사르란트 주의 여러 곳에서 유통기간이 4년 이상까지 경과한 상한 소고기가 발견됐습니다. 여러분 우리가 소시지를 안심하고 먹을 수 있겠습니까? 육류 파동은 지속되고 있습니다."

앵커의 목소리가 격앙돼 있었다. 내가 이날 먹었던 양고기도 상한 것이었을까. 식품 문제에 관해서는 독일만은 안심할 수 있다고 자부하며 살아왔는데, 이 땅도 이렇게 변하고 있는 것이다. 나는 말할 수 없는 실망감에 사로잡혔다.

다음날 9월 16일자 토요일의 '함부르크 모르겐포스트' 지는 독일식품조합연합회 아브라함 회장의 담화를 보도했다.

"이제까지 수사망에 발각된 상한 육류의 분량은 1500톤이나 되는데 이것은 빙산의 일각에 불과하며 실제로는 그 10배 정도가 된다고 봅니다. 현재 식품조사원은 전국적으로 2500명인데 이 조사원 수를 2배로 늘리고, 조사원과 업자가 짜고 상한 육류를 묵인해주는 것을 방지하기 위해서 조사원의 근무지를 자주 옮겨야 합니다." 독일에도 역시 공무원의 부패가 있다. 자본주의 사회의 피하기 어려운 부작용이다.

독일연방소비자보호부 셰호퍼 장관은 식품보호에 관한 현행 법은 아주 잘 되어있는데 그 적용이 지난날 너무 가벼웠으므로 이제 더 강화해서 상한 식품 유통의 재발을 막아야 한다고 말했다.

독일 전체가 여러 달 동안 상한 육류 유통으로 육류 파동의 함정에 빠졌다. 이 문제는 2006년에만 발생한 것이 아니다. 유통기간의 변조 등은 지난날에도 자주 발각되었다. 즉 유통기한이 지나버린 육류에 새로운 유통기간 표시를 해서 팔기도 하고 바이에른 주 데겐도르프의 육류상이 스위스에서 도살장 오물을 수입해 와서 양질의 육류로 속여 식품가공업체에 팔아 소시지를 생산한 것이 발견됐는가 하면, 독일 남부 도나우 강가 파쓰아우 시에 있는 한 육류상에서 이미 상한 냄새와 신맛이 나는 야생동물의 고기를 독일 내뿐만 아니라 유럽전체에 유통한 것이 확인됐다. 알고 보면 첩첩산중이다. 이래도 독일이 세계에서 가장 정확하고 정직하다고 믿을 수 있을까. 독일하면 법과 질서가 있다는 나라라고 보는 것은 이제는 역설일 뿐이다.

***

독일이 지난 세기에 세계에 자랑해온 것이 완벽한 사회보장제도다. 독일에서는 누구나 이 사회보장제의 보호 아래서 열심히 일만 하면 노후까지 편안히 살 수 있다고 생각해왔다. 독일을 방문한 구소련의 마지막 당서기장 고르바초프가 독일의 콜 전 총리에게 "우리보다도 당신네 나라가 진실한 사회주의를 하고 있습니다."라고 한 말은 유명하다.

1889년 독일제국(구 프로시아)의 재상 비스마르크가 사회보장법을 제정해, 1911년 제국 사회보장 규정으로 노년연금보험, 의료보험, 그리고 상해보험을 통합했다. 이후 독일은 100년 이상 완벽한 사회보장제를 실시해왔다. 대한민국도 1970년대에 독일의 사회보장제도를 도입했다. 그 원조인 독일의 사회보장제도가 파탄에 빠졌다. 이 제도가 시대의 변천에 적응하지 못한 셈이다. 사회보장제도가 파탄에 빠지게 된 세 가지 큰 원인은 국민의 노령화, 경제의 세계화, 독일 통일의 부담이었다.

노령화사회에서는 취업해 사회보장금을 지불하는 사람에 비해 노년연금을 지급받는 사람의 비율이 계속 증가한다. 그래서 독일정부는 한편으로는 지급하는 연금의 최종 봉급에 대한 비율을 내리고, 정년을 65세에서 67세로 올렸다. 이것은 2005년경에 국회에서 통과된 내용이다. 당시 한국에서 명예퇴직으로

50대 초에 회사를 나가는 이들이 많았던 것에 비하면 행복한 비명이 아닐 수 없다. 그럼에도 연금공단의 재정이 고갈되어 간다고 언론이 아우성이었다. 보수당과 사회당은 2006년 가정 지원법을 개정해 독일 국민이 아이를 많이 낳아서 연금보험료를 지불하는 인구가 증가하도록 하는 데 합의했다. 그러나 연금공단은 '앞으로 몇 년 후의 재정 상황을 계산해보면 눈앞이 캄캄하다. 해결책이 없다'고 발표했다.

사회보장제도가 파탄에 이르는 또 하나의 원인은 경제의 세계화 때문이다. 인건비가 높은 독일에서는 생산가가 높아 경쟁력이 줄어들기 때문에 유명한 독일 기업이 도산하거나 생산지를 인건비가 저렴한 지역으로 옮기면서 실업자가 증가한 것이다. 예를 들면 세계적으로 유명한 벤츠나 폴크스바겐 같은 자동차 회사도 독일 내의 공장은 위축돼 간다.

지난 30년간 독일은 노동자의 천국이었다. 주 5일 근무에 주당 노동시간이 금속산업 분야에서는 35시간, 폴크스바겐 회사에서는 29시간, 일반 공무원은 38시간이었고 유급휴가가 1년에 6주간이나 됐다. 유급휴가가 1년에 평균 1~2주일밖에 안되며 주당 근무시간이 45시간인 한국과 같은 나라에 비하면 독일 공업생산품의 생산가가 높을 수밖에 없다. 실업자가 늘어나면 실업보험금 지급 예산이 증가함과 동시에 사회보장금의 수입원이 감소하게 된다.

셋째 또 하나 중요한 영향을 준 것은 독일 통일 후의 구 동독 지역에 소요된 막대한 비용이다. 천문학적 복구 보조금을 지출했어도 밑 빠진 독처럼 끝이 안 보였다. 막대한 사회간접자본의 수요에 막대한 실업보험금, 의료보험비, 노년보험비, 행정기관의 인건비 등이 들어갔다.

***

1960년대부터 1990년까지 독일 의료계는 참 풍부한 예산으로 환자 치료를 호화롭게 했다. 그러나 독일 통일 후 15년이 경과한 2006년 보수당과 사회당의 연립정부의 운명을 좌우한 안건이 의료보험법 개정이었다. 독일 의료보험 재정이 파탄에 이르렀기 때문이다. 2006년 9월은 의료보험법 개정을 둘러싸고 연립정부 내의 좌우 정당이 힘겨루기를 치열하게 한 달이다. 사회민주당은 일반 서민을 위해 가진 자들이 많이 지불케 하려고 하고, 보수당은 가진 자들이 가입돼있는 민간 의료보험의 특권을 살리고 기업에게 유리하게 하려고 연일 언론 인터뷰 전쟁을 했다. 독일 최초의 여성 총리인 메르켈 여사는 자신의 소속당인 보수당의 지방 토호(광역단체장)들의 의료보험 개정 반대의 협공에 부딪쳐 총리직 의자가 흔들릴 정도였다.

그뿐 아니라 재정난으로 특히 연구생활을 겸하고 있는 대학병원의 의사들은 야간 당직까지 합해 주당 80시간 정도 근무하도록 강요되고 있었다. 봉급은 금세기에 들어와 유럽 각국에 비해 가장 낮아져서 인근 국가로 가는 의사가 많아졌고, 의료직을 이탈하여 타 직장으로 전직하는 사람도 많이 생겼다. 2006년경 독일의 병원 근무 의사의 연봉은 미국 병원 근무 의사 연봉의 21%, 영국 병원의의 44%, 프랑스 병원의의 49%, 네덜란드 병원의의 32%, 의사가 많기로 유명한 이탈리아 병원의의 69% 정도다.

2006년 봄에는 대학병원 근무의가 3개월 가까이 파업했고, 이어 여름에는 시공립병원의 의사들이 약 3개월간 파업을 해 봉급 인상과 근무조건 개선을 관철했다. 독일의 2006년은 의료파동의 해였다.

내 이웃에 27세의 젊은 의사가 있다. 고등학교 졸업 후 내게 정보(IT) 분야를 선택할까, 또는 의학을 전공할까 조언을 부탁했는데 나는 의학 전공을 권했다. 2006년 9월 어느 일요일 담 너머로 우리는 이런 대화를 나눴다.

"교수님, 제가 의학을 전공한 것은 잘못된 것 같아요. 나의 동기생이 경영경제학을 전공했는데 지금 프랑크푸르트의 한 회사에 취직한 지 1년도 안 되었는데 세금, 보험료, 생활비 제외하고 3000유로를 다달이 저축해요. 그리고 주말에 쉬고 하루 8시간 근무하고요. 그런데 저는 병원에서 당직하랴 중환자

문제 해결하랴, 데이트할 시간 하나 갖지 못하고 보험료, 세금 제외하면 겨우 1500유로 받아 와요. 이런 생활에 무슨 의미가 있죠?"

"그래도 사람의 생명을 구한다는 것은 고귀한 직업이야."

"그런 것 생각하는 젊은 의사가 요즘 어디 있어요. 요즘 방송을 들어보세요. 정계는 매일 의료보험 갖고 싸우지요. 의사는 파업만 계속하고요. 전부 돈 때문에 싸우고 있어요."

나는 아무 말도 할 수가 없었다. 치료비 수가는 감소되고 인건비는 상승하고 환자 수는 줄어드니 도산되는 병원이 독일에 많아졌다. 내게서 의학박사 학위논문을 지도받은 의사가 모 병원의 내과과장으로 근무하고 있는데 그분이 내가 관계하고 있는 단체의 이사여서 2006년 9월초에 편지를 보냈더니 뜻하지 않았던 소식을 알려왔다.

"교수님, 제자를 항시 생각하여 주셔서 고맙습니다. 아시다시피 우리 병원은 천주교재단에서 운영하는데 2006년 봄에 재정난으로 문을 닫아 저는 현재 실업자가 돼있습니다. 다른 병원의 과장 자리를 찾고 있으나 현재 도산돼가는 병원이 많아지니 쉽지 않을 것 같아 몇 년 실업보험료를 받고 있다가 조기연금자가 돼보려고 합니다."

이것이 2005년을 전후한 독일의 사회보장제도의 어려움이었다. 독일이 통일한 뒤 15년이 경과했을 때 독일의 경제사정이 이처럼 어려웠던 것은 한국에 잘 알려지지 않았다. 사회보장제도는 역시 한 나라의 경제 사정 여하에 의해 크게 좌우되는 것을 우리는 볼 수 있었다.

독일 경제는 통일 후 20년 가까이 지나서야 급성장했다. 2010년대 초반에는 경제가 너무 좋아져 독일 기업에 50만 명의 기술자가 부족한 상태였고 독일의 세수는 증가하여 의료보험은 흑자 상태이고 병원의 의사 봉급이 상상을 초월할 정도로 인상되고, 노년연금액도 늘었다. 2015년에는 100만 명에 가까운 난민을 받아들이면서 메르켈 총리는 "우리는 이 많은 난민을 능히 받아들일 수 있다"란 구호로 독일의 다른 면을 세계에 보여 존경을 받는 나라가 됐다.

＊＊＊

음악 하면 사람들은 독일을 먼저 떠올린다. 클래식 음악을 연상하면 베토벤을 위시하여 바흐, 슈베르트, 모차르트, 슈만 등 독어권의 유명한 작곡가들의 이름이 주마등처럼 머릿속에 떠오르기 때문이다. 독일에는 수많은 음대가 있는데 우리나라에서 온 유학생들이 수천 명이나 되니 놀라지 않을 수 없다. 그러기에 한국에서는 독일사람은 어느 가정이고 음악을 빼놓고 살 수 없을 것이라고 생각들 한다. 그러나 정반대이다. 오히려 한국이 남녀노소를 막론하고 노래 없이 못 사는 나라 아닌가. 저녁에 모이면 식사를 빨리 끝내고 정례적으로 노래방, 단란주점에 간다. 거의 모든 한국인이 명창이다 할 수 있을 정도다. 최근 유행가뿐 아니라 국제적으로 유행되는 노래까지 잘 부른다. 유명한 클래식 작곡가의 모국이고 한국 음대 유학생이 응집되어있는 많은 음대가 존재하는 나라 독일에서는 사람들이 모임에서 노래 부르는 광경이 보기 힘들다. 자기 나라 민요 자체를 알고 있는 젊은이도 드물다.

서울의 모임에 독일 손님, 특히 고등교육을 받은 독일 정객과 같은 분과 같이 가면 호스트가 술 좌석에서 또는 노래방에서 보리수, 로렐라이, 들장미 등의 노래를 부르는 경우가 많다. 독어로 부르는 사람도 있다. 그러나 그런 노래를 잘 알고 있는 독일사람이 적다는 것을 우리나라 사람들은 잘 모른다. 그러면 학교 음악시간에 독일인은 독일 민요 등을 배우지 않고 무엇을 배우느냐고 묻는다.

2004년 4월 노무현 대통령님의 독일 방문이 있었다. 쾰러 독일연방대통령이 베푸는 국빈만찬에 나도 초대받아 참석했다. 양국 대통령의 인사가 끝나자 독일과 한국의 음악인이 각각 두 명씩 한 조가 되어 독일 음악인은 한국 민요를, 한국 음악인은 독일 민요를 연주했다. 내 곁에 아버지 대신 왔다는 독일 여대생이 있었는데 같은 테이블에 앉았던 서울서 온 수행원이

"저 노래 아세요? '보리수'라고 한국에는 널리 알려져 있어요."라고 묻자 "저는 모릅니다. 우리는 학교 다닐 때 저런 노래 배우지 않아요."라고 답했다. 그러자 그 수행원이 고개를 갸우뚱하며 의아해했다. 그 여대생은 '들장미'도 '로렐라이'도 잘 모른다고 했다.

독일에 50년 가까이 사는 동안 독일 사람과의 만찬에서 또는 모임에서 노래를 불러본 적이 한 번도 없다. 초대받거나 초대했을 때 오후 7시에 시작한 파티는 밤 12시 새벽 1시경까지 지속된다. 이 긴 시간이 가는 줄 모르고 정치, 경제, 문화, 사회, 여행 등에 관한 좌담의 연속이다. 전기가 없던 옛날에는 촛불 또는 호롱불을 켜놓고 앉아 맥주를 한 잔씩 마셔가며 기나긴 북유럽의 겨울밤을 좌담으로 지새웠다. 이 분위기를 독일 사람들은 '게뮈틀리히카이트Gemutlichkeit'라고 한다. 우리나라에서 '평화스러운 것'이라고 번역하지만 이 번역이 어울리지 않는다. 영어권에서는 그 단어에 알맞게 번역할 수가 없어 그저 '저먼 게뮈틀리히카이트'라고 한다. 내가 한국에 가서 저녁 초대 받았을 때 빨리빨리 저녁 먹고 노래방 가는 것은 참 낯선 절차였다. 명창들의 출연에 기가 죽어 앉아있다가 나오는 게 좋지만은 않았다. 나는 독일 생활이 몸에 배어 저녁을 천천히 먹으면서 재미있는 이야기로 시간을 보내는 '저먼 게뮈틀리히카이트'가 더 자연스럽다.

***

여름휴가철이 되면 한국에서 오는 전화에 당황할 때가 많았다. 독일에 자주 오는 분들인데 A지역의 X사장, B지역의 Y국장, C지역의 Z교수를 만날 수 있도록 해달라는 부탁이다. 6월과 8월 사이는 여름휴가철이니 한국에서 출장 와서 일주일 사이에 한 지역의 여러 사람을 방문하는 것은 어렵지 않지만, 여러 지역에 있는 사람들과의 방문일정을 주선하기는 쉽지 않다.

휴가철이 되면 학교에 다니는 아이들을 위해 대부분의 독일 부모는 반드시 휴가를 간다. 항공편을 이용해 지중해 해안국가에 가서 쉬고 오거나 자동차로 독일 주변 국가에 가서 약 3주 내지 4주 쉬고 온다. 인구 8000만의 독일 학교가 동시에 휴가를 시작하면 각 공항이 대혼란을 일으키고 고속도로가 몇 십 km의 장사진을 이룬다. 이 혼란을 피하기 위해 독일의 16개 주가 6~8월 사이로 각급 학교의 하계휴가 또는 기타의 휴가 시작 일자를 달리하고 있다.

예를 들면 2006년 각급 학교의 하계휴가는 최초로 북라인서팔렌 주가 6월 26일에 시작하고 바덴뷰르텐베르그 주가 8월 3일에 시작했으니 한 나라의 하계휴가 시작일이 40일의 간격을 두고 있다. 한국식으로 생각하면 여름휴가는 대략 7월 말에서 8월 초에 일주일 정도다. 그런데 독일 노동자는 연간 약

6주간의 유급휴가가 있다. 그러기에 하계휴가는 대부분 3~4주간이다. 독일의 연방정부 총리도 4주간 휴가를 반드시 간다. 이 기간은 독일의 모든 정치활동이 중지된다. 독일을 통일한 헬무트 콜 총리도 오스트리아 잘츠감마구트의 한 농가집에서 매년 4주 동안 쉬고 왔다. 그러니 한국에서 비즈니스 관계로 독일을 방문할 경우 6월 말부터 8월 말까지는 여러 사람과의 방문 약속을 정하기가 어려울 수 있다.

휴가철이 되면 특별히 관광객을 상대로 하는 식당 외에는 문을 닫는다. 그 이유는 두 가지다. 식당 종업원은 휴가를 받아 자기 아이들과 같이 휴가를 떠난다. 요리사 또는 웨이터가 휴가 가면 식당 운영을 할 수 없다. 또 각종 회사, 대학 등에서도 휴가를 가버리니 특히 고급 식당을 이용할 고객이 없다. 어느 해 휴가 중에 서울에서 높은 분이 오셔서 프랑스요리 식당을 가자고 했다. 휴가철이니 문을 연 프랑스 식당이 없다고 설명해도 이해를 하지 못하고 불만을 토로했다. 한국도 한 사람당 6주간의 휴가를 받을 날이 올까?

***

독일에서 대학교수는 사회적으로 존경받는 지위다. 그만큼 교수가 되기도 어렵다. 박사학위 소유자가 대학에서 조교로 근무하면서 수년간 연구해 국제학술지에 논문을 발표하고, 그 논문의 수와 평점이 대학이 규정하는 점수에 달하면 대학학부에 '하빌리타치온(Habilitation·교수자격 취득)'을 신청할 수 있다. 하빌리타치온의 절차가 끝나 학부회를 통과하면 대학에서 강의를 해도 좋다는 자격, 즉 베니아 레겐디Venia legendi를 수여받는다. 이때 프리바트 도첸트(Privat Dozent·강사)란 칭호를 받는다. 이후 연구생활을 지속하여 성과를 거두면 5년이 경과한 후 원외교수(außerplanmäßiger Professor)의 칭호를 비로소 받게 된다.

의과대학의 경우는 임상을 전공하는 의사는 이 하빌리타치온을 하는데 대학졸업 후 박사학위를 취득한 자가 8~10년이 지나야 한다. 대학을 졸업하고 대학병원에 취직을 하면 병동의 환자를 보살피는데 아침 7시, 또는 8시부터 저녁 7시경까지 뛰어야하고 겸하여 야간당직, 주말당직을 하다보면 추가로 동물실험 등을 하여 논문을 작성할 시간이 없다. 결국 저녁에 퇴근하지 않고 밤새며 동물실험 등을 하여 연구해서 논문을 국제의학지에 게재하려면 쉴 사이 없이 뛰어도 10년이 다 지나간다. 대학졸업 후 4년 내지 6년간 근무한 후에 전문의 시험도 봐야한다. 그러나 하빌리타치온의 관문을 통과하지 못하고는 독일에서 절대로 교수가 될 수 없다.

젊은 의사들에게는 사생활도 중요하다. 옛날과 달리 사랑하는 남녀가 병원에서 근무하고 연구만 하다간 공동생활(독일에서 결혼하지 않고 동거하는 자가 대부분이니)이 파괴되기에 하빌리타치온을 하려다가 포기한 자가 많아진다. 따라서 교수의 칭호를 받기가 점점 더 어려워진다.

이와 같이 좁은 문을 통과하여 여러 해를 견딘 다음 교수 칭호를 수여받는다. 더욱이 외국인이 독일대학에서 독일 사람과의 경쟁을 뚫고 교수가 되는 것은 그만큼 가치가 특별하다 하겠다. 음대나 체육대의 교수는 하빌리타치온을 하지 않고 음악가로서, 또는 체육인으로서의 자질이 훌륭하면 교수로 임명되니 또한 전문대학의 교수와 구별하기 위해 대학교수(Universität-Professor)라고 쓴다.

나는 병원의 바쁜 진료와 연구생활 속에서 때로는 며칠씩 밤을 새워가며 일하면서도 시간을 쪼개서 내 능력이 미치는 분야에서 사회봉사에 게으르지 않았다. 45년 전의 이야기다. 한국의 모 대학 설립자가 의사인데 그분이 해방 전 빈한한 농민을 위하여 의료 봉사하다가 해방이 되어 대학을 설립했다. 이분이 한국의 빈농을 돕기 위해 축산대학을 한국 최초로 병설했다고 들었다. 이에 감동된 나는 그 축산대학을 졸업한 사람들이 독일에 진출할 길을 열어 주었다. 1970년대 중반 독일정부가 외국인의 독일 취업을 완전히 봉쇄해 버린 때다. 나는 당시 독일 하원의 자유민주당 원내대표인 M의원과 친구로 지냈는데, 당수였던 겐셔 외무부장관에게 부탁하여 독일연방정부의 특별허가를 얻어 이 축산대학 졸업생들이 실습생으로 독일에 올 수 있도록 했다. 이들이 독일연방정부의 국영 기업체인 북독일의 살스기타 주식회사, 본에 있는 라스팅 소시지 공장, 그리고 중부 독일 에센의 우유가공 공장 등에서 실습하고 있다가 각 대학에 진학할 수 있는 길을 열어 주었다. 이는 사례의 하나이다.

기억 속의
동유럽 공산권 친구들

내가 독일에서 유학생활을 시작할 무렵은 동서 냉전이 극심할 때였다. 1948~1949년의 베를린 봉쇄를 계기로 동서독 간의 긴장상태가 고조돼 있었으며 1961년 동서독 간의 장벽이 건립돼 그 벽의 동쪽과 서쪽에는 바르샤바 조약군과 나토군의 병력이 대치하고 있었다. 이런 시기에 나는 독일에서 의학 공부를 했고 1970년대 초부터 1989년 11월 9일 동서독 베를린의 벽이 붕괴되는 날까지 근 20년간 독일 의과대학 교수 신분으로 구 공산권 학자들과 끊임없이 교류해왔다. 의학의 교류는 사상도 정치도 국경도 초월하고 모든 인류를 질병에서 구한다는 데 그 목적을 둔다고 생각해왔다.

1967년 동백림사건(박정희 정권이 과장해 발표한 동베를린 간첩단 사건)과 1968년 바르샤바 조약군의 전차에 진압당한 '프라하의 봄'의 상처가 아직 완전히 아물어지지 않았던 1970년. 나는 본에 있는 헝가리인민공화국 대사관으로부터 전화를 받고 깜짝 놀랐다.

　　"여보세요, 닥터 리. 헝가리 정부로부터 연락을 받아 전합니다. 헝가리 외과학회에서 간 이식에 대한 강연을 부탁드리기 위해 내년에 초청하려고 하니 수락해주십시오. 이 학회에는 소련뿐 아니라 많은 동유럽 의학자들이 참석한다고 합니다."

　　나는 당황했다. 당시 한국은 군사정권하에 반공의식이 고무되어 있을 때이고 한국과 헝가리 사이에 외교관계가 성립되어 있지 않을 때라 흔쾌히 받아들이기 어려웠다. 내가 확답을 하지 않자 헝가리 대사관은 나의 은사 귀트게만 교수에게 나를 보내도록 부탁했다.

　　"미스터 리! 헝가리 대사관의 전화 받았는가? 자네의 강연 좀 듣게 해달라는 본국 정부의 지시가 왔다는데, 가보는 것이 어때! 현재 사회민주당의 빌리 브란트 총리가 작년부터 동구권과 화해정책(동방정책)을 시작했으니 그렇게 어려운 문제는 없을 것 같아. 내가 있으니 너무 염려하지 말고. 헝가리 대사도 신변 염려는 하지 말라고 하니 갔다 와요. 헝가리 외과학회에 가면 다른 동구권 국가의 학자들도 와있을 거야. 우리가 한

간 이식에 관한 업적을 동구권에 소개할 수 있는 절호의 기회
야."

귀트게만 과장은 본대학병원의 업적을 공산권에 알리는 절
호의 기회로 생각하고 나를 보내려고 했다.

나는 몇 달 동안 장고한 끝에 1971년 여름 여권을 헝가리 대
사관에 보냈더니 비자가 나왔다. 당시 모든 공산권국가에서는
여권에 입국비자를 직접 찍어주지 않고 백지에 기재하여 대사
관 인을 찍어서 여권에 끼워주었다. 헝가리 대사관의 영사는
내게 여권을 주며 "여기 비자에 특별번호가 적혀있어요. 정부
초청이니 VIP 대우를 해드리라는 뜻입니다. 여행 도중 불편한
일은 없을 것입니다."라고 말했다.

나는 처음으로 발을 딛게 되는 공산권에 적지 않은 공포감이
있었으나 자기를 믿고 염려 말고 다녀오라는 은사의 말에 용
기를 내었다. 또 내가 해온 의학을 동구권 학자들에게 전하는
절호의 기회라는 데 나의 공명심도 자극됐다.

1971년 9월 헝가리 외과학회회장이며 세게트의과대학 외과
과장인 페트리 교수로부터 편지가 왔다.

"우리 정부로부터 강사님이 저희 초청을 승락하셨다는 통보
를 받았습니다. 감사합니다. 오늘 이 서신으로 이번 학회의 강
연 프로그램을 보냅니다. 이종수 강사의 강연은 10월 1일 오
전입니다. 9월 30일 세게트에서 인사드릴 수 있게 되어 기쁩

▲ 브라질에서 개최된 국제학회에서 의학 토론을 하고 있는 헝가리 교수와 필자.

니다. 귀하의 숙소는 '티자 호텔'에 예약했습니다. 부다페스트
의 서부 역에서 오후 1시 50분에 급행을 타시면 세게트 역에
16시 40분에 도착합니다. 그 시간에 맞춰 역으로 모시러 나가
겠습니다."

　그는 오가는 기차 시간까지 정확하게 챙겨주었다. 나는 1971
년 9월 29일 저녁 기차로 본을 떠나 부다페스트행 기차에 올
랐다. 밤사이에 독일 국경을 넘어 아침에 당시 중립국인 오스
트리아 수도 빈을 지났고, 헝가리 국경에 접근해가자 마음이
불안해졌다. 국경 주변에는 붉은색에 흰 글씨가 적힌 수많은
플래카드가 눈에 띄었다. 역시 공산권에 진입한다는 것을 절

감했다.

객실 차량에 올라온 한 젊은 경비원이 내 여권을 받아들고 넘기며 "사우스 코리아, 사우스 코리아" 하고 소리 질렀다. 그리고 같이 올라온 중년 상관에게 손짓했다. 이 상관은 여권에 끼여있는 비자 용지를 살펴보더니 내 여권을 가지고 나갔다가 잠시 후 돌아왔다. 그는 거수경례를 하면서 독일어로 "좋은 여행 보내시길 빕니다."라고 말하고 갔다. 아마 내가 헝가리 정부 초청이란 것을 재확인한 모양이었다. 기차는 국경에 약 1시간 정도 멈추었다가 떠났다. 나는 이제 내 평생 처음으로 공산권에 들어와 있다. 나는 기차에 몸을 싣고 폐허에 가깝게 허물어져있는 철도 주변의 집을, 그리고 보리, 해바라기 수확이 끝난 들을 바라보았다. 공동 인민농장으로 쓰는 밭들은 대부분이 매우 광대했다. 부다페스트 시내로 기차가 들어간 순간 부슬비가 내리고 파괴된 재색의 건물에 붉은색의 플래카드가 뒤섞여 있어 참으로 우울했다. 나는 세게트로 가는 기차를 기다리는 동안 무엇인가 식사를 하고싶었다. 하지만 헝가리 화폐가 없었고 또 외국인은 달러, 또는 마르크화로 물건을 사야한다는데 어느 곳에서 살 수 있는지도 몰라서 배고픔을 참으며 세게트로 가는 기차에 올랐다. 기차는 8 · 15 광복 직후의 우리나라 기차와 같은 인상이었다. 기차는 헝가리의 드넓은 대평야지대를 가로질러 남으로, 남으로 달렸다. 오후 5시가

▲ 1971년 공산권 첫 방문 때, 기차로 달린 끝없는 헝가리의 판노니아 대평원의 옥수수와 해바라기 밭.

넘어서 나는 세게트 역에 도착해 페트리 교수와 직원들의 영접을 받았다. 그때서야 비로소 불안한 마음이 놓여 한숨을 돌렸다. 그는 독일어가 유창했다.

"오시느라 고생하셨지요." 하며 낡은 차에 나를 태웠다. 페트리 교수 일행은 나를 티자 호텔에 내려주었다. 티자 호텔은 황색의 건물이었으나 당시 전혀 수리가 되지 않았다. 호텔은 우크라이나에서 출발하여 광대한 헝가리 대평원을 북에서 남으로 가로질러 흘러가 유고슬라비아에서 도나우 강에 합류하는 티자 강가에 있었다. 내가 강연할 장소는 바로 호텔 곁에

있는 교육문화회관이었는데 동구권의 각 대학에서 많은 의학
자들이 와있었다. 그러나 내가 투숙한 호텔에는 헝가리 또는
기타 동구권에서 온 학자는 전혀 없었고 서방국가에서 온 몇
사람밖에 없었다. '유럽대륙 최초의 간 이식'을 주제로 한 내
강연은 대환영을 받았으나 헝가리 국내여행은 할 수 없어 헝
가리 정부가 지정한 날짜에 지정한 기차를 타고 독일로 되돌
아왔다. 이것이 나의 최초의 공산권 여행이었다. 헝가리 국내
에서는 보는 것도, 듣는 것도, 말하는 것도 조심하며 내 수행
원만 따라다녔다. 헝가리 땅을 벗어나 오스트리아의 국경을
지나서야 비로소 마음이 놓였다.

***

1972년 동서독 간에 기본조약이 체결되면서 서로 왕래가 빈
번해져 갔다. 나는 그해부터 1989년까지 동독의 여러 대학으
로부터 초대를 받아 강연하러 갔다. 서독에서 서베를린으로
가는 고속도로가 동독 내를 통과하기에 이를 이용하면 동서독
간의 국경을 넘어가는 것은 별 문제가 되지 않았다.

1973년에는 당시 동독에 속했던 예나대학병원의 하이네 교
수의 초대를 받아 강연차 갔다. 그리고 우리 대학과 공동연구
프로젝트가 체결되었다. 그 후부터 예나에 갈 때마다 예나에

서 약 30㎞ 떨어진 곳에 있는 바이마르 시의 유명한 엘레판트 호텔에 머물러야 했다. 이곳은 바이마르헌법과 독일의 문호 괴테와 실러가 활동했던 것으로 우리나라에 널리 알려진 도시이다. 예나대학 당국자는 언제나 나를 이 호텔에 예약하여 주었다. 예나대학은 1813년에 학생들이 자원병으로 출정하여 나폴레옹을 공격하여 승리를 거두고 돌아온 후 독일 근대의 학생단 운동, 즉 부르센샤프트 운동을 전개하며 이룩한 독일 민주주의의 발상지이다. 또한 내가 존경한 민족주의 사상가 안호상 박사가 1921년에 이곳에서 철학박사 학위를 수여받기도 했다. 1968년에 안 박사는 대통령 특사로 독일에 왔는데 우리 본 대학 병원을 방문하셔서 우리 은사와 약 1시간 이상 이야기를 나누었다. 그때 그분으로부터 예나대학 이야기를 들었다.

대학 건물과 예나 시는 제2차세계대전 중에 전부 파괴돼 복구되지 않은 채 있고 카메라렌즈로 유명한 자이스이콘 회사의 둥근 통나무와 같은 건물만 재건되어 눈에 띄게 서있었다. 시베리아철도를 타고 이곳까지 와서 독어를 배워가며 철학을 연구한 안 박사를 생각하며 해 저문 대학의 폐허를 거닐기도 했다.

*＊＊

1974년엔 폴란드 과학원의 초청을 받아 바르샤바에 갔다.

그 후 1976년엔 체코의 말레고 과학원장 초대를 받아 프라하에서 개최되는 학회에 강연차 갔었고, 1980년엔 모스코바에도 갔었다. 1982년엔 모스코바대학의 교수와 같이 동구권 국제학회 회장을 맡아서 학회를 주관하기도 했다.

비록 그 나라 정부의 초청을 받았어도 공산권 국경을 통과하는 것이 1975년까지는 그리 마음 편한 일은 아니었다. 내가 1975년 5월까지는 한국 국적 소지자였고 한국과 공산권 국가에 외교관계가 없었으니 보호받을 외교 채널이 없었다. 항공기로 가는 것이 가장 무난했고, 자동차 여행은 공포감이 많이 들었다. 내 기억에 생생하게 남아있는 것은 1976년 오스트리아 린츠에서 체코의 국경을 넘어갈 때다. 국경의 폭이 5㎞나 됐다. 국경의 첫 초소에서 여권을 보여주고 달리다가 위를 보니 길가의 언덕 위에 기관총이 내 차를 겨누고 있는 것이 보였다. 몸서리가 났다. 머리카락이 전부 서는 듯했다. 총알 하나만 날아와도 죽을 수 있겠다는 생각이 들었다. 한참 달리니 다시 여권을 조사하는 곳이 나왔다. 여권 조사를 끝내고 더 차를 몰자 세관이 나왔다. 세관원들은 차를 샅샅이 조사했다. 약 30분 정도 시간이 소요됐다. 이와 같은 과정을 2회씩 되풀이하고 체코 영토로 들어가니 그곳에 또 하나의 기관총이 나를 겨누고 있었다. 나는 정신적으로 지칠 대로 지쳐버렸다.

국경을 지나 프라하를 향해 차를 몰고 여러 시간 달렸으나 식사할 곳이 없었다. 길가에 간혹 식당 표지가 있어 그 표지를 따라 들어가 보면 체코 사람들이 맥주 마시는 곳이었다. 음료수라도 마시고 싶었는데 내게는 현지 화폐가 없었다. 식당 주인은 외국인에게는 특정 식당에서만 서구 화폐를 받고 음식을 팔게 돼있다며 나를 응대하지 않았다. 오스트리아 국경을 넘어 프라하까지 5시간 이상을 달렸으나 물 한 모금 얻어 마시지 못하는 어려움이 있었다.

그 후에도 나는 공산권에 자주 갔는데 갈 때마다 아래와 같은 4가지 원칙을 지키려 노력했다. 첫째 당신은 왜 그런 사상을 가지고 있느냐고 질문하지 않았다. 민주주의 서구사회에서는 누구나 자기 사상을 가질 자유가 있다. 자신의 사상으로 그 사회의 질서를 어지럽히면 범법행위가 될 수 있지만 어떤 종류의 사상이건 사유하는 것 자체는 자유이다. 타인이 간섭할 것이 못 된다.

둘째 너희는 왜 잘 살지 못하느냐라고 평을 하지 않았다. 당시 대부분의 공산국가 사람들은 경제사정이 좋지 않았다. 그러나 자유민주주의국가에도 빈민은 많다.

셋째 방문한 나라의 정치체제, 사회제도 또는 경제질서에 대해서 평을 하지 않았다. 의사란 직업을 가진 이가 남의 나라에 가서 그런 부분까지 언급할 필요는 없다.

넷째 의학에 대해서는 열렬하게 토론했다. 서구에서 왔다고 거만하게 굴지 않고 겸허하게, 그리고 진지하게 토론하며 공산권 의학의 장점은 전부 받아들인다.

＊＊＊

1971년에 네덜란드의 수도 헤이그에서 개최된 제3회 국제이식학회에서 내가 인체 간 이식에 관한 강연을 했는데 같은 세션session에서 내 뒤에 폴란드의 올 교수가 간 이식의 동물실험에 관한 보고란 제목으로 강연을 했다. 슬라브형의 넓고 둥근 얼굴에 머리카락은 가톨릭수도원의 수사처럼 단발이어서 아주 인상적이었다. 이날 저녁 연회 때 내 곁에 앉아서 서로 인사를 나눴다. 1960년대 후반 영국에 1년간 유학 가서 이식에 관한 연구를 했던 올 교수는 폴란드 과학원에 이식과를 신설하여 그 과의 과장 겸 과학원의 부원장직을 맡고 있었다. 영어를 비교적 유창하게 할 줄 아는 겸손한 학자였다. 당시 나는 그가 공산권에서 어떻게 영국으로 유학을 갔는지가 잘 이해되지 않았다. 동서 긴장이 극심했던 1960년대에 영국문화원의 장학생으로 서방국가에 간다는 것은 참으로 능력 있는 학자이거나 공산당의 배경이 강한 학자로 볼 수밖에 없었다.

1973년 4월에 스웨덴에서 있었던 유럽외과연구학회에 간 이식에 대한 연구 발표를 하러가면서 우리 교실 직원 4명을 대동했는데 올 교수도 직원 3명과 같이 왔다. 공산권은 외화가 부족하여 여비는 의료기 회사와 학회 본부 측에서 지불했다고 하였다. 이것이 올 교수와 두 번째의 만남이었다. 이와 같이 당시에는 공산권의 대학과 학자는 전부 빈곤하다는 것을 전제로 교류가 이루어졌다.

"이종수 강사, 본대학병원의 이식연구팀과 우리 폴란드과학원의 이식연구팀이 공동연구를 하면 어떻겠소?"

올 교수가 제안했다.

"좋습니다. 그러나 무슨 분야에서 같이 연구를 하죠? 폴란드 과학원에 충분한 인적자원과 연구비가 있나요? 그리고 폴란드 정부가 서방국가와의 공동연구를 허락합니까?"

"과학원은 특별 권한이 있어요. 우리 정부는 과학원 직원이 외국에 가서 공부해오는 것을 장려합니다. 우선 우리 연구원 연수를 이종수 강사가 좀 시켜주세요."

1974년 늦은 가을 폴란드과학원장의 초대를 받아 공동연구 계약을 체결하기 위해 나는 항공기편을 이용하여 바르샤바에 갔다. 과학원 초청이니 비록 한국 여권이어도 입국 수속은 복잡하지 않았다. 그때 바르샤바 도심지엔 가장 고급인 빅토리아 호텔과 그 아래급인 포름 호텔 두 개에만 외국에서 온 손님이 투숙할 수 있었다. 20층 가까운 포름 호텔은 데필라드 광장에 있는 모스코바 건축양식의 37층 문화과학궁전의 높은 탑과

▲ 1974년 바르샤바에서 폴란드 과학원과 공동연구를 기획하는 올 교수와 필자.

쌍벽을 이루며 하늘 높이 솟아있었다. 소련의 스탈린이 1952
년에 폴란드 인민에게 기증했다는 문화과학궁전은 바르샤바
시내 중심부에 있었다. 중심부에는 제2차세계대전 때 파괴된
흔적이 많이 남아 있었다. 당시 폴란드 사람들은 그 문화과학
궁전을 소련의 감시탑이라고 했다. 그리고 소련대사관은 아주
넓어 소련의 지배력을 과시하고 있었다.

　과학원의 연구실, 병원의 시설들에 대한 복구가 한창이었
다. 올 교수는 내가 사범학교 재학 시절 그렇게 존경하고 숭배
했던 퀴리 부인의 집과, 1959년 서울을 떠날 때 듣고 너무나
슬펐던 '이별의 곡'의 작곡가 쇼팽의 집도 보여주었다. 제2차

세계대전의 상처가 그대로 남아 있는 늦가을의 바르샤바는 나를 덧없이 우울하게 하였다. 남자들은 군복무와 중노동에 동원되고 병원에 종사하고 있는 의사나 과학원의 연구원도 대부분 여성이었다. 바르샤바에서 쟁쟁한 외과의사도 여성이 많았다.

도착한 날 오후에 포름호텔에 짐을 부리고 있는데 올 교수가 찾아와 저녁을 사겠다고 했다. 우리는 차를 몰고 우선 와젠키 공원에 가서 음악가 쇼팽의 상을 둘러봤다. 내가 쇼팽의 곡을 좋아한다고 했더니 일부러 나를 그리로 데려간 것이다. 내가 "멀리서 보면 독수리 같은 인상"이라고 이야기했더니 그는 대부분의 사람들이 비슷하게 생각한다며 맞장구를 쳐줬다. 우리는 구시가지로 가서 잠코비 광장으로 들어갔다. 올 교수는 제2차 세계대전 때 완전히 파괴됐다 일부 재건된 건물들의 뒤편에 있는 한 식당으로 나를 안내했다.

"늦은 가을에 폴란드에서 가장 맛있는 요리는 거위 구이입니다. 들어갑시다."

거위 오븐구이인데 많은 사과를 배에 넣고 구워서 단맛이 도는 요리였다. 오리구이는 자주 먹었으나 거위구이는 처음이었다.

식당으로 가는 도중 시내에는 제2차세계대전의 비참한 역사를 말해주는 조각들이, 그것도 사회주의적 인상을 품기는 조각들이 여기저기 있었다. 1964년에 만들어진 니케의 상은 칼을 들고 독일을 향하여 공격하는 자세를 한 여성 동상인데 전쟁 중에 독일 점령군과 싸우다 죽은 영웅적인 군인과 시민에게 봉정하기 위해 건립된 것이라고 올 교수는 설명했다.

"그렇다고 우리는 오늘날 독일 사람을 그렇게 미워하지 않아요. 벌써 20년이 경과했지요."

1975년부터 나는 폴란드과학원에서 연구원을 초청하여 우리 교실에서 연구하도록 했다. 연구기간은 2~3년이었고 시니어 학자로 대우하여 독일기독교민주연합의 재단인 아데나워 재단으로부터 장학금을 받았다. 이 공동연구 프로그램은 당시 기독교민주연합의 당수였고 1982년부터 독일 총리로 16년 이상 독일을 통치한 헬무트 콜 총리의 후원이 컸다. 이때부터 콜 총리는 20년간 독일에서 나의 막강한 후원자였다. 내 인생에서 잊을 수 없는 은인이다.

***

나는 당시 공산국가의 의학자들은 전제 체제에서 근무하니 서방측 학자들보다 더 열심히 주야를 가리지 않고 환자 치료나 학문연구를 하는 것으로 착각했다. 그런데 그들은 연구 주제를 줘도 시키는 일 외에는 자발적으로 그리고 창의적으로 연구를 추진하려고 하지 않아 처음에는 실망이 컸다. 모든 것을 국가가 관장하고 지시하며 의식주는 국가가 해결해주니 자발적이고 창의적인 면이 부족한 듯했다. 또 저녁 늦게까지 연구실에서 연구를 할 필요성을 느끼지 못한다는 것을 몇 년 후 올 교수로부터 들었다. 역시 체제가 다른 동구사회에서 온 학자들이 서방국가에 와서 적응하기가 쉬운 일은 아니었다. 독일이 통일된 지 오랜 시간이 지나서도 자유민주적 생활 환경에 적응하지 못하는 구 동독인도 많았다. 중요한 것은 공산권에서 온 학자들과 같이 일할 때는 그 학자의 생활 리듬 자체를 이해해야한다는 것이었다.

내가 걱정을 많이 했던 부분은 공산권에서 공동연구차 온 장학생들이 독일정부에 망명 신청을 하지 않을까 하는 문제였다. 서유럽의 자유민주주의의 국가에서는 누구나 자기 자신이 원하는 정치체제를 택할 수 있다. 그러나 서유럽의 대학과 동유럽 대학이 의학의 공동연구를 하기 위해 젊은 학자를 장학생으로 보냈을 때에는 본인의 정치적 또는 사회적 견해도 있겠지만 연구가 끝나면 본국에 돌아가 자국의 의학발전에 기여해주기를 나는 바랐다.

1978년 나는 독일 본의 베토벤기념관에서 국제학회회장으로서 학회를 개최했다. 이때 우리와 공동연구 계약이 체결되어있는 동독 예나대학의 H교수를 초대했는데 학회에 참석 허가를 동독 정부로부터 받은 사람은 H교수 밑에서 근무하는 G강사였다. 나는 왜 당신이 H교수 대신 왔느냐고 물어보지 않았다. 학회가 끝나자 G강사는 동독에 돌아가지 않았다.

1980년대 초 폴란드의 올 교수가 보내온 장학생이 2년 연구 예정으로 독일의 아데나워 재단에서 지원받았는데 내 교실에서 반년 근무하다가 독일정부에 망명 신청을 했다. 그리고 다른 대학의 연구실로 일자리를 구해 나갔다. 그 문제는 달리 해결책이 없었다. 1984년에는 중국 양자강 유역의 도시 우한의 동지의과대학에서 여의사가 장학생으로 왔다. 이 대학의 학장 Q교수는 독중 의학협회 회장인데 나와는 절친한 사이였다. 나는 항시 의학계의 선배로 그분을 존경했다. 이 여의사는 독일에 오기 전에 임신을 한 상태였는데, 독일에 오자마자 아이를 위해서라며 망명 신청을 했다. 당시 중국사회에서는 그 일이 작은 문제가 아니었다. Q교수는 장거리 전화로 여의사의 송환을 내게 부탁했으나 내가 할 수 있는 방법이 있을 수 없었다. 나는 본 대학에서 간 이식 후 상당히 많은 외국대학의 의사들을 훈련시켜 보냈다. 동구권 사회주의 국가에서도 많은 연구자들이 왔었지만 그런 망명 사례는 많지 않았다.

＊＊＊

올 교수와 나는 1974년부터 비단 공동연구 분야뿐만 아니라 국제학계의 여러 분야에서 상호협조하며 우정을 나눴다. 유럽의 각종 학계는 1970년대 후반부터 동구권이 합류해야 유럽학회가 성립이 됐다. 올 교수는 동구권을 나는 서유럽권을 잘 알고 있었기에 공동기획을 통해 서로 협력해왔다. 재정이 부족한 올 교수의 유럽 내 활동비는 당시 예산이 풍부했던 독일의 학계에서 조달하고 부족하면 내가 보충해주었다. 유럽에서 아주 원거리에 있는 호주학회에 내가 올 교수를 대동할 때는 항공료, 호텔비, 학회 참가비 등을 예산이 풍부한 일본학회의 도움을 받았다. 1971년부터 나와 절실한 친구인 북해도대학의 미도 교수가 도와줬다.

1989년에 내가 60세 회갑을 맞이해 일본 제자와 한국 제자들이 합동으로 신라호텔에서 회갑 기념 출판기념회를 개최했을 때 서울을 방문한 올 교수는 인사말에서 나를 "불가능 impossible한 것을 가능possible하게 만든 자"라고 칭찬했다. 또 1989년 폴란드 외과학회 100주년 기념식상에서 내가 명예회원의 영광을 받도록 해주었다.

그러나 이처럼 동구권과 서유럽권을 종횡하는 20년 가까운 우정도 재정 지원이 중단되거나 그 필요성이 없게 되면 단절된다는 것을 나는 배웠다. 오늘날의 서방세계에서도 인간관계는 그러할지 모르나 과거의 사회주의 동구권과의 교류에서는 당연한 결과였다.

올 교수는 어느 해 본의 우리 병원에 와서 연구해서 배워야

할 일이 있으니 독일의 한 장학재단으로부터 4주간의 체류비를 마련해줄 수 있느냐고 물었다. 마침 그 장학재단의 사무총장과 부총장을 내가 20년 이상 교류하고 있었기에 사정을 얘기했더니 쾌히 승낙했다. 폴란드의 과학원 부원장도 역임한 교수이니 한 달 체류비로 4000마르크가 지불됐다. 나는 그를 위해 4주간 우리집에서 숙식하도록 했다.

그런데 이듬해에도 장학금을 받을 수 있도록 도와줬는데, 1주일만 우리 병원에 머물고 귀국했다. 그 이듬해에도 장학금이 연장됐는데, 그때는 독일에서 하루만 자고 4주분 장학금만 받아갔다. 장학금은 장학재단에서 대학사무처로 보내기 때문에 올 교수 자신이 사무처에서 찾아 갔다. 문제가 있다는 사무처 직원의 암시도 있었다. 올 교수가 다음해에 다시 요청했을 때에 나는 딱 잘라 거절했다. 그러자 그는 "여러 해 우정을 교환해온 친구를 도와주는 것이 자네에게 그렇게 어려워? 자네 자신의 돈도 아니며 국가예산에서 얻는 것인데."라며 화를 냈다. 올 교수의 공산권 관습에 기인한 자세다. 올 교수와 나와의 20년에 가까운 교류, 우정의 연결선은 그로 인해 끊어지고 말았다. 상대 국가의 사회환경과 생활철학을 서로 이해하지 못할 경우 타협할 수 없는 상황이 생기는 것이다. 나는 올 교수와의 결별이 섭섭했으나 운명에 맡길 수밖에 없었다. 동구권이 붕괴된 지 몇십 년이 지났는데, 나는 그가 여전히 건강하고 행복하기를 바랄 뿐이다.

　내가 한국에 있는 친구와 교류할 때도 독일식 원리원칙주의에 매이지 않으려고 하지만 탄력의 한계를 느낄 때가 있다. 공산권은 아니지만 독일이란 나라에서 50년 이상 살아오면서 독일화가 돼버린 나를 보고 실망할 수도 있을 것이다. 어느 정도 융통성은 있지만 원리원칙주의에 굳어진 나를 보고 한탄할 수 있을 것이다. 그러나 나와 같이 철저한 독일식 생활철학을 가져야만 독일 땅에서 적응하여 어려움 없이 생활할 수 있음을 이해해주길 바랄 뿐이다.